転生侯爵令嬢はS系教師に恋をする。 1

月神サキ
Saki Tsukigami Presents

fairy kiss

この作品はフィクションです。
実際の人物・団体・事件などに一切関係ありません。

転生侯爵令嬢はS系教師に恋をする。 1

プロローグ

「レアンドロ・カルデロン、お呼びと伺い参上致しました」

フロレンティーノ神聖王国。古い歴史を誇るこの国の謁見の間。その扉を開けて入ってきたのは黒髪黒目の冷えた表情が目を引く一人の青年だった。

黒縁の眼鏡をかけ、上質の生地でできた、だけども華美すぎない丈の長い貴族服を着ている。背は高く体格は細身。ぴしりと伸びた背筋が、この男の几帳面《きちょうめん》さを表しているようだった。

男の名は、レアンドロ・カルデロン。

フロレンティーノ神聖王国の現宰相の息子にして、先日爵位を継いだばかりの若き侯爵家の当主だ。レアンドロは作法通り一礼すると、顔を上げた。さっと周囲を確認する。

謁見の間にいるのは、王太子レンブラント――レンとその妻シェラハザード――シェラ。後は何故《なぜ》か、レアンドロの学生時代からの友人であるテオ・クレスポも控えていた。

他には誰もいない。女王も、大臣たちも、女官たちですらいなかった。

何か内密の話だろうかと、レアンドロは表情を引き締めた。

「よく来てくれた」

沈黙を破り、声を出したのはレンだった。金髪碧眼《へきがん》の支配者としての風格を漂わせた麗しい容姿を誇る彼の隣では、シェラが微笑《ほほえ》んでいる。

大恋愛の末結婚したという逸話を持つ王太子夫妻の仲はすこぶる良く、レンが自らの正妃を溺愛しているのは国に住む誰もが知る話だった。

二人の間には二歳になる娘がいて、レンは彼女のことを大層可愛《かわい》がっている。

温厚な性格で、なおかつ魔法大国次期国王としてふさわしい莫大《ばくだい》な魔力を持つレン。女王の代わりに公式行事を取り仕切ることも増えてきた。準備は万端。そろそろ即位の話が出るのではないかと最近王都ではもっぱらの噂《うわさ》だ。

「レンブラント殿下からのお召しとあれば、何を置いても駆けつけるのが当然です。……本日はどのようなご用件でしょうか」

礼儀正しく頭を垂れるレアンドロに対し、レンは鷹揚《おうよう》に頷《うなず》いてみせた。

「ああ、実はお前に折り入って頼みがあってな」

「承ります。なんなりとお申しつけ下さい」

王族の頼みは命令も同然。どんなに意に沿わない話でも最後には引き受けなければならない。それが分かっていたからこそのレアンドロの言葉だったのだが、場の雰囲気を壊す笑い声に邪魔をされた。

「あははは。話も聞かないで頷いちゃうんですね。さすがレアンドロ先輩。とってもあなたらしいとは思いますけど、レンブラント殿下の話は最後まで聞いた方が先輩のためですよ」

「テオ……」

声の主の名を呼ぶ。遠慮なく話に入ってきたのはテオだった。

「はい。お久しぶりです。……とは言っても、公の場ではという意味ですけど」

レンとシェラのすぐ後ろに控えていたテオは、レアンドロの視線に気づくとひらひらとアピールするように手を振った。

彼の容姿は、数年前までは幼く中性的だった。だけど今では見る影もない。レアンドロほどではないが、身長も伸び、ふわふわしていたはちみつ色の髪は少し重みを増したように見える。優しい顔立ちは昔の面影があるが、いつ見ても昔とは別人のようだとレアンドロは思う。

そんなテオは華美な装飾が一切ない服の上に黒いマントを羽織っていた。くすんだ金色の留め金に彫られた紋章は魔法学園のもの。それを見て、今のテオの所属を思い出す。

「ああ、そういえばあなたは魔法学園の教師になったのでしたね」

「まあ、一応カタチだけは。その方が動きやすいことも多いんですよ」

王立魔法学園。国内最高峰の魔法を学ぶための施設だ。場所は王都の王宮の近く。貴族街でも平民街でもない場所に立っている。広大な敷地面積と最新の設備が整ったこの学園は、魔法で食べていきたいと考える者たちにとっては憧れの存在だった。

とはいえ、授業料は高い。特待生制度を導入してはいるが条件は厳しく、結果として生徒のほとんどが貴族という状況になっている。

レアンドロもテオも魔法学園の卒業生だ。魔法学園の理事はフロレンティーノ神聖王国の女王で、その後継者であるレンは昔から特別講師として顔を出すことが多かった。

魔法学園に生徒として在籍していた頃からすでに頭角を現していたテオは、早くからレン直属の部下として迎えられていた。今は魔法学園の教師として働きながら、レンの部下として動く二重生活を送っている。

「あなたが先生というのも変な感じですね」

紛れもない本音だったのだが、テオは首を傾《かし》げただけだった。

「そうですか？　もう慣れたものですけど。それにレアンドロ先輩も人のことは言えませんよ。あなたもこれからこれを着ることになるのですから」

「は？」

ぽんぽんと己のマントを示すテオ。

さらりと告げられた言葉の意味が一瞬分からず、レアンドロは目を瞬かせた。

レアンドロの現在の仕事は父の補佐だ。魔法学園を卒業してからは、そちらとは全く縁のない生活を送ってきた。だからこそ本当に分からなかったのだ。

驚いた表情を見せたレアンドロに向かい、レンが告げる。

「今テオが言った通りだ。お前にはしばらく臨時教師として魔法学園に通ってもらいたい」

「どういうことです？」

つい先ほど、何も聞かず「なんなりと」などと言ったことも忘れ、レアンドロはレンに詰め寄った。レンは表情を崩さず言う。

「どういうことも何も、そのままだ。実はこの春から、魔法学園は男女共学になることが決まってな」

「共学化、ですか」

「そうだ」

予想外の話に、レアンドロはとりあえず聞く体勢に入った。

魔法学園の共学化。

創立以来、王立魔法学園はずっと女子禁制の学び舎《や》として知られてきた。

理由はいろいろとあるが、魔法を積極的に学ぼうとする女性がほとんどいなかったからというのが特に大きい。

女性は男性と違い、作法や花嫁修業の方が重要視される。それらを身につけるには膨大な時間がかかるのだ。とてもではないが、魔法を学ぶ暇なんてない。

「だが、最近事情も変わってきてな」

レンの言葉に、隣にいた妻のシェラが続けた。

「少しずつだけど魔法を自分の仕事にしたいって考える女性たちが増えてきたの。時代の流れね。だけど今のフロレンティーノには、女性が本格的に魔法を学べる場所がない。それならいっそのこと、作ってしまえばいいかと思って」

魔法学園のみならず、高等教育機関はそのほとんどが女子禁制だ。いきなり女生徒を受け入れろと言っても難しいだろう。それならまずは手本として、王立の魔法学園から共学化を図ろうと考えたらしい。

魔法学園で上手《うま》くいけば、生徒の拡充を狙い、追随する教育機関も増えるだろうというのがレンたちの狙いだった。

「これは偶然なんだけど、今年からレンが理事職を引き継ぐことになったの。だから改革の時期としても悪くないかなって思って」

そう言ってシェラは微笑んだ。

一児の母。可愛らしい容姿の、一見何もできないようにさえ見えるシェラだが、実は彼女こそフロレンティーノ神聖王国で一番と言ってもいい、戦える女性だ。

氷魔法に天賦の才を持ち、精鋭揃《ぞろ》いの魔法師団のメンバーたちにも引けを取らない実力。時折魔法師団と一緒に魔物退治にも出かけているらしい。魔法の手ほどきをしたのは他ならぬレン。彼自らが手塩にかけ、シェラを一人前の魔導師に育て上げたのだ。

レンの方はといえば、彼はいわゆる天才型で、どんな魔法も遜色なく使えるオールマイティな男だ。だが特に得意なのは攻撃魔法。回復魔法を得意とする者の多いフロレンティーノ王家では珍しく、今代のフロレンティーノの王太子夫妻は戦闘特化タイプだった。

「今回の案は私ではなくシェラからのものなのだがな。最近は魔法学園の入学生も少しずつ減っているようだし、男女問わず優秀な学生のために門戸を広げるというのは悪くないと思った」

「今時女子禁制というのもどうかと思うしね。教育の機会は男女関係なく平等に与えられるべきだと思うわ」

きっぱりと告げるシェラを愛《いと》おしそうに見つめるレン。

慈善活動や子供の教育活動に熱心な王太子妃らしい提案だ。

そこまで聞いて、レアンドロは口を開いた。

「お話は分かりました。ですがどうしてそれが、私が魔法学園の臨時教師をすることに繫《つな》がるのでしょう。私も暇ではないのですが」

「お前はせっかちだな。話にはまだ続きがある」

レンに窘《たしな》められ、レアンドロは口を噤《つぐ》んだ。

「今年の入学生の中に一人、お前に気にかけて欲しい生徒がいるのだ」

「私に？」

レアンドロは問いかけるような視線をレンに向けた。レンは頷く。

「その生徒は外国からの留学生。ルクレツィア・フィリィ・エステバンという。名前で想像がつくとは思うが隣国エステバン王国の王女だ」

「エステバン王国というと……ルシウス殿下の」

「そうだ」

エステバン王国王太子。フェルナン・ルシウス・エステバン。

レンの親友でもあり、彼の妹アリシアを正妃に迎えた、プラチナブロンドの髪に神秘的な紫色の瞳をした美貌の青年だ。

レアンドロが魔法学園に在籍していた頃、ルシウスは自らの身分を隠して魔法学園に通っていた。その際いろいろとあったがお互い全て水に流し、今は友人として付き合っている。だからもちろん妹の存在は知っていたが、まさか魔法学園に入学してくるとは考えもしなかった。

「確かにルシウス殿下とはそれなりに親しくさせていただいておりますが、私はルクレツィア王女殿下とはお会いしたことがありません。人選ミスではありませんか？」

「いや、ルシウスからの指名でな。お前にならば任せられるとのことだった」

「ルシウスが……」

反射的にルシウスの顔を思い浮かべてしまったレアンドロは、眉をぴくりと動かした。

今は確かに友人ではあるが、ルシウスとは学生時代に同じ女性に惚《ほ》れ、競い合った仲でもあった。男装してレジェス・オラーノと名乗り学生生活を送っていた、レンの妹姫であるアリシア。レアンドロは最初、彼女が女性とは気づかないまま好意を抱いていたのだ。

そんな彼女を巡った争いの結末は、ルシウスの圧勝。アリシアは最初からルシウスしか見ておらず、彼と結婚して子供を設け、今は幸せに暮らしている。

今更痛みを感じたりはしないし、嫉妬もないが、素直には接しにくい。

間違いなく友人ではあるが、レアンドロにとってルシウスとはそんな存在だった。

「……好ましくはないと思います。何せ、ルクレツィア王女殿下は女性です。同じ女性にお願いした方が――」

できれば積極的に関わりたくない。そんな思いから出た言葉だったが、レンに言葉を遮られた。

「同じく臨時教師として、シェラが行くことが決まっている。基本的にはシェラが彼女を担当するが、シェラは王太子妃だ。休めない公務も多くある。そういう時、代わりに見守って欲しいのだ」

「……」

己の妃《きさき》を派遣するという言葉を聞き、レアンドロは抗議の言葉を吞《の》み込んだ。さすがに王太子妃が行くというのに自分が文句を言えるはずもない。

嘆息していると、話を聞いていたテオが軽い口調で言った。

「何も一日中張りついておけってわけじゃないんですし、軽い気持ちで大丈夫ですよ、先輩」

「テオ。自分には関係ないと思って、適当なことを言ってくれますね。それならあなたが代わりにどうぞ。喜んで代わってあげますよ」

名案だと思ったのだが、あっさりとやり込められた。

「あれ？　もう忘れたんですか。僕は臨時教師なんかじゃないんです。歴《れっき》とした正規職員ですよ。一人の生徒だけ見るなんて不可能です。この件にはものすごく不向きだと思いますよ」

「……そうでしたね。忌々しい」

「先輩。本音がダダ漏れですから」

相変わらずだなあとテオが苦笑する。柔らかな声がその場に響いた。

「ごめんなさい。私がずっと彼女についてあげられれば良いんだけど、さすがにそういうわけにはいかなくって」

「シェラハザード妃殿下……」

「あなたが適任なのは事実なのよ。それにね、ルクレツィアはアリシアの義理の妹だし、できれば私も気にかけてあげたいの。彼女はあまり身体《からだ》が丈夫ではないようだから、特にね」

アリシアと親友であるシェラらしい言葉だ。だが、レアンドロは不快げに眉を寄せた。

「健康に不安があるのに、わざわざ留学してくるのですか？　それなら国でおとなしく静養していれば良いのに、随分と物好きな方ですね」

レアンドロの強烈な嫌みを、シェラは苦笑いで流した。

「そんな言い方しないで。ルクレツィアにも理由があるんだから。彼女はね、その身体の弱さから召喚獣と契約ができないの。王家の人間だから魔力は十分すぎるほどあるんだけど、彼女には自らを守る手段がない。だからそれを心配した家族が、せめて通常の魔法だけでも使えるようになれないかってレンに相談したのよ」

エステバン王国は多数の召喚士を抱える国だ。特に王族はほぼ全員が何らかの契約獣と契約している。いざという時の守りになるという意味もあるのだが、ルクレツィアは契約すらできないとのことだった。

「召喚士の契約は契約時にかなり術士に負担をかけるものらしいからな。相談を受けたタイミングが、ちょうど共学化の話を進めていた時だったので、それならと勧めてみた。規定の入学試験もギリギリではあったがクリアしたし、問題はない。同じく試験をパスした友人の侯爵令嬢と、後は専属護衛騎士も連れてくるようだからそこまで目をかける必要はないと思うのだが……いかんせんルシウスがうるさくてな。あいつがあんなに妹を大切にしているとは知らなかった」

ぼやくようなレンの言葉に、シェラも「うん」と同意する。

「私も驚いた。でも、それだけルクレツィアのことが心配なんだと思う。良いじゃない。基本的には私が見るようにするから。そうすれば何も問題はないでしょう？」

「……そういう問題ではない。私がお前を行かせたくないのだ」

愛妻家らしいレンの発言にシェラは口元を緩めた。

「ありがとう。そう言ってもらえて嬉《うれ》しい。でも、女生徒を迎えるのならやっぱり女性教員は必要だと思う。いろいろと女性同士にしか理解できないことも多いし。だからゼロというわけにはいかない。私が教師として行けば、王家は魔法学園の共学化に積極的だと思ってもらえるし、王族であるルクレツィアに教師も強くは言いづらいと思う。もし何かあっても私なら王太子妃という身分があるから遠慮せず間に入れるし、ね？　転ばぬ先の杖《つえ》とでも思っていて」

シェラの言葉にレンは眉を寄せた。

「……お前はたまにわけの分からない言葉を使う。アリシアには通じているところが不思議で仕方ないのだが……」

「アリシアは私の大事な親友だから。女同士、いろいろと通じ合えるの」

「面白くない……」

レンは小さく首を振り、シェラの腰を引き寄せた。シェラは逆らわない。ほんのりと頬を染め、小さく夫を睨《にら》んだ。

「ヤキモチ焼き。実の妹にまで嫉妬してどうするの」

「嫌なものは嫌だ。……シェラ。話は戻るが、やはりお前が行く必要はないと思う。お前は私の妃なのだ。私の側《そば》にいればそれでいい」

「レン。その件については散々話し合ったでしょう?」

「だが……」

見るからに不満そうなレン。シェラは宥《なだ》めるように口を開いた。

「ねえ、レン。私が行くのが一番良いって、本当は分かっているんでしょ」

「ああ。だが、そうだな。理性と感情が別なのだと理解するのはこんな時だ。何が正しいのか分かっていても実践はしたくない」

「もう、レンってば。そんなことばっかり言ってると子供みたい」

クスクスと笑うシェラとムスッとした表情を崩さないレン。

実に甘い、イチャイチャとしたやりとりに、レアンドロのこめかみがピクピクと引きつった。

「お二人とも。……申し訳ありませんがそのやりとり。まだ続くようでしたら、私は失礼させていただきますが」

　レアンドロの凍えるような声に、シェラは慌てて振り返った。

「あ、ごめんなさい。ええと、そういうわけだから、私がいない間はぜひあなたにお願いしたいのよ。ちゃんと私も学園に顔を出すようにするから。ね？」

「……分かりました」

　もとよりレアンドロに断る権利などない。納得したとは言いがたかったが、渋々了承を告げると、シェラは素直に喜んだ。

「ありがとう、助かったわ。あなたのことはテオからも推薦を受けていたから、ぜひお願いしたかったのよ。引き受けてもらえて良かったわ！」

「は？　テオからですか？」

「ええ」

　あっさりと肯定が返ってきた。反射的にテオを睨むと彼はにっこりと笑った。

「当たり前じゃないですか。僕だって一緒に仕事をするのなら知り合いの方がいいですから。ほら、連携とかいろいろな面でも悪くない提案だと思うんですよね。あ、シェラ。僕が言った通りだっただろう？　断られたくなかったら、レンブラント殿下から言い出してもらった方が良いって」

「さすがテオ。こんなにあっさり頷いてくれるとは思わなかった」

「レアンドロ先輩は真面目だからね。王族の命令に逆らうわけがないと思ったんだ。特に殿下の命令ならね」

「友人だけあって詳しいわね。本当助かった」

「いいんだよ。僕にも関係のある話だからさ」

「……」

相手は王太子妃だというのに、まるで友人同士のような気安い会話。通常ならあり得ない話にレアンドロが驚いていると、レンが面白くなさそうな顔で言った。

「……私の妃は事情があって、一時期魔法学園に在籍していたことがあるのだ。テオとはその時からの友人だ。面白くはないが、シェラが喜ぶからな。……仕方ない」

「そう、ですか……」

ということは、シェラも男装をして魔法学園に潜り込んでいたということになる。

この調子では男装して魔法学園に潜り込んでいた女性がごろごろ出てきてしまうなとレアンドロは思った。そういう意味でもいっそ共学にしてしまうのはありなのかもしれない。

シェラと楽しそうに話していたテオがレアンドロの方に顔を向ける。

「あ、先輩。せっかくですから、学園で恋人の一人でも探してみればいかがですか？　侯爵家の当主がいつまでも独り身だというのも問題ですし、別にうちは教師と生徒の恋愛を禁止していませんから。むしろあそこなら貴族が多いから、先輩の身分に合った女性が見つかるかもしれませんよ？」

テオの言葉にぴくりと頬が引きつった。声が自然と冷たくなる。

「全くもって余計なお世話ですね。まさか同じく独り身のあなたに言われるとは思いませんでしたよ」

「僕は貴族ではありませんから先輩とは事情が違います。気楽な独り身が許されるんですよ」

返ってきた言葉に、少しだけ羨ましいと思ってしまった。

テオの言うように、レアンドロは貴族。それも侯爵家の当主だ。当然義務として跡継ぎが求められる立場。つまりは結婚しなければならないのだ。

それは分かっていたが、レアンドロはどうしてもそんな気になれなかった。実際何度も見合いを勧められたが、見合い用の絵姿を覗《のぞ》く気にもなれず放置している。それは彼自身が、もともと同性愛者寄りの気質を持っていたというのも関係あるのかもしれない。学生時代、どうして女性であるアリシアを好きになれたのか、レアンドロにはいまだに分からなかった。

黙り込んでしまったレアンドロに、レンが言う。

「まあ、結婚相手なんてものは出会う時には出会うものだ。無理に急ぐ必要はない。お前にもそういう相手がそのうちひょっこり現れるだろう」

「大丈夫だ。私もシェラに会うまではそう思っていた」

「……とてもそうは思えませんが」

「……」

女嫌いで有名だったレンに言われると、レアンドロとしてもそれ以上は言えない。

レンは話題を変えるように声を上げた。

「とにかく、ルシウスの妹は来週にはこちらへ来る予定だ。魔法学園で先に顔合わせをするから、ここにいるメンバーは全員必ず集まるように。分かったな」

「ええ」

「はい」

シェラとテオが楽しそうな声で返事をする。シェラとはあまり付き合いがないので分からないが、テオはわりと変化を喜ぶ傾向があるから、素直に今の事態を楽しんでいるのだろう。

——やれやれ、面倒なことになった。

レアンドロは皆に聞こえないよう、小さくため息を吐《つ》いた。

それでもすでに命令を受けた後だ。フロレンティーノ神聖王国に忠誠を誓い、そこで働く者としては適当な真似《まね》は許されない。引き受けた限りは全力を尽くさなければならない。

不承不承ではあるが、レアンドロもまた主君の言葉におとなしく頷いた。

第一章　前世の記憶と魔法学園

「見て！　エステル。あれが魔法学園なのね。あそこでお兄様はお義姉様《ねえさま》と出会い、恋に落ちたのだわ……」

「ルクレツィア様。あまりはしゃがないで下さい。お身体に障りますから」

「駄目よ。こんなの興奮しないわけにはいかないわ。ああ、私もきっともうすぐ素敵な恋人に巡り会えるのね……」

「はいはい、分かりましたから。まずは理事長室に行きましょう。理事長が待っていますよ」

「理事長って、お兄様の親友のレンブラント様のことよね。レンブラント様もお兄様と同じで大恋愛の末ご結婚なさったと聞いているわ。素敵。そのあたりもぜひ、詳しくお話を伺いたいわ」

「そうですね。話して下さると良いですね」

「もう、エステルってばいつも適当なんだから！」

ぷすっと膨れるルクレツィアを適当にあしらい、エステルは魔法学園の正門を実に複雑な気持ちで眺めた。

王立魔法学園。去年までは女子禁制で、今年からは男女共学となった魔法を学ぶための学校だ。

彼女――エステル・ラヴィアータは隣国、エステバン王国のラヴィアータ侯爵の娘だった。

年は十七。少し年の離れた双子の兄がおり、その兄たちはエステバン王国王太子ルシウスの側近を務めている。

エステル自身もルシウスの妹ルクレツィアの幼馴染《おさななじ》みで、身体のあまり強くない彼女の世話をずっと続けてきた。今回の留学にあたり、ルクレツィアたっての頼みでエステルも一緒に来ることになったのだが、彼女はなんとも不思議な感覚を味わっていた。

（へえ……。これがあの『キミセカ』の舞台になった魔法学園ねえ）

実は、というのもなんなのだが、エステルは転生者だった。生まれは遠い日本という別世界。そこでの記憶を持ったまま、彼女はこの世界に転生したのだ。記憶を思い出したのは五歳の時。

小さな子供に大人の記憶。当然とてもショックを受けた。だが、それ以上に衝撃を受けたのが、転生した世界が、ＢＬやＴＬ小説の世界だと気づいてしまった時だった。

驚くことにエステルが転生した世界は、前世で愛読していた小説の世界だったのだ。

『君を取り巻く世界』通称キミセカ。『私を取り巻く世界』通称ワタセカ。

キミセカはＢＬ小説。つまりは男同士の恋愛を描いたもの。一方ワタセカはＴＬ小説。男女の性愛を描いた恋愛小説なのだ。

気づいた時には、さすがになんの冗談かと思った。

だけどわりと簡単に立ち直ることができたのは、エステルが話とは全く関係のない国にいたからだろう。

キミセカというＢＬ小説、そしてワタセカというＴＬ小説。それらの話が起こる舞台は、全てエステルが暮らしているエステバン王国ではなく、隣国のフロレンティーノ神聖王国なのだ。

しかもエステルは端役ですらない。全く無関係。

なんだ、関係ないのなら気にする必要もないかとエステルが結論を出すのもある意味当然と言えた。そうなれば後はもう、ただ普通に日常を過ごすだけ。

フロレンティーノ神聖王国と自分が関わることはないだろうと、それなら小説のことはあまり気にしないでおこうと決めて十年以上。そんな中での突然の留学話だった。

◇◇◇

「――私、隣国の魔法学園に通うことになったの」

ある日、兄であるルシウスに呼び出され、自分の部屋に帰ってきたルクレツィアは待っていたエステルに向かって実に重々しく言った。

ルクレツィアの私室は、柔らかなピンク色の壁紙と、アンティークの家具が目を引く可愛らしい部屋だ。ただし無駄なものは一切置かれていない。殺風景な部屋だと見る者も少なくはないが、身体が弱く、基本車いすを使って生活しているルクレツィアにとっては、これが一番過ごしやすい配置だった。

「魔法学園ですか？　フロレンティーノ神聖王国の？」

「ええ」

ルクレツィアのためにお茶の準備をしながら、エステルは「へえ」と目を丸くした。

魔法学園に入学。突然の事態にただ驚いていた。だってフロレンティーノ神聖王国にある魔法学園は、キミセカの舞台だというだけではない。女人禁制の学校としてとても有名なのだ。それなのにそこへ通うというのだから驚くなという方が無理な話だ。

「……ええと……もしかして、ルクレツィア様。男装でもなさるおつもりですか？」

手を止め、振り返ったエステルは、車いすに座った少女を上から下まで少々不躾《ぶしつけ》に見つめた。

兄のルシウスと同じ紫色の瞳にプラチナブロンドの髪。あまり外に出ないから肌は抜けるように白く、きめ細やかだ。十六歳になるが、とてもそうは見えない童顔。おとなしい性格が表情に出ているおっとりした儚《はかな》げな美少女。

彼女が男装して魔法学園に通う？　駄目だ、どうしたって無理がある。

エステルは呆然《ぼうぜん》と首を横に振り、言った。

「さすがに難しいと思いますけど……」

別にルクレツィアをからかったわけではなかった。だって小説、キミセカの話の中では実際にそうやって魔法学園に在籍し、卒業までしてのけた強者《つわもの》が実在するのだから。

その名をアリシア・フロレンティーノという。

魔法学園在籍時はレジエス・オラーノと名乗っていたフロレンティーノ神聖王国の王女で、今はエステルの暮らすエステバン王国の王太子妃だ。だからてっきりルクレツィアも同じように男装でもするのかと思ったのだが、ルクレツィアはなんのことだとばかりに首を傾げた。

「エステルの言っている意味がよく分からないわ。王立魔法学園は、来期から男女共学になるそうよ。身を守るための魔法を身につけた方が良いから行ってみなさいってお兄様が勧めて下さったの。お兄様も以前、魔法学園に通っていらっしゃったし、あそこなら安心して送り出せるって」

「あ……ああ、なるほど？」

原作にはなかったが、こちらのルシウスは魔法学園に通っていた。そこでアリシアと出会い結婚に至ったらしい。自らの学び舎を妹に勧めるというのは理解できる。

「ええと、それで……共学になる……のですか？　魔法学園が？」

「お兄様はそうおっしゃったわ」

驚いた、とお茶をカップに注ぎながらエステルは思った。

確かに時系列的に考えてもキミセカやワタセカの話はもう終わっている。だが、それでもまさかそんな劇的な展開になるとは考えもしなかった。

しかしよくよく思い返してみれば、その兆候はかなり前からあったようにも思う。

まずはルシウスとアリシアの結婚。そんなこと、原作ではあり得なかったのだ。

そして第二にＴＬ小説側のワタセカ。そのヒーローとヒロインはフロレンティーノ神聖王国の今の王太子夫妻なのであるが、原作では心を壊した王太子妃としてエンドを迎えるのに、ぴんぴんと元気で、しかも夫婦仲は非常に良好だった。

小説ではヒーローのレンに男色――いや、両刀疑惑があり、かなりお盛んだったのだが、こちら側の彼には浮いた噂一つない。己の妃ただ一人を溺愛する優秀な王太子として有名だ。

良い方向に物語が変わったのだから構わないのだが、知った時はどうしてこうなったのだろうと首を傾げたのも確かだ。誰かが何かしているのだろうかと思いつつも、まあ自分には関係ないからとそのままスルーしていた。しかしその中心となる舞台、魔法学園までもが共学化という形で変化するとは。ここまで何もかもが違うと驚くしかない。

「へ、へえ。でも良いんじゃないですか？　ルクレツィア様、魔力量は十分すぎるほどあるんですから。普通の魔法が使えれば召喚獣がいなくともなんとかなりますよ、きっと」

お茶を運び、互いに部屋の隅に設置されたソファに腰掛けながら頷いた。

幼い頃から一緒に過ごした親友が隣国へ行ってしまうというのは寂しいが、彼女のためを思えば笑って送り出すべきだろう。そう思い、エステルは笑顔を浮かべたのだが、ルクレツィアはやけに真面目な声で言った。

「それでね、お願いなんだけど、エステル。私と一緒に来て」

「は？　私がですか？　え？」

まさかの指名にたじろいだ。不安そうな目で、それでもじっと自分を見つめてくるルクレツィア。その目が断らないでと言っているのが分かる。だけどいきなり留学と言われてもさすがに困るのだ。

「あの、ルクレツィア様……」

腰を浮かせたエステルに、ルクレツィアは畳みかけるように言った。

「お願い。お兄様のおっしゃることは分かるし、その通りだとも思うけれど、それでも私一人でなんてとても無理よ。だけど、エステルが一緒に来てくれれば頑張れると思うの。お兄様にもそう言ったわ。お兄様は……エステルが良いって言ったら連れて行っても構わないって。ねえ？　エステル。私と一緒に来て。お願いよ」

「う……」

縋《すが》るような目で見つめられてたじろいだ。昔からエステルはルクレツィアのこの目に非常に弱いのだ。そしてルクレツィアはそのことを分かっている。

ずるいなあと思い、再度ソファに腰掛けながら、エステルは言った。

「分かりましたけど……お父様に許可をいただかないことにはなんとも……」

父親である侯爵は、他の貴族と同じように花嫁修業や行儀作法を重視するごくごく一般的な親だ。そんな父に「魔法を勉強するから魔法学園に行きたい」と言ったところで許してもらえるとはエステルには思えなかった。そうでなくとも、父からは最近見合いの気配をひしひしと感じていたのだ。

エステバン王国で十七は適齢期。それなのに今から三年も魔法学園に通うだなんて。卒業したらハタチになってしまう。行き遅れとまでは言わないがそれでも適齢期ギリギリ。女性が魔法学園を卒業したところで何かメリットがあるわけではないし、父が許してくれるとは思えなかった。

だけどルクレッツィアはホッとしたように笑った。

「ラヴィアータ侯爵様なら大丈夫よ。すでにお兄様が直接交渉して下さって、許可をもらっているから。後はあなたが頷いてくれるだけだったの」

「え……」

まさかの答えに唖然《あぜん》とする。言葉を返せないでいると、ルクレッツィアが飛びついてきた。

「良かった。来てくれるのね。ありがとう、エステル。大好きよ！」

「わっ。危ないですって」

慌ててルクレッツィアを受け止め、エステルは安堵《あんど》の息をついた。ルクレッツィアはこの通り、一人で立てないわけでも歩けないわけでもないが、長時間となると無理が出る。だから念のため、車いすを使っているのだ。

エステルに抱きついたルクレッツィアの声は、誰が聞いても分かるほど弾んでいた。

「だって、不安だったんですもの。車いすで移動することの方が多い私が一人で魔法学園だなんて。それに小さな頃からずっと一緒だったエステルと離れたくないの」

そこまで言われては、エステルも渋い顔はしていられない。

ルクレツィアと離れるのが不安なのはエステルも同じなのだ。

「分かりました。一緒に行きます。でも、ルクレツィア様。護衛騎士のキールは連れて行くんですよね？」

「ええ、今の私には身を守る手段もないし、そのあたりは向こうに許可を取って下さるらしいわ」

「良かった……」

ルクレツィアの専属護衛騎士を連れて行けると聞き、エステルはホッとした。

ルクレツィアが言うように、彼女には己の身を守る手段がない。だから丸腰状態で隣国へ行くのは不安だと思ったのだが、キールが来てくれるのなら安心だ。

彼はエステバン王国でも屈指の腕前を誇る剣士なのだから。

安堵するエステルに、ルクレツィアがあのね、と声をかけてくる。

「それでね――魔法学園なんだけど、実は入学試験があるの。あなたも一緒に受けてね」

「え？　付き人って受験しなくてはいけないんですか？」

予想外の言葉にエステルは、きょとんとした。ルクレツィアはもちろんと笑う。

「当たり前じゃない。だって私たちが行くのは王立魔法学園なのだから。国内最高峰の魔法学園。いくらお付きだからって裏口入学させてくれるはずがないと思うの」

「そう……ですね。でも、受かるでしょうか。正直心配です。あまり自信はないんですけど」

エステルの魔力量はそれほど多くない。それに、実は彼女もルクレツィアと同じで契約獣がいなかった。ルクレツィアとは違い、その理由は実にくだらないものだったが。

召喚士の資質が自分にあると分かった時、エステルは思ったのだ。

契約獣とは、ずっと自分の側にいて守護してくれる存在。だったらその契約獣は、これぞ！ というものにしたいなと。

別に強い契約獣でなければ嫌だというのではない。なんというかそう――ビビっとくるような存在を待っているのだ。

いまだそんな存在に出会えていないエステル。そのせいで召喚獣と契約できていないのだが、妥協するくらいなら別にそれで構わないとエステルは思っていた。

どうしても召喚士になりたいわけではなかったし、父が用意する見合い相手とおとなしく結婚する未来に不満もなかった。だってそれがこの世界の常識。

ちなみに普通の魔法は、得意というほどでもない。属性を一つに定めて特訓すれば少しはましなのだろうが、移り気なエステルはあちこちに手を出した結果、全部に対し、非常に中途半端な状態となってしまったのだ。そんなエステルが、果たして隣国の魔法学園の入学試験に受かるだろうか。

心配になるのも当然だった。

うーんと考え込むエステル。車いすに座り直したルクレツィアが彼女を見上げる。

「……エステル。一緒に来てくれるのよね？」

「う」

寂しそうな声を出されては、無理ですとはとても言えない。結局エステルは、頑張りますと答え、その通りなんとか魔法学園の入学試験に合格して、今日のこの日を迎えたのだ。

◇◇◇

「エステル様。いつまでも惚《ほう》けていないで、理事長室へ向かいますよ」

「あ、ごめんなさい」

ぼんやりと今までのことを思い出していると、護衛騎士としてついてきてくれたキールが声をかけてきた。

水色の髪に金色の目というなかなかに派手な色合いをした容姿だ。腰に宝石などの装飾が目立つ長剣を下げている。鎧《よろい》こそ着ていないものの、紺色の騎士服を纏《まと》った青年――キール・クライドは、珍しいことに生まれつき魔力を持たなかった。

そのため、実の両親に捨てられてしまったという壮絶な過去を持つキールではあるが、彼は己の過去を消し去るかのように死にものぐるいで努力し、結果、剣一本でルクレツィアの専属護衛騎士までのし上がってきたのだ。

留学にあたり、キールは特例措置を受けてここにやってきた。本来なら、関係者以外の立ち入りを固く禁じられている魔法学園で、生徒でも教師でもないキールがルクレツィアの側にいられるのは、その措置のおかげなのだ。

「エステル？　もう、全然話を聞いていないんだから」

「す、すみません」

もう一度、今度はルクレツィアから声をかけられる。エステルは慌てて車いすを押し、予《あらかじ》め教えられていた場所へと向かった。

◇◇◇

中央にそびえ立つ大きな時計塔を囲うように、魔法学園の校舎は作られている。時計塔には職員室や応接室といった、学園運営側の設備が集中していた。理事長室は一番上の階だ。ルクレツィアが車いすなのでどうしようかとエステルは悩んだが、魔力を動力としたエレベーターのようなものがあったので、特に苦労することはなかった。

薄い丸い板のようなものの上に乗り、制御盤に魔力を通すと、向かうことのできる階が宙に表示される。最上階を示す印に触れると、三人を乗せた薄い板は不安を感じさせない動きで浮き上がった。

「すごいわね。こんなの、エステバンにはないわ。さすが魔法大国。有名なのは回復魔法だけど、やっぱりそれだけじゃないのね」

垂直に上っていく感覚は、前世で乗ったエレベーターと少し似ている。自国では見ない魔法の使い方にルクレツィアがはしゃいだ。

「おとなしくして下さい。ルクレツィア様。万が一落ちたらどうするつもりですか」

護衛騎士のキールが窘めたがルクレツィアは止まらなかった。上機嫌であちらこちらを見回している。そうこうしているうちに一番上に着いた。同時に声が響く。笑いの交じった声音だった。

「転落防止の魔法もかかっているから、万が一にも起こらない。安心してもらっていい」

（あっ）

声のする方向へ顔を向けたエステルは、声こそ出さなかったが、内心とても驚いていた。

出迎えに来ていた背の高い、白を基調とした盛装を見事に着こなした金髪碧眼の男性。彼に見覚えがあったからだ。……ただし、二次元で。

（うわっ、レンブラントだ。間違いない、本物。ワタセカのヒーロー！）

兄たちがルシウスの側近をしていることもあり、エステルはワタセカにも出演するルシウスとは、少なからず面識があった。だがルシウスは小説のメインの人物ではない。

へえ、本当にいるんだ、とは思ってもそれ以上の認識はなかったのだ。

だけどレンブラントはまごうことなきヒーロー。

ワタセカの話を思い出しながらエステルは、やっぱり二次元の美形は三次元でも美形なんだなあ、としみじみと実感していた。

「遠いところをよく来てくれた。魔法学園の理事長、レンブラントだ」

王女であるルクレツィアに向けられた言葉。エステルがルクレツィアの方を窺《うかが》うと、ルクレツィアは車いすから立ち上がった。皺《しわ》になりにくい生地で作られた面会用のドレスは、あまり身体を締めつけないタイプのものだ。エステバン王国自慢のお針子たちがこの日のために必死で縫い上げたドレスは、ルクレツィアによく似合っていた。

「こ、こちらこそわざわざお時間を取っていただきありがとうございます。……エステバン王国第一王女、ルクレツィアでございます」

作法にのっとり軽く頭を下げる。エステルとキールもルクレツィアに倣い、その身分に従った礼を取った。十分に間を置いてから頭を上げると、レンが廊下の奥にある部屋の扉へと視線を向けた。

「紹介したい者たちがいる。まずは理事長室へ」

「分かりました。よろしくお願いします」

ルクレツィアが元通り車いすに座ったのを確認し、レンが歩き出す。車いすはキールが押し、エステルはルクレツィアの隣を歩いた。

前を歩くレンをチラチラと見ながら、ルクレツィアが小声で、だけどとても楽しそうな声で言う。

「ねえ、レンブラント様って、お兄様と並ぶと強烈に見応えがあると思わない？　金と銀とで目の保養になると思うわ」

「……ルクレツィア様」

「ごめん。でも少しくらいいいじゃない」

窘めると、ルクレツィアは笑いながら謝ってきた。どうやら少しは緊張が解けてきたようだ。

初めて訪れる外国の地。ルクレツィアは国を出てからずっと緊張していた。先ほどの挨拶も実はどうなることかとヒヤヒヤしていたのだが、なんとかなったようだ。

実はルクレツィアは、身内や親しい友人以外に対して萎縮する傾向が強い。でも、それは仕方のないことだった。

ルクレツィアは生まれた時から身体が弱く、魔力はあっても召喚獣と契約するのは難しいのではないかと言われ続けてきた。エステバン王家にあり、召喚獣と契約できないのは恥。国王夫妻や兄であるルシウスは全く気にせずルクレツィアを可愛がっていたが、ルクレツィアは彼らの見えないところで令嬢たちに馬鹿にされていたのだ。

生来おとなしく、争いごとを好まないルクレツィアは自分が我慢すれば済むことだからと、幼いながらも黙って耐え続けてきた。そんな日々が続く中、出会ったのが双子の兄に連れられて初めて登城したエステルだった。

城の壮大さに見惚《みと》れているうちに迷子になってしまったエステルは、彷徨《さまよ》っているうちに、城の目立たない場所でうずくまって隠れていたルクレツィアを偶然発見してしまったのだ。

◇◇◇

「……えーと？」

「お願い。誰にも言わないで」

エステルが何か言う前に、ルクレツィアは震える声で訴えてきた。畳みかけるように言う。

「少し私が我慢すれば良いだけなの。私、皆が帰るまでここでおとなしくしているから、だから誰にも言わないで……お願い」

ぷるぷると膝を抱えているプラチナブロンドの髪の少女。その横には子供用の車いすが置いてある。双子の兄から伝え聞いた王女の特徴を思い出したエステルは、自身もしゃがみ込み、少女と目を合わせながら口を開いた。

「初めまして。間違っていたらごめんなさい。ルクレツィア王女殿下……ですよね？」

「っ⁉」

びくり、とルクレツィアの肩が震えた。それを肯定だと見なしたエステルは小声で話しかけた。

「ええと、私は今一人ですし、周りにも誰もいません。私自身、今日初めて城に上がりましたので……その、誰かに言いたくても言えるような知り合いもいないと思います」

「え……？」

おずおずとルクレツィアが顔を上げる。幼いながらも整った容貌がそこにあった。さすがは王族。非常に残念なことに泣きはらした跡があり、鼻は真っ赤になってしまっていたが美貌が衰えることはなかった。

（うわ……もしかして、ずっと泣いていたの？）

涙でぐしゃぐしゃになってしまった顔を見て、エステルは胸を痛めた。

何があったのかは分からないが、こんな可愛らしい王女が泣くようなことが起こったのかと思うと、怒りが込み上げてくる。

「あの……あなたは？」

可愛い、鈴を転がすような声に、はっとした。慌てて笑みを浮かべる。

「すみません。申し遅れました。私はエステル・ラヴィアータ。ラヴィアータ侯爵の娘です。今日は兄たちと一緒に登城しました」

「ラヴィアータ……？　ええと、もしかしてお兄様の側近の双子の？」

「はい、私の兄たちです」

「そう……」

心当たりがあったのか、ルクレツィアは納得したような顔をした。それからじっとエステルを見つめてくる。

「……あの……ね」

「はい」

返事をしたが、なかなか言葉は返ってこない。それでも辛抱強く待っていると、ルクレツィアは唇を噛《か》み締め、小声で言った。

「あなたは……私を虐《いじ》めない？」

「え？」

言われた言葉の意味が一瞬理解できず、エステルはぽかんとした。だけどエステルを見つめてくるルクレツィアの瞳は真剣だ。すでに前世の記憶を取り戻し、外見はともかく中身はすでに子供とは言えなかったエステルは、ここはきちんと応えなければならない場面だと敏感に察した。多分、ここで間違えた答えを返すと、きっとルクレツィアはエステルに対し、心を閉ざしてしまう。そんな気がしたのだ。

「ええと、おっしゃっている意味は正直よく分かりませんが、私が殿下を虐めることはないと思います。大体王族を虐めるだなんてそんな大それた真似……」

「だけどあの人たちは私を虐めるわ。召喚獣と契約できない出来損ないの王女だって……出来損ないの王女は早く城から出て行けば良いんだって……」

「そんな……」

膝を抱え俯《うつむ》くルクレツィアをエステルは呆然と見つめることしかできなかった。

ルクレツィアの事情は兄たちから聞いていて、エステルも知っていた。だけど同時に、国王たちも彼女の兄も皆、ルクレツィアを可愛がっているとも聞いていたのだ。まさかいじめが起こっているだなんて。寝耳に水の話に、エステルは唖然とした。

「誰が一体そんなことを……」

許されることではない。そう思ったが、ルクレツィアは否定するように首を振った。

「言わないわ。だって私が言ってしまったら、彼女たちはきっと罰せられてしまうもの。そんなのは駄目。私のせいで誰かが傷つく姿は見たくないの」

だから虐めてくる令嬢たちがいる間はここに隠れているのだと主張するルクレツィアに、エステルは胸を打たれた。まだ幼いながらもルクレツィアは己の立場を分かっている。自分の一言が与える影響力を理解しているのだ。

「殿下……」

「お願い。私は言いたくないの。だけど虐められるのも嫌。だからここにいるの。私を虐めないというのなら、お願いだからそっとしておいて。誰にも言わないで。それがお願いよ」

懇願の響きにエステルは小さく笑った。誇り高い王女に、すっかり絆《ほだ》されてしまったと思ったのだ。

「……分かりました。じゃあ、私もここにいます」

「え？」

膝を抱え、俯いていたルクレツィアが顔を上げる。彼女の驚いた表情を見て、エステルは笑みを深めた。この可愛らしい王女のために、何かしてあげたいと強く思っていた。

「実は、私迷子なんですよね。初めて来た王城で、兄たちとはぐれてしまって。だからすごく心細いんです。殿下が一緒にいてくれたら嬉しいなって思うんですけど」

「え？　でも……」

困惑するルクレツィアを見て、もう一息だと思ったエステルは、更に駄目押しした。

「それともやっぱり私なんかじゃ、殿下のお側にいる資格、ないですか？」

「そ、そんなことないわ！　あっ……」

思わず声を荒らげたルクレツィアにエステルはにんまりと笑った。

「良かった。じゃ、兄様たちが迎えに来るまで一緒にいて下さい。せっかくですから、おしゃべりでも楽しみましょう？　もちろん虐めたりなんてしませんから」

「……ずるいわ」

「ふふ、すみません。殿下」

まんまとエステルの策にはまったことに気づいたルクレツィアが拗《す》ねた声を出したが、エステルは取り合わなかった。だってルクレツィアは笑顔だったから。ルクレツィアがおずおずと尋ねてくる。

「あの……ね。エステルって呼んでもいい？」

「はい、殿下。お好きにお呼び下さい」

ルクレツィアはむうと眉を寄せた。

「その殿下って呼び方、すごく嫌だわ。できれば名前で呼んで欲しいの。駄目？」

上目遣いのお強請《ねだ》りに、エステルは苦笑した。そんな可愛い顔をされて断れるわけがないと思ったのだ。

「はい、ルクレツィア様」

そうして二人は長い時間を一緒に過ごし、エステルの兄たちが迎えに来る頃にはすっかり意気投合していた。帰り際、ルクレツィアはエステルと離れるのを嫌がり、またすぐにでも遊びに来ることを約束してようやく帰宅することができたくらいだ。

エステルはそれからほぼ毎日、ルクレツィアに呼ばれ、王城へと出向いた。ルクレツィアと話すのはエステルも楽しかったから、自ら率先して出かけたくらいだ。エステルがいると、令嬢たちも大きな声ではルクレツィアの悪口を言えないらしく、彼女が側にいるようになってからは自然と口を噤むようになったが、それはエステルが歴史ある侯爵家の娘であることが大きく関係していた。国王の覚えめでたいラヴィアータ侯爵。双子の息子は王太子の側近。貴族階級なんてものは基本的に縦社会だ。ルクレツィアはおとなしい王女で誰にも言いつけたりするようなことがなかったから、皆好き放題虐めていたのだろうが、エステルは黙っているような性格ではない。それを令嬢たちは敏感に察したのだ。

「エステルと一緒にいると、とても楽なの。嬉しいわ」

一緒に過ごすようになってしばらくして、ぽつりとルクレツィアが言った。ルクレツィアの車いすを押しながらぼやくようにエステルは返す。

「でもそれって私を怖がって、なんですよね。複雑です。別に私が何かしたってわけではないんですけど」

「何かしたわけではないからこそ嬉しいのよ。私はあの時、誰も傷ついて欲しくないと思いながらも、もう限界だって心のどこかで思っていたの。あのままだったら、きっと私はお父様たちに訴えていたわ。なんとかして欲しいって。だけどエステルのおかげで、そうしなくて済んだの。本当に感謝しているわ」

そう言われても困る。エステルは肩をすくめた。

「私はただ、ルクレツィア様と友人になりたかっただけです。だから感謝なんていりません」

「ええ。私もエステルと友人になれて本当に嬉しいわ。これからも側にいてね」

「はい。もちろんです」


――そうして、約束してから十年以上、エステルはルクレツィアの親友として確固たる地位を築き上げている。ルクレツィアはエステルには素直な笑顔を見せるし、今回、留学の供にエステルが選ばれたのも当然の結果だった。

昔のことを思い出しながら、エステルはルクレツィアの隣をゆっくりと歩いた。

レンに案内された理事長室は驚くほど広く、王族が使用するものにも引けを取らない家具類が置かれていた。圧倒されたが、考えてみれば豪奢《ごうしゃ》な部屋なのも当たり前。魔法学園の理事は代々のフロレンティーノ神聖王国の国主と決まっている。レンはまだ王太子だが、それでもここの理事を継いだということは後数年もすれば即位するのだろう。

国主が使うことを前提で作られた部屋だと思えば、やはり最低でもこのくらいの設備は必要なのだろうと納得した。

部屋に入るとそこには三人の人物がいた。

一人は女性で後の二人は男性だ。エステルが三人の顔を確認する前に、レンから説明が入った。

「先に紹介しておこう。彼女はシェラハザード。シェラだ。私の妻で、春から魔法学園の臨時教師として着任する」

「初めまして。シェラハザードです。シェラで構わないわ」

好意的な笑顔を向けてくれた女性はこちらに向かって軽く手を振ってきた。

黒い髪を後ろで一つに束ねている。可愛らしい容姿の、だけどどこか凛《りん》とした琥珀《こはく》色の目の女性。言わずと知れた、ワタセカのヒロイン、シェラだった。

(わあ。小説ではおとなしい感じの儚げ美少女だと思ったのに、イメージ真逆だ)

ヒーローに守ってもらうだけで何もできない典型的なヒロインタイプだったシェラは、現実では意思の強そうなしっかりとした大人の女性だった。ドレスではなく、身体の線に沿ったロングのワンピースを着ている。その上に魔法学園の教師であることを示すマントを羽織っていた。ふと、気になって隣に目を向けてみると、ルクレツィアがキラキラと目を輝かせながらシェラを見つめていた。

(ああー、やっぱり)

ルクレツィアは昔から恋愛小説や恋愛話、とにかく恋愛にまつわることが大好きだ。

いつか自分にも迎えに来てくれる王子様が現れるのだと信じて疑わない。そんな恋に夢を見る少女。自分の兄であるルシウスの結婚話にもかなりの憧れを抱いているようだが、同じくらいフロレンティーノ神聖王国の王太子夫妻の結婚話にも興味があるのだ。

ツンツンとつつくと、我に返ったのか慌ててルクレツィアは立ち上がった。

「よ、よろしくお願い致します。レ、レンブラント様ご夫妻については、お兄様から常々お話を聞かせていただいております。本当に仲の良いご夫婦だとお聞きして……」

「……ルクレツィア様」

余計な言葉を口走りそうになるルクレツィアをエステルは再度つついた。

さすがに気づいたのか、ルクレツィアがはっとしたように固まる。シェラはクスクスと笑っていた。レンは……ちょっと呆《あき》れ気味だろうか。

「ルシウス様やアリシアからは、身体の弱いおとなしい子だと聞いていたけれど、思ったよりも元気そうな様子で良かったわ。学園在籍中は私を頼って。どんなことでも相談に乗るから。さすがに毎日来ることはできないけれど、それでも臨時教師として行ける日は必ず行くつもりよ」

「わ、わざわざ私のために申し訳ありません。ありがとうございます」

王太子妃という身分のシェラが臨時教師として派遣されることなど普通はあり得ない。

自分のための措置だということに気づいたルクレツィアが、感謝の意を込め、再度頭を下げた。

シェラが後ろを振り返りながら言う。

「私がいない時は、彼を頼って。彼も私と同じように臨時教師として派遣されることになっているから。……ほら、面倒がらずにこっちに来て」

促すような口ぶりのシェラ。声をかけられた青年が、酷《ひど》く億劫《おっくう》そうに一歩前に出た。

その顔を見て、エステルは衝撃を受ける。

(あっ‼)

驚愕《きょうがく》のあまり固まるエステルには気づかず、黒縁の眼鏡をかけた青年は淡々と名乗った。

「……レアンドロ・カルデロンです。シェラハザード妃殿下と共に、この春より臨時教師として魔法学園に赴任する予定です」

　事実だけを告げ、用は終わったとばかりに口を噤むレアンドロの態度を見て、シェラが横やりを入れた。

「ちょっと、レアンドロ。他にもうちょっと言うことがあるでしょう。仲良くしようとか、自分を頼ってくれとか……ねえ?」

「ありませんよ。名前と立場だけ分かれば十分でしょう。馴れ合う気はありません」

　きっぱりと告げたレアンドロに、シェラはがっくりと項垂《うなだ》れた。

「もう……あなたって人は……。いや、最初から期待はしていなかったんだけど……ええとね、彼はカルデロン侯爵。彼も基本的には王宮詰めの人なんだけど、私がいない時のサポート要員として魔法学園に派遣されることになっているの」

（え?　え?　え?　ほ、本物?）

　シェラとのやりとりを唖然と見つめ、エステルはこっそり自らの太股《ふともも》を一張羅のドレスの上から抓《つね》ってみた。……痛い。ということは夢ではないようだ。

　目の前でシェラとやりとりをしている男性。彼の姿を再度しっかり観察する。

　短めの黒髪に黒縁眼鏡。気難しそうというよりは氷のように冷たい表情が記憶を刺激する。

　エステルが知っている姿よりもすっきりとした頬のライン。薄い唇から紡がれるのはほぼ全てが皮肉と嫌みだ。

　記憶より少し大人になった彼は、貴族がよく着る上衣の長い服の上にシェラと同じ魔法学園の教師の証《あかし》であるマントを羽織っていた。信じられなくて、何度も何度も凝視する。

(嘘《うそ》っ⁉　レアンドロ⁉　見間違いじゃなくて⁉)

レアンドロ・カルデロン。

彼は、BL小説キミセカに出てくる主要登場人物の一人だ。

ドS眼鏡のツンキャラ。ヒロインと言うと語弊があるが、主人公のテオにだけデレる彼は基本、強烈な皮肉屋だった。だけど前世のエステルは皮肉の中にある一割……いや一分ほどの彼のデレにときめいてしまい、はまってしまったのだ。

ついでに言えばいろいろと妄想もした。もちろん、主人公であるテオとだ。自分とだなんて、そんな恐れ多いことできるはずがない。そんな彼が今、生きて自分の目の前にいる。

(ふわあああああああ！　あああああああ！)

心の中で声にならない叫びを上げた。そして気づく。レアンドロの更に後ろにいる男性。彼は、キミセカの主人公のテオではないか。随分と男っぽく成長してはいるが、見間違えるはずがない。

(うわあああああ！　まさかのテオ⁉　ご馳走《ちそう》様ですぅ！　なに？　この世界ではテオはレアンドロとくっついたの？　美味《おい》しすぎるう！)

ぼんっと頭が沸騰したような気さえした。レアンドロを見つめ、まるで彫像のように動かなくなってしまったエステルを不審に思ったルクレツィアが、恐る恐るつついた。

「ね、ねえ？　エステル？　大丈夫？」

「……ハイ」

なんとか頷きはしたものの、実際は全然大丈夫ではなかった。

だって視線がレアンドロから離れない。彼の今の姿をしっかりと脳裏に焼きつけておきたくて、

瞬きをするのももったいないと思った。

（あああ！　レアンドロとテオがカップル？　ここは私の理想の世界か！）

キミセカの話は時期的に、どう考えても終わっている。それなのに二人が一緒にいるということは、間違いなくテオはレアンドロを選んだのだとエステルは思った。

（こ、こんなところでキミセカのエンディング後の話を楽しめるとか……！　神様、私をこの世界に転生させてくれてありがとうございますっ！）

すっかり前世の自分が戻ってきてしまっていることにも気づかず、エステルはレアンドロを凝視し続けた。そんなことをすれば当然、レアンドロだって気がつく。

冷たい氷のような視線がエステルを貫いた。

「……さっきからこちらをじろじろと、気持ち悪い方ですね。何か私の顔についていますか？」

「っ！」

まさかレアンドロから話しかけられるとは思わなかったエステルは、再度ぴしりと固まった。

憧れの人（？）に話しかけられ、どうすればいいのか分からなかったのだ。エステルは、ただあわあわと無様に口を開け閉めした。そんなエステルを見て、レアンドロはこれ見よがしに鼻で笑う。

「このような態度でよくもまあ、うちの入学試験を突破できたものですね。面接もあったと思うのですが気のせいでしょうか。共学になったから魔法学園の質が落ちた、なんて陰口を叩《たた》かれたくはないですね。私もここの卒業生ですから、あなたのような生徒が後輩だなんて恥ずかしい限りですよ」

淀《よど》みなく発せられる嘲り。それを聞き、エステルは自分の胸が大きく高鳴ったことに気がついた。

（ああっ！　これが、レアンドロのツン！　想像以上に強烈だわ！　でも私は今、この身をもって体感している！　素敵！）

ツンではなく真実気持ち悪いと思ったからこそのレアンドロの発言だったのだが、エステルは気づかなかった。彼女は完全に舞い上がっていたのだ。

「ね、ねえ？　エステル？」

一人ときめいているエステルに、再度ルクレツィアが話しかけてくる。

だけどエステルには全く聞こえていなかった。

だって胸が一杯で苦しい。心臓は信じられないくらいの速度で鼓動を打っているし、全身が真っ赤になっている気さえする。もう一度レアンドロの全身を舐《な》めるように見つめる。

（ああ、もう好きすぎる！　やっぱりレアンドロって私の好みど真ん中ストレートだ‼）

外見から性格まで何もかも。

胸の奥から何かが込み上げてくる気がする。我慢できなくなったエステルは、まるで熱に浮かされたようにふらふらとレアンドロの前に行き、口を開いた。

「あ、あ、あの……ファ……ファンです」

完全に無意識の行動だった。

「え？」

その場にいたレアンドロを除く全員が呆気《あっけ》にとられた。うっとりとレアンドロを見つめるエステル。まるで恋でもしているかのように頬を染めたエステルは、そのまま感極まったかのような顔でどさりと床に頽《くずお》れた。

「エ、エステルッ⁉」

ルクレツィアが車いすから立ち上がり、駆け寄ろうとしたが、それより先に動いていたキールがエステルを慎重に抱え上げた。呼吸音などを確認し、ぽつりと呟《つぶや》く。

「……ええーと、これは……気絶していますね」

「ええ？」

驚くルクレツィア。

急いで側に寄り、キールに抱き上げられたエステルを見ると、彼女はとても幸せそうな顔で気絶していた。

「……エステルったら、なんて幸せそうなのかしら」

呆れたようにルクレツィアが言うと、目を丸くしていたシェラが慌ててレアンドロを振り返った。

「と……とりあえず、レアンドロ。あなた、彼らを医務室へ案内してあげてちょうだい」

「……何故私が」

不本意だというのが丸分かりの声。だけどシェラは気にせず言った。声に笑いが含まれている。

「そりゃあ、あなたが告白された張本人だからじゃないかしら。すごいわねえ。いきなりファンですだなんて。しかもその後に気絶。随分と面白い子が来たじゃない」

「……一切関わりたくありませんね」

切り裂くような声音でレアンドロは一蹴した。

それは彼の心からの本音だったがやはりシェラはあっさりと聞き流した。

「それは無理ね。彼女はエステル・ラヴィアータ。ルクレツィアの幼馴染みかつ親友。会わないどころか、これから何度でも会う機会はあると思うわ」

「それは……最悪です」

眉を寄せ、嘆息するレアンドロ。シェラはクスクスと笑った。

「良いじゃない。案外、これも一つの出会いかもしれないわよ?」

「これが出会いだと言うのなら、そんなもの溝にでも捨ててやりますよ」

「先輩は素直じゃありませんからね。嬉しいなら、嬉しいって言っていいんですよ?」

自己紹介すらできなかったテオが、のんびりとレアンドロの側にやってくる。それに射殺しそうな視線を向け、レアンドロは言った。

「こんな変な女、頼まれてもお断りです」

「はいはい。でも、とにかく医務室への案内、よろしくお願いね」

「テオでもいいと……はあ、分かりましたよ」

シェラに再度命じられ、レアンドロは渋々ではあったが頷いた。

幸せそうな顔で気絶しているエステルに視線を向け、なんとも言えない顔をする。

先が思いやられる。そう思ったのだ。

「ああ、面倒ですね」

——エステルとレアンドロ。これが二人の出会いだった。

◇◇◇

「カルデロン先生！　今日も素敵ですね！」

「……」

（わお、瞬殺）

声をかけるとほぼ同時に、虫けらを見るような視線が飛んできた。その視線にぞくぞくとした喜びを感じながら、エステルは笑顔で口を開く。

「先生。良かったら何かお手伝いさせて下さい。私、カルデロン先生のお役に立ちたいのです」

「私の役に立ちたいと言うのなら、今すぐ目の前から立ち去りなさい。それこそがあなたのできる唯一のことですよ」

思った通り、間髪を入れず返ってきた答えにエステルは目を瞑《つぶ》り、くうっと一人拳を握った。

（あああ、レアンドロのツン最高……これでこそレアンドロだわ）

じんとレアンドロのツンを噛み締めていると、レアンドロはその隙にさっさとエステルの前から立ち去ってしまった。

「あっ……先生。待って……」

下さいまでは言えなかった。早足で歩き去ったレアンドロの姿はもう見えない。

「あーあ、行っちゃった」

つれない態度のレアンドロだったが、エステルは全く気にしていなかった。

残念ではあるがいつものことなので、さくっと気持ちを切り替える。

（ようし。また見かけたら声をかけてみよう。その時には何か手伝えることがあるかもしれないし）

頑張るぞと気合いを入れていると、複雑そうな表情をしたルクレツィアがキールに車いすを押されてやってきた。

「また今日も随分なことを言われていたわね。大丈夫？」

「はい、大丈夫です。お気遣いなく」

「それならいいんだけど」

頬に手を当て、ルクレツィアは困ったように微笑んだ。

あの日、出会って五秒でファンですと告白。その後感極まって気絶したエステルの姿に最初は驚いたルクレツィアだったが、それからというもの、レアンドロを見かける度に楽しそうに追いかけ回すエステルを見て、『エステルもようやく恋をしたのか』と納得。今は静観の構えを見せている。

「カルデロン先生は侯爵家の当主らしいから、エステルと身分は釣り合うし問題ないとは思うけど……このままじゃ前途多難ね」

眉を寄せるルクレツィアにエステルはきょとんとしつつも、きっぱりと否定した。

「何を言っているんですか？　ルクレツィア様。私は先生と結婚とか付き合うとか、そういうのは望んでいませんよ」

「え？　そうなの？　先生のこと好きなんじゃないの？　私はてっきりそうだとばかり思っていたんだけど」

「そりゃ、好きは好きですけど……そういう意味じゃありません」

「そういう意味じゃないって……じゃあどういう意味なの？」

ルクレツィアが眉を寄せるのを見て、エステルは苦笑した。すっかり見慣れてしまった自分の格好を見下ろす。

エステルたちが今着ているのは魔法学園の制服だった。上衣の形は男性の制服と似ていたが、令嬢たちが普段着るドレスを意識して作ったのだろう。下衣はふんわりした、だけど動きやすいワンピーススタイルになっていた。その上に一年であることを示す刺繍《ししゅう》の入ったロングローブを羽織る。靴は自由だが、ほとんどの女生徒が編み上げのブーツを履いていた。全体的に可愛らしい印象がするこの制服は、なんと王太子妃であるシェラがデザインしたものらしい。車いすを押すキールはいつも通りの簡素な紺色の騎士服を着ている。

彼は生徒ではないので制服は支給されていない。最初は在校生たちに驚かれたが、ルクレツィアがエステバンの王女であることと、キールが専属護衛騎士であることが知れ渡り、今ではキールを見ても誰も何も言わなくなった。

「エステル、笑っていれば誤魔化せるとでも思っているでしょう。駄目よ。侯爵様に報告しなきゃいけないいんだから」

焦《じ》れたようなルクレツィアの言葉に、エステルは顔を上げた。

「お父様に、ですか?　冗談でしょう?」

「むしろ当たり前だと思うけど。いい人が現れたくらいの報告はしようと思っていたわ」

エステルは急いで首を横に振った。

「すみません。でも、本当に違うんです。変な誤解を与えても困りますので、どうかお父様には言わないで下さい」

「そう……」

考え込む様子を見せたルクレツィアは、しばらく経《た》ってから顔を上げた。

「分かった。途中経過を報告して邪魔されるのも野暮だし……しばらく侯爵様には言わないでおいてあげる」

「……ありがとうございます」

ルクレツィアの中で、どう結論づけられたのだろう。

少々どころか大いに気になったが、報告されずに済むのならまあいいかとエステルは思った。

だって、レアンドロにはテオがいるのだ。二人の仲を裂くような非道な真似、できるわけがない。

確かに初対面の時は、萌《も》えすぎてつい、ファンだなどと言ってしまったが、あれは事故のようなものだ。

ファン宣言と共に気絶なんて失態をさらしてから、当たり前だがレアンドロには徹底的に避けられている。だけどエステルとしては、せっかくの前世一番の推しキャラがすぐ側にいるのだから、なんとかお近づきになりたいのだ。

これは恋愛感情ではない。ファン心理だ。

(レアンドロを近くで見られる機会なんてそうそうないもの。迷惑だとは分かっているけど、あの氷のような視線を向けられるともう、たまらなくって!)

通常なら逃げ出すに違いないレアンドロの冷たい視線も言葉も、小説を読んでレアンドロの性格を熟知しているエステルには「やっぱりそうでないと」と思え、全く恐怖の対象にならないのだ。むしろ嬉しくなって、にやついてしまう。

変な女だと思われているだろうことは理解していたが、無意識の反応なのだからどうしようもなかった。

「はあ……カルデロン先生、素敵」

　先ほど向けられた視線を思い出し、再びうっとりとする。それを見たルクレツィアは「やっぱり、恋よね」と一人納得したように頷いていた。

◇◇◇

「カルデロンせん……はっ」

　ちょうど昼休み。昼食も終え、エステルは珍しく一人で中庭を散歩していた。教室棟と時計塔の間にある中庭は専属の庭師にいつも美しく整えられている。緑が多く、生徒たちが座れるベンチも設置してあり昼休みには人気の場所だ。特に目的もなく中庭を散策していたエステルは、すぐ先にレアンドロの姿を発見した。

　レアンドロは臨時教師なので、毎日学園に来るわけではない。だからこそ彼が来ている時は見逃したくないと思っていた。

　特徴的な眼鏡とすっと伸びた背筋。一目でレアンドロだと分かる。

（やった。レアンドロ発見！）

　嬉しくなったエステルはいつもの調子で声をかけようとし、レアンドロと一緒にいるのがテオだということに気づいた。

（おっと！）

　慌てて口を噤む。

(危ない危ない。テオとの二人きりの語らいをもう少しで邪魔してしまうところだった。それはファンとしては許されないことだわ)

推しキャラの恋の邪魔など言語道断である。そう思い、気づかれないよう引き返そうとしたエステルだったが、運悪くテオに見つかってしまった。

「あれ？　ラヴィアータさん？　どうしたの？　こっちにおいでよ」

「ク、クレスポ先生。い、いえ……私は……お、お二人の邪魔をする気は……」

とんでもないとばかりに両手を振る。挙動不審なエステルを見て、テオは楽しそうに笑った。

「何？　相変わらず面白いこと言ってるね。良いからおいでよ。今、ちょうど君たちの話をしていたんだ」

「私たちの……ですか？」

「そう。だからおいで」

テオに優しく促され、エステルはおずおずと二人の側まで行った。レアンドロは何も言わない。ただ面倒そうな顔を隠しはしなかった。

(あああ……眉が寄った顔も素敵だ……)

ファン心理とは恐ろしいもので、いつの間にかエステルは、レアンドロであればどんな状態でも萌えてしまえるという、恐ろしい特技を会得していた。

二次元でファンだった時とは全く違う。実際に動き、喋《しゃべ》るレアンドロを目にし、エステルはすっかりはまっていたのだ。気分的にはアイドルを追いかけるようなものに近いだろうか。

レアンドロに見惚れていたのが分かったのだろう。テオがからかうように言う。

「本当にラヴィアータさんは、レアンドロ先輩のことが好きだね。こーんな冷たい男のどこがいいの？」

「い、いえそんな、私なんて」

恋人であるテオに言えるようなことなど何もない。

そう思い、自重するように口を閉じたが、テオは話題を変える気はないようだった。

エステルを覗き込むようにして、更に聞いてくる。

「ん？　遠慮しないで教えてよ」

「……テオ。いいかげんにしなさい」

我慢できなくなったのか、レアンドロがイライラとした声でテオを止めた。

「えー……良いじゃないですか」

「子供の戯《ざ》れ言《ごと》などどうでもいいです。馬鹿らしい」

「戯れ言だって言うのなら、構わないじゃないですか。本当にレアンドロ先輩は融通が利かないんですから。これも生徒とのコミュニケーションを図る一環でしょう？」

「こんなことをしなければとれないコミュニケーションなど必要ありません」

ずばりと言い切ったレアンドロは心の底から嫌そうな顔をしていた。その表情を見たエステルは、心の中で「おー」と拍手する。

（さすがレアンドロ。容赦ない。そして素敵すぎる表情。やっぱりレアンドロはこうでなくっちゃね！）

テオはキラキラと目を輝かせるエステルに目を向け、苦笑いをした。

「なんでそんな反応になるんだろうね、君は。レアンドロ先輩の毒舌に全く動じないどころか、悦《よろこ》んでいるんだもの。ラヴィアータさん。レアンドロ先輩が怖くないの？」

「怖い？　どうしてですか？」

本気で分からなかったエステルはきょとんとしたが、その顔を見たテオは破顔した。

「あははっ。本当に怖くないっていうか、分からないんだ。すごいな。ねえ、先輩。稀少《きしょう》な子だと思いませんか」

「……単なるマゾなんじゃないですか？　相手をするだけ馬鹿らしい」

「だとしたらドSな先輩とはお似合いですね」

「ああ言えばこう言う。まだこの話題を続けるようなら、私は王宮へ戻りますが」

本気で踵《きびす》を返そうとしたレアンドロを、テオはまだ笑いながらも引き留めた。

「あはは。分かりましたよ。機嫌直して下さいってば」

「……あなたは本当に。卒業してから少し性格が変わったんじゃないですか？」

「先輩は昔から変わりませんよね。でも僕も、特に変わってはいないんですよ。隠さなくなっただけです」

「性質が悪い」

二人の言い合う姿を十分視姦《しかん》してから、エステルは声をかけた。

「あの、お邪魔みたいですし、私、もう行きますね。後はお二人でごゆっくりどうぞ」

エステルの言葉に、レアンドロはものすごく嫌そうな顔をした。

「待ちなさい。ラヴィアータ嬢。前から言おうと思っていたのですが、あなた、妙な勘違いをしていませんか？」

「え？」

気を利かせて立ち去ろうと思っていたエステルの足がピタリと止まる。テオも引き留めるように言った。

「そうそう。僕も気になっていたんだよね。僕とレアンドロ先輩が二人でいると妙にニヤニヤしているというか……もしかしてだけど、僕とレアンドロ先輩が付き合ってるとか、そんな勘違いはしていないよね？」

「え？　付き合っていないんですか？」

素っ頓狂な声が出た。

エステルの態度から、完全に誤解されていたことを確信したテオが自らの額を押さえながら言った。

「うわあ……。本当にそんなこと思ってたんだ。確かにこの学園はそういう子たちもいるけどさ。少なくとも僕は違うよ。僕は異性愛者なんだって」

「へ？　そうなんですか？」

「……君が僕に抱いているイメージ、よく分かったよ」

恨めしげな声と顔で言われたが、エステルとしては驚くばかりだった。

だってテオはBL小説の主人公……受け（女性役）なのだ。そんな彼が異性愛者だなんて。それなら彼に惚れているレアンドロたちはどうすればいいのだ。可哀想《かわいそう》すぎるではないか。

「……カルデロン先生。片想《かたおも》いだったんですか。辛《つら》いですね」

思わず出た言葉は紛れもなくエステルの本音だったが、即座に否定が返ってきた。

「……誰がです。馬鹿も休み休み言いなさい。テオは学生時代の後輩。ただそれだけです」

「それだけってさすがに酷くないですか？　友人と言えとまではいいませんけど、少なくとも今は同僚なんですからね」

訂正しろとばかりに詰め寄ったテオを嫌そうに見つめ、レアンドロは頷いた。

「ああ、そういえばそうでしたね。あまりにも馬鹿なことばかり言うので忘れていましたよ」

「本当、酷いですね。先輩は」

嫌だ嫌だと首を振るテオと顔を歪《ゆが》めるレアンドロをエステルは呆然と見つめた。

（え？　この二人って、本当に付き合ってないの？　嘘！）

頭の中が混乱している。

てっきり二人が付き合っているものだと思い込んでいたエステルは、それこそ無駄に気を回していたのだ。それが全くの見当違いだと言われると……自分は一体何をやっていたのかと眩暈《めまい》がしそうになる。

（うわ……恥ずかしい、格好悪い）

まさに穴があったら入りたいとはこのことだ。エステルは小さくなりつつも謝罪した。

「あ……あの、すみませんでした……妙な勘違いをしてしまいまして……」

思い込みだけで、なんて失礼なことをしてしまったのだろう。申し訳ないやら居たたまれないやらで、エステルはその場に消え入りたくなった。

「全くですよ。私とテオが付き合っているなんて、そんな馬鹿な話、起こりうるはずがないでしょう」

　完全に見下したような声音に、だけどエステルは何も言い返せない。

（ううう、だからそこはお約束的にＩＦ展開が起こったのかなって思ったのよ。それにレアンドロがテオのことを好きなのは鉄板でしょう？）

　実際の小説、キミセカではテオは誰も選ばず、見事な一大ハーレムを築き上げて終わった。だけどここは現実だ。その中のたった一人を選んだとしても不思議はないと思ったのだ。

「私に特定の相手などいません。妙な勘違いは止《や》めなさい。分かりましたね？　二度は許しませんよ」

「はい」

　凍えるような響きに、エステルは背筋を正し、できるだけ神妙な顔で頷いた。レアンドロは鬱陶しげに首を振っている。そんなレアンドロを見つめながらエステルは思った。

（そうか。レアンドロはフリーなのか……）

「何をじっと見ているのです。鬱陶しいですね」

「あ、すみません」

　反射的に謝ると、テオがまあまあとレアンドロを窘めた。

「レアンドロ先輩もそれくらいで。えーと、誤解も解けたみたいだし、本題に入ってもいいかな。実はね、君に少し聞きたいことがあって」

「はい、なんでしょう」

　そういえば、エステルたちの話をしているからと呼ばれたのだった。テオの方に顔を向けると、彼はゆっくりと口を開いた。

「来週くらいにね、新入生全員で、ハイキングに行くことが決まったんだよ。親睦を深めるって名目なんだけど。場所は王立保護区の森林公園。それで相談なんだけど、ルクレツィア王女。彼女は参加しても大丈夫かな？」

テオが何を心配しているのかを正確に理解し、エステルは頷いた。

「大丈夫です。ルクレツィア様は、身体は弱いですけど、別に何か病気があるというわけではありませんから。むしろ自然に触れるのは良いことだって侍医からは言われています」

「そう。それなら良いんだ」

ホッとしたようにテオは笑った。

「せっかく全員参加のイベントだからね。一人だけ参加できないのは可哀想だなって思って。問題ないなら良かった」

「ありがとうございます。ルクレツィア様もきっと参加したいと言うと思います」

「うん」

優しく微笑むテオ。その笑顔を見て、エステルは思った。

キミセカの主人公だった彼が成長して、こんなに素晴らしい先生として今、自分の前にいるなんて。

本当に人生は分からないなと感慨深い気持ちに浸っていると、後ろから女性の声が響いた。

「ルクレツィアなら、レアンドロがいるから大丈夫でしょう。万が一何かあってもきっと彼がなんとかしてくれるわ」

「シェラ先生」

ひょいっと三人の間に入ってきたのは久方ぶりに見かけたシェラだった。彼女はエステルに目を向けると、軽く手を振ってくる。

「久しぶりね、エステル。最近あまりこちらの方に来られなくてごめんなさい」

「い、いえ。シェラ先生がお忙しいのは存じておりますから」

臨時教師としてレアンドロと一緒に派遣されたシェラ。だが、実際のところ、あまり学園の方には顔を出せていない。王太子妃という職はやはり忙しく、週に一度程度顔を見せることができれば良い方だった。臨時の教職より公務が優先されるのは王太子妃としては当然のことだし、誰も不満には思っていない。

それでも時間を見つけては学園に顔を出してくれるシェラに、数少ない女生徒たちは皆、信頼を寄せている。

「今来たばかりで本当に申し訳ないんだけど、午後もまた出かけなくちゃいけなくてね……」

「そんなにお忙しいのに来て下さったのですか?」

よく見ればシェラの格好は盛装のドレスに教師用のマントという、少しちぐはぐなものだった。

本当に時間がないのだろう。エステルの目線で気づいたのかシェラは気まずそうな顔をした。

「こんな格好でごめんなさい。私もさすがに盛装の上にっていうのはあんまりだと思ったんだけど……このマントは教師の制服みたいなものだから」

「い、いいえ。こちらこそ気にかけていただいて……」

エステルの言葉を否定するように、シェラは首を振った。

「臨時であろうと私は教師としてこの場にいるのだから、できる限りの努力をするのは当然よ。それで――さっきの話。ハイキングのことだけど」

「あ、はい」

シェラの声音が変わったことに気づき、姿勢を正す。

「残念だけど、その日も私は行けそうにないの。別の場所に、レンと視察に出ることになって。だけどその代わり、レアンドロには絶対に行ってもらうから。さっきも言った通り、ルクレツィアのことは彼に見てもらうつもりよ」

はっきりと告げたシェラにレアンドロが異議を唱えた。

「シェラハザード妃殿下。その話、私は聞いておりませんが。一年のくだらないイベントに参加しろと妃殿下はおっしゃるわけですね？」

「ええそうよ。不満？」

「そこまでは言いませんが、そろそろ王宮の方で溜《た》まっている仕事を片づけようと思っていたものでして。できれば欠席させていただきたいですね」

「あら、残念ね。また別の……私がいる時にでもしてちょうだい」

レアンドロの要求をあっさり却下して優雅に微笑むシェラは、まさに王太子妃と呼ぶにふさわしい風格があった。

「妃殿下」

「何？　許してもらえるとでも思った？」

シェラの言葉に、レアンドロは額を押さえつつも肯定した。

「……ええそうですね。イベントに全て出席するようにとのご命令は受けていなかったように思いましたので」

「そうね。でも、前々から言っていたはずよ。私がいない時のサポート役を頼むって。当日私は行けないんだから、あなたが参加するのは当然でしょう？」

「それはそうですが……よりによってハイキングですか……頭が痛いですね」

嫌そうに顔を歪めるレアンドロ。気が進まなそうなのは一目瞭然だった。

（へえ。レアンドロってハイキングとか嫌いなんだ。……でも確かに、アウトドアタイプではないものね）

エステルが自分なりに納得していると、テオが意地悪い口調で言った。

「やっぱり欠席するつもりだったんですね、先輩。良かった。無理言ってシェラに来てもらって。休まれたらどうしようかと思いましたよ」

「……テオ。あなたがわざわざシェラハザード妃殿下を呼んだのですか」

地を這うようなレアンドロの声にもテオは動じない。当然とばかりに頷いた。

「だってそうでもしないと、先輩、ハイキングに来てくれなかったでしょう？　昔から先輩ってこういう行事はすっごく嫌そうな顔をして参加していましたから。執行部で散々見てきたんですから分かりますよ」

「……よく覚えているものです」

「お褒めいただき光栄です。というわけで。駄目ですからね？　欠席しないで下さいよ」

「……妃殿下のご命令ですから参加はします。甚だ不本意ではありますがね」

投げやりな言葉だったが、頷いたレアンドロに、シェラが嬉しそうに笑う。

「ええ、それでいいわ。私の代わりにルクレツィアの様子を見てあげてね。病気ではないと言っても、身体が弱いのは本当なんだから」

「……分かりました」

渋々頷いたレアンドロを見て、テオもまた勝利の笑みを浮かべた。シェラにウインクしながら言う。

「ありがとう。ごめんね。忙しいのにここまで来てもらって。シェラのおかげで助かったよ」

「全然。私が行けないのは本当だし、それならレアンドロに代わりに行ってもらわなければならないんだから、私が説得するのは当然。気にしないで、テオ」

慣れた様子でハイタッチをする二人を、エステルは信じられないものを見るような目で凝視した。

「お二人……仲が良いんですね」

それに対し、シェラは笑顔で答えた。

「秘密だけど、実は私もこの学園に通っていたことがあるのよ。その時テオとは友人になったの。それが今も続いているってだけ」

「そうなんですか……」

これまた小説にはない展開だとエステルは目を丸くした。本当に原作とは何も関係のない方向に進んでいたらしい。

だってシェラが魔法学園に行くなどという展開、どこにもなかった。彼女はもっと内向きな、魔法なんて使えない少女だったのだ。それが今や氷魔法の天才とまで言われているのだから、本当に分からないとエステルは思った。

（でも、そんなものなのかもしれない。知っている通りに進むって思う方が傲慢な考えなのかも）

ここまで来ればもう、原作と照らし合わせない方が正解なのかもしれない。

（ここは小説の世界なんかじゃない。私たちが生きている現実。レアンドロたちだってそれは同じ。彼らは小説のキャラなんかじゃないんだ）

自分が知らないうちに彼らを偶像扱いしていたことに気づき、エステルは深く反省した。全く、レアンドロにもテオにもシェラにも、とても失礼な話だ。ここは現実だと分かっていたはずなのに、今いる彼らをきちんと見ようとはしなかったのだから。

（気をつけよう）

彼らは今を生きている。二次元のキャラクターなんかじゃない。エステルが知っている彼らと違っていて当たり前なのだ。

自分に言い聞かせていると、レアンドロが厳しい口調で言った。

「ラヴィアータ嬢。もうすぐ昼休みも終わりますよ。いつまで油を売っているつもりですか？　あなたが遅刻をすれば、ルクレツィア王女殿下の評価が下がる。言っても無駄かも知れませんが、もう少し自覚して行動するべきではありませんか？」

レアンドロの容赦ない指摘に、シェラとテオは揃って眉を顰《ひそ》めた。

「レアンドロ、ちょっとその言い方さすがに……」

「先輩。……もう少しなんとかならなかったんですか」

「別に。私は真実を述べただけです」

「それはそうなんだけど……ねえ？」

二人は顔を見合わせ、さすがにこれはないと首を振ったが、当事者であるエステルは別に傷つきもせず、ただ単純に驚いていた。だって——。

（え？　あれ？　もしかしてこれって、心配してくれてる？）

レアンドロの言っていることは、結局忠告でしかない。今から戻れば間に合うから遅刻するなと、このままではルクレツィアに迷惑をかけるぞと彼は教えてくれているのだ。

それに気づき、エステルは慌ててレアンドロに向かって頭を下げた。

「あの……ありがとうございます。カルデロン先生」

「……どうして礼を言われるのか理解できませんね」

「ご忠告いただきましたから。本当にありがとうございます」

エステルの心からの言葉に、レアンドロは渋い顔になった。

「……さっさと行きなさい」

「はい。それではシェラ先生、クレスポ先生、私はこれで」

「え、ええ」

もう一度、今度はシェラとテオに向かって頭を下げ、エステルは三人の側から離れた。

時計塔のてっぺんについている大きな時計を見上げる。確かにレアンドロが言った通り、昼休みは終わりかけ、かなりギリギリの時間だった。だけど今からならなんとか間に合う。

「うわっ。本当だ。教えてもらえて助かった」

考えてみれば、午後の授業の担当教員はわりと風紀に厳しく、遅刻などしてしまえばかなり印象は悪くなっただろう。レアンドロの言う通りだ。エステルがミスをすれば、それはルクレツィアのミスと認識される。大事な親友でもあるルクレツィアの傷になるような真似はしたくない。

レアンドロの分かりにくい優しさに触れ、エステルは走りながら笑みを零《こぼ》した。

小説のキャラだと、もう色眼鏡で見るつもりはないけれど、本質の性格の部分は知っているままだと思ったのだ。見えにくい場所に優しさを隠している人。

それが現れるふとした瞬間が、エステルは好きだった。そこは、今いる彼も同じなのだ。

「……やっぱり好きだなあ」

変に追いかけたりするつもりはもうないけれど、彼を素敵だと思うくらいは構わないだろう。

他の誰が聞いても「今のどこでそう思った⁉」と問い詰めたくなるようなことをぽそりと呟き、エステルは急いで教室へと戻っていった。

◇◇◇

「良い子ねえ」

走り去っていくエステルの背中を見つめながらシェラがしみじみと言った。

テオもその言葉に追随する。

「本当に。正直先輩にはもったいないと思うよ。先輩の嫌みに対して本心からお礼を言える子なんてそうそういるものじゃないし」

うんうんと再びシェラが頷いた。

「私もそう思う。さっきもだけどあの子、熱心にレアンドロのことを見つめていたし、多分本気でレアンドロのことが好きなんだと思う」

「冗談なのかなと最初は思ったけどね。どうも違うみたいだって僕も思ってるよ」

「ねー？」

「ま、始まり方がすごかったから、レアンドロ先輩が彼女を避けたくなる気持ちも分かるけど」

初対面の時のことを思い出し、テオはクスクスと笑った。

「ふらふらと寄っていって、何をするのかと思えばファンです！　でしょ。その後ばったり気絶するんだもんねえ。インパクトありすぎだよ」

「確かに、あれは私も驚いた」

エステルについて二人は次々と語り始めた。それを聞きつつ、レアンドロは嘆息する。

エステル。エステル・ラヴィアータは、薄い金茶色のふわふわした髪の毛が特徴の少女だった。瞳の色は淡褐色。ダークグリーンに近い色合いは太陽の光を浴びると、少し色彩が変わる。いつも楽しそうに笑っており、レアンドロの嫌みにも怯《ひる》んだことがない。

あまりにもめげないので、神経がないのかと疑ったこともあったが、ルクレツィアを甲斐甲斐《かいがい》しく世話する様子や、周囲の人々との関わりを見ていると、そういうわけでもないらしい。

最初は纏わりついてくるのが鬱陶しく追い返していたのだが、全く気にせず寄ってくるので最近では自然と放置することが増えていた。なんとなく気になる少女。

レアンドロにとって、エステルとはそんな存在だった。

シェラが興奮気味に言う。

「ね、あれこそまさに一目惚れ！　って感じよね」

「確かに。レアンドロ先輩は見た目だけは良いから、一目惚れされるのはまあ、分かるかな」

「うん。美形だもんね。テオも悪くないと思うけど」

シェラの言葉に、テオはひらひらと手を振った。

「僕は別に良いよ。今はレアンドロ先輩の方が面白い」

「確かにそれは否定しない。レアンドロの本性知っても退《ひ》かないどころか、更に懐くなんて彼女、大した人材だと思うわ。容姿も可愛らしいし、レアンドロとお似合いだと思う」

太鼓判を押すシェラにテオも深く同意した。レアンドロに向かって言う。

「レアンドロ先輩。あんな子、多分もう二度と現れないと思いますから、ちょっとくらい優しくしておいた方が良いんじゃないんですか」

いきなり話を振られ、レアンドロはうんざりしつつも真面目に答えた。

「……彼女は教え子です。あなた方は何を言っているんですか」

「あら？」

至極もっともな答えを返したはずなのに、何故かシェラは身を乗り出してきた。

「てっきり一蹴するかと思ったのに。もしかしてまんざらでもないとか？　やだ、本当？」

ウキウキとした口調に、レアンドロの眉が寄る。

「馬鹿なことを言わないで下さい。シェラハザード妃殿下。私は色恋沙汰には一切興味はありません」

今度こそばっさりと切り捨てたレアンドロに、「ふーん」と笑うシェラ。

面白くない、とレアンドロは思った。全く、感じ悪いことこの上ない。

「残念」

肩をすくめるシェラにテオも小さく首を振る。

「まあ、レアンドロ先輩だからね。仕方ないよ、シェラ。でもあの子なら先輩の相手でも悪くないって僕も思う」

「彼女は侯爵家の令嬢だし、身分も釣り合うしね。レアンドロ。彼女と結婚したくなったらいつでも言って。一肌脱ぐから」

「なりませんよ。ふざけているんですか」

はしゃぐテオとシェラをレアンドロは咎《とが》めるように睨みつけた。

「テオ、あなたもさっき聞いていたでしょう。彼女は私とテオが、よりによって恋人同士だと勘違いするような女性なんですよ」

さっき知った真実を告げると、テオは苦笑した。

「……それは確かに」

「え？　何々？　それ、私知らない」

興味津々の様子を見せるシェラに、テオが先ほどのやりとりを簡単に説明する。

話を聞いたシェラは大きな声で笑い出した。笑いすぎだと思いつつも、それ以上話したくなくてレアンドロは口を噤む。

「ええ？　テオとレアンドロが？　あ、あり得ないっ……！　ど、どうしてエステルはそんな勘違いをしていたの？　あははははっ、お腹《なか》痛いっ！」

「それが分からないんだよねえ。僕とレアンドロ先輩は確かに一緒にいることは多いけど、それは同僚だからだし、別に密着していたとかでもないんだけど。何が一番納得いかないって、恋人じゃないって言ったら、ものすごくがっかりされたことだよ」

そう言って、テオはレアンドロに視線を送った。レアンドロも渋々口を開く。

「全くです。あなたと恋人同士だなんて想像したこともありません」

「僕だってそうですよ。この学園、確かに同性愛者は多いけど、それが全てというわけでもないのに、何故か完全にカップル扱いされていましたからね。一体どこで誤解したんだろうって本気で首を捻《ひね》りましたよ」

テオの言葉にレアンドロは不快げに顔を歪めながらも頷いた。

確かにレアンドロは同性愛者寄りの嗜好《しこう》を持つが、テオに対しそんな感情は全く抱いたことはないし、素振りだって見せていない。何より、テオは異性愛者だというのに、どうして勘違いすることができたのだろう。話を聞いていたシェラが、纏めるように言う。

「まあまあ。結局誤解は解けたんでしょう?」

「それはさすがにね。解けてくれないと僕だって困るよ」

「なら、良いじゃない。それに私はそういうこととは関係なく、エステルはレアンドロのことが好きなんじゃないかなって見ているんだけどね」

「変な子だよねえ。ラヴィアータさんって。普通は、好きな人に恋人がいるのは嫌なものだと思うんだけど。彼女、僕たちを見て、いつもニコニコと嬉しそうにしていたから」

「うーん、確かに不思議ね。私もそこは分からないな……」

悩み出した二人に、付き合いきれないと思ったレアンドロはイライラしながら告げた。

「……子供にも恋愛にも興味はありません。いいかげんにして下さい」

紛れもない本音だったのだが、シェラは真顔で指摘してきた。

「子供って……エステルは十七才よ？　エステバン王国では適齢期だし、十分大人だと思うわ」

「しつこいですよ、シェラハザード妃殿下。あなたは今からご公務に戻られるのでしょう？　いつまでもこんなところにいて良いんですか？　レンブラント殿下がお待ちではないのですか？」

「え？　あ、本当。もうこんな時間！」

レアンドロが指摘すると、時計塔の時計の針を確認したシェラはさっと青ざめた。

「レンとの待ち合わせに遅れちゃう。じゃ、じゃあ、そういうことで私は行くから。午後からの授業と……後、レアンドロはハイキングの引率、よろしくね！」

王太子妃らしからぬ、優雅さとはほど遠い走りで去って行くシェラを見送り、レアンドロは大きく息を吐いた。結局、ハイキング行きは逃れられないらしい。

陽光の下、何時間も歩くことになるのかと思うと心底うんざりする。

魔法学園を卒業してからずっと王宮で忙しく働いていたレアンドロには、ハイキングという行事が恐ろしくハードルの高いものに思えていたのだ。

明らかに不機嫌になったレアンドロに、テオがことさら軽い口調で言う。

「レアンドロ先輩を見ていると、ただのハイキングがなんだかものすごく大層なものに思えてきますよ。……ねえ先輩。もっと気楽に考えましょうよ。先輩はただ、ルクレツィア姫の様子を見るだけ。簡単な仕事だとは思いませんか？」

「全く思いませんね。どうせあなたのことですから、上手いこと言っていろいろと私に押しつけるつもりでしょう」

「酷いなあ」

そう言いながらもテオは否定しなかった。

全く、何が見ているだけでいいだ。

一年の担任であるテオにはいろいろと仕事が降りかかってくる。絶対に手伝うことになるに決まっているのだ。学生時代からテオと付き合いのあったレアンドロには彼の考えなど手に取るように分かっていた。

「……本当に性質《たち》の悪い男ですね」

小声だったが、テオにはばっちり聞こえたようだ。心底意外だという顔で言い返してくる。

「それ、誰に言っているんですか。先輩。自分のことですか。僕が性質が悪かったら、先輩はどうなるのか、一度胸に手を当てて聞いてみるといいですよ」

「おや、あなたに比べれば私は随分と可愛いものだと思いますが」

「先輩って面の皮が厚すぎて、たまに驚きますよね」

「たまにで済んでいるのなら可愛いものでしょう。私はいつもあなたに驚かされていますからね」

さらりと返すと、テオは黙り込んだ。ううと上目遣いでレアンドロを見上げてくる。

学生時代ならそれなりに効果はあったのかもしれないが、今では憎たらしいだけだ。

「鬱陶しい。女ではないのですから止めなさい」

「……ほんっとうに、辛辣《しんらつ》ですね。僕は先輩とはそれなりに付き合いがありますから、まあ気にはしませんが、不思議で仕方ありませんよ。どうしてラヴィアータさんはこんな毒舌で性格の悪い先輩が良いんでしょうね？」

「知りませんよ。私には関係ありません」

再び話を蒸し返され、むっとするとテオはさすがに謝ってきた。

「はいはい。悪かったですって。じゃあ、ハイキング。よろしくお願いしますね」

「……」

「レアンドロ先輩？」

即答を避けると、テオは念を押すような声で名前を呼んできた。不承不承ではあるがレアンドロは頷く。

「……分かっていますよ。私はこの国の王家に忠誠を誓う身ですからね。命令には従います」

「良かった。じゃ、僕も授業がありますから行きますね」

言いたいことだけ言い、手を振りながらテオは去って行った。

「全く……誰も彼も……。どうして私に恋愛などさせようとするのですかね」

せっかく忙しい合間を縫って魔法学園に来たというのに、すっかり気分を害してしまった。

「……授業もないし、帰りますか」

これ以上ここにいる気になれなくなったレアンドロは踵を返し、今日はもう王宮へ戻ることに決めた。

第二章　近づきたい

――レアンドロにがっかりされたくない。

レアンドロとテオは付き合っていないと正しく理解し、なおかつこれからは彼らをちゃんと見ようと誓ったエステルが次に思ったのはそんなことだった。

シェラは氷魔法の天才で、だからか主に魔法の実習を担当することが多いが、それはレアンドロも同じだった。彼もシェラと同じ氷魔法の適性が高く、彼女がいない日はレアンドロが代わりに講師を務める。同じ魔法に高い適性を持つという共通点からもシェラの代理が彼なのは納得しやすかった。

「こんな簡単なこともできないのですか」

レアンドロが指を鳴らす。

甲高い、軋《きし》むような音と共にレアンドロの周囲には細かい氷の檻《おり》が張り巡らされた。それをエステルたち生徒は、呆然とただ眺めることしかできない。

「新入生とはいえ、この程度のことで驚いてどうするつもりですか。シェラハザード妃殿下はこんなものではありませんよ。魔法学園に入学したからには最低でもこれくらいはできるものだと思っていましたけどね」

魔法の練習のための練習場。一年全員の前でさまざまな氷魔法を実践して見せたレアンドロは、最後に自らの周りに無数の氷の粒を出現させた。

「一応見せておきますが、これが氷系上級魔法の『吹雪』です。まあ、在学中にこの程度使えるようになれば、魔法師団に入団することも可能でしょう。今のあなた方の中にそれができそうな人材はいないようですが」

ざっと一年を見回し、レアンドロは嘲るように笑った。

「それで良しとするかは、私の知ったことではありません。私は確かに教師として魔法学園に派遣されてはいますが、やる気のない者にやる気を出させることが教職だとは思っていませんので。腐りたい方はどうぞ腐って下さい。こちらも教える手間が省けて助かります」

格の違いを見せつけられ、言葉も出ない一年に容赦なく事実を突きつけるレアンドロ。

「今日の実習はここまでにしましょう。次回の授業、シェラハザード妃殿下になるか私になるかはまだ分かりません。シェラハザード妃殿下はお優しいですからあなた方が多少不甲斐なくても失望なさったりはしないでしょうが、もし次も私だったら――」

言葉を句切り、レアンドロは一年全員を睥睨した。

「今日と何も変わらないようなら、あなた方全員を見限ります。今後一切、私からは何も学べないものと理解して下さい。それでは、私は忙しいのでこれで」

言うだけ言ってレアンドロは身を翻した。レアンドロの姿が見えなくなるや否や、全員がその場に頽れる。

「うわあああああ……。カルデロン先生、相変わらず容赦ない……怖《こえ》え」

クラスメイトの一人がぽつりと言った。それに賛同するように次々と声が上がる。

「本気で鬼だ。あれで現役を何年も離れていたって？　魔法師団でも余裕でやっていける実力じゃないか……」

「吹雪くらい使えなければ魔法師団に入れない？　あの上級魔法、この国で何人が使えると思っているんだよ。ハードル高すぎるだろ」

「次、今と何も変わっていなければ見限るって……あの氷の視線に更に侮蔑が加わるのかよ。……心底怖い」

その言葉に、一人が怯《おび》えたように立ち上がった。

「……駄目だ。カルデロン先生に睨まれるところとか、マジで想像するだけでも怖い。オレ、ちょっと自主練してくる」

「俺も行く。自主練なんて柄じゃないけど、カルデロン先生に見下されながら三年間を過ごすとか、その方がキツい……」

我も我もと、皆、よろよろと身体を起こし、各自、自主練習が許されている場所へと移動を始める。

今日の授業は終わったので今は放課後。学園の正門が閉まる時間までは自由に練習することができるのだ。

「……私も今日くらいは自主練をしてから帰ることにするわ」

車いすに乗ったルクレツィアが疲れたように笑った。

「確かに今日の私たちは少し不甲斐なかったもの。予習も十分ではなかった。厳しいことを言われたとは思うけど、残念だけど言い返せない。腹立たしいとは思うけどね。エステルはどうする？」

「え……えーと」

ルクレツィアに尋ねられ、エステルはすみませんと謝った。

「練習したいのはやまやまなんですけど、私はもう少し後になると思います。先に始めていてもらえますか？　カルデロン先生のところに行かなくちゃいけないんです」

エステルの返答に、ルクレツィアは納得したように頷いた。

「そういえばそうだったわね。分かったわ。いってらっしゃい」

「はい」

学園という形をとる以上、やはり生徒にはいろいろな役職がつきまとう。エステルは一年の副委員長を務めていた。別に人望があったわけでも立候補したわけでもなく、単に籤《くじ》に当たってしまっただけなのだが、教師から用事を頼まれることが多く、結果としてレアンドロと接点が増えているのでエステルとしては良かったと思っている。

ルクレツィアたちと別れて中庭を横切り、時計塔の一階にある職員室に向かう。職員室とは言っても、大きなテーブルと何脚かの椅子やソファがあるくらいだ。基本的に教職員は個別で部屋をもらっていて、そこで作業をすることが多い。ここは教職員共有の談話室のような存在だった。生徒と話すオープンな場として、主に機能している。ノックをしてから扉を開けると、他の教師はすでに自室に引きこもっているのか、レアンドロ以外に人はいなかった。

「先生」

声をかけると、レアンドロはチラリと視線だけを向けてくる。机の横に用意してあったらしいプリントの束を指さした。

「それを持っていって下さい」

「はい」

エステルはプリントの束を手に取った。一年全員の分なのでちょっと重い。

「……っ」

どすんとくる重みに一瞬顔を歪める。それに気づかないレアンドロではなかった。

「貧弱ですね。その程度の重さも持てないのですか」

「い、いえっ……大丈夫ですっ」

呆れたような声に、慌ててエステルは否定した。はっきりとした理由があるわけではないのだが、エステルは最近、レアンドロにはがっかりされたくないと強く感じていたのだ。

プリントの束をしっかりと持ち直す。ちらりと見えたが、どうやらハイキングについて書かれているようだ。

「どうせ、皆まだ帰っていないのでしょう？　配っておいて下さい」

「……はい」

全員が居残って自主練に励んでいるだろうことを確信している口調に、エステルは目を瞬かせた。

「なんです」

じろりと睨まれ、エステルはしどろもどろになりながらも答えた。

「い、いえ。先生は皆が残ってるって信じているのだなって思って……」

「あそこまで言われておとなしく帰るような生徒が、そもそも魔法学園に入学できるはずがありません。帰ったなんて言ったら、それこそ学ぶ価値もない塵芥《ちりあくた》だと認識するまでのことです」

「そ、そうですか」

告げられた言葉は辛辣だが、内容はといえば、結局は生徒のことを信頼しているという意味でしかない。小説でもレアンドロはそうだったなと、エステルはどこか懐かしい気持ちで思い出していた。

「ところでラヴィアータ嬢」

「は、はい」

小説のレアンドロを思い出し、一人感慨深い気持ちになっていると、珍しくもレアンドロから声をかけられた。

「前々から思っていたのですが、あなたは少し欲深すぎる。あなたの魔法の才は多方面に突出したものではありません。今のままでは、なんの役にも立ちませんよ。来年、二年に上がれるかも怪しいものですね」

「っ！」

さらりと告げられた言葉は、エステルの真実を痛いほど正確に抉《えぐ》っていた。

エステルは転生者だ。魔法なんて存在しない世界から来た。それもあってか、魔法というものに強く憧れる傾向があったのだ。一種類の魔法を極めるなんてもったいない。どうせならいろいろな魔法を使ってみたい。あれもこれもと手を伸ばし、結果として碌《ろく》な魔法を使えていない現状。そこを容赦なく指摘され、エステルは黙り込んでしまった。だけどレアンドロは手を緩めたりはしない。

「黙る、ということは、少なくとも自覚はあるということですね。それなら結構。これからあなたがどうするつもりなのか観察することにしましょう。せいぜい愚かな間違いを犯さないことですね」

「先生……」

「行きなさい。あなたには無駄口を叩いている時間などないはずです。それとも皆に後れを取り、一人で落ちこぼれたいのですか？　私はそんな生徒に興味はありませんよ」

「……いえ。失礼します」

辛辣な言葉にもなんとか頭を下げ、エステルは職員室を出た。皆が残っている練習場へ再度向かいながら、少し空を見上げる。

「……やっぱり、落ちこぼれだって思われているのかな」

もともと中途半端な魔法の才しかないエステルだ。そんな彼女が興味本位でさまざまな魔法に手を出したって良い結果に終わるはずがない。それは分かっていたけど、だけどエステルは今まで気にしていなかった。魔法で生きていくつもりがあるわけでもないし、自分が楽しければそれでいいと思っていたのだ。だけど——。

「カルデロン先生に呆れられたり、見捨てられたりするのは嫌だな」

小説世界の人物だと、ファン心理で追いかけるのは止めた。

それはあまりにも彼に失礼だから。だけど、レアンドロのことを好きだと思っている気持ちは変わらない。いや、以前より強くなっている気さえする。

好意的とまではいかなくても、せめて生徒として認めてもらえるレベルくらいには達していたいなとエステルは心から思った。

「……あまりやりたくはなかったけど、属性を絞るかなあ」

もっと真面目に魔法に取り組もう。そうすれば、レアンドロだって少しはエステルを見直してくれるかもしれない。それに落第なんてしてしまったら、ルクレツィアにも申し訳が立たない。

「……あれ？」

ふと、気がついた。

持っていたプリントの束。量は変わっていないはずなのに、何故か最初に持った時よりも随分軽くなっていたのだ。

「え……え？　……あ」

プリントから魔力を感じた。魔法がかけられている。これは、重さを軽減する魔法だ。

そんな魔法、エステルは使えない。となると、誰かがかけてくれたとしか考えられない。

「……カルデロン先生？」

思い当たる人物は一人しかいなかった。口では辛辣なことを言っておきながら、こっそりエステルの負担を軽減する魔法をかけてくれていたのだ。犯人に気づき、エステルは一人で頬を染めた。

「……うう。だから、好きなんだよね」

レアンドロの誇示しない優しさが好きだ。気づかれにくい不器用な優しさが好きだ。

だからそんな彼には嫌われたくない。がっかりされたくないと心からエステルは思う。

――そうだ、これは、恋ではない。

一人の人間として、彼に呆れられたくないと思っているだけなのだ。

「うん。やっぱり属性を一つに絞ろう。それでもっとレベルアップして、カルデロン先生を驚かせるんだ」

レアンドロはあまり褒めてはくれない。

だけどエステルは知っている。彼は褒める時、言葉にしなくても表情に表れる。ほんの一瞬だけ目が優しく細まるのだ。

それは小説で得た知識で、まだ実物を拝めたことはないけれど。

いつかエステルは、レアンドロのその表情を見てみたいと思っていた。

◇◇◇

「本当に先に帰ってもいいの？」

「はい。もう少しだけ練習したら帰りますから」

レアンドロに自らの弱点を指摘されて以降、エステルは魔法に対して真摯に向き合うようになった。

いろいろな属性がある中、自らに一番相性の良かった雷属性を選び、集中的に訓練を始めている。毎日遅くまで残り、鍛錬を繰り返すエステルにルクレツィアは心配したが、彼女は大丈夫だと笑うだけだった。

「もう少し、魔法に対して真面目に取り組んでみようかなって思うようになっただけですから」

「それなら私も残るわ」

「いいえ。ルクレツィア様はお帰り下さい。お身体に障りますから」

「でも――」

「大丈夫ですから、ね？」

渋るルクレツィアにエステルはもう一度微笑んだ。

すでにクラスメイトたちは全員帰宅している。今いるのは、エステルとルクレツィアと護衛騎士のキールだけ。エステルはキールに向かって言った。

「キール。ルクレツィア様をお願い」

「分かりました。エステル様もあまりご無理はなさらぬように」

「ええ。私は丈夫なのが取り柄だから。もう少しだけしたらちゃんと寮に戻るわ」

留学生であるエステルたちは寮生活をしている。さすがに女子寮の中までは護衛騎士も入っていくことはできないので、彼は男子寮で生活しているのだが、ルクレツィアが寮にいない時はそれこそ離れず、まるで影のように付き従っていた。

「エステル。じゃあ私は帰るけど、無理だけはしないで。絶対よ」

「はい、分かりました」

「……寮で待っているわ。――キール。行きましょう」

「はい」

名残惜しそうにルクレツィアは練習場を出て行った。残ったのはエステル一人。

数十人を余裕で収容できる魔法の練習場はこうして一人になってみるとやけに広く感じる。

しんという音が聞こえそうな静寂に、エステルは一瞬身体を震わせた。パンパンと自らの頬を叩く。

「駄目、駄目。ちゃんと集中しないと。せっかく良いところまで来ているんだから」

魔法を一種類の属性に定めたことで、エステルの腕前は明らかに上がっていた。前は下級魔法しか使えなかったのに、今では簡単な中級魔法くらいならなんとか使える。それでも、まだまだクラスメイトたちには遠く及ばないのだが。

自分が一番の劣等生であることを理解していたエステルは必死だった。

魔力を集中させ、何度も何度も雷撃の魔法を放つ。練習場内ではいくら魔法を放っても吸収されるので危険はない。簡単な雷を落とす魔法だが、何度も連続して打ち続けているため、やがて魔力が底をついてしまった。

「うう。情けない。もう魔力切れなんて……」

少なくはないが決して多くもない魔力量。当然すぐに限界は来てしまう。魔力が尽きてしまえば練習だってできない。今日はもうおしまいかとエステルはため息を吐き、片づけをしてから練習場を出ようとした。途端ぐらりと視界が揺れる。

（えっ？　ちょ、まずい）

どうやら普段よりも頑張りすぎてしまったようだ。全身から血の気が引くような感覚に焦るも、力が入らない。

「っ……あ……」

そのままエステルは意識を失い倒れてしまった。

◇◇◇

「ん……」

ふわふわと心地よい。柔らかな手の感触が頭を撫《な》でてくれているのを感じる。まるで褒めるかのような手の動きに、エステルは目を閉じたまま口元を緩めた。

（なんか……幸せ）

魔力がじんわりと身体の中に戻ってくる感覚。空っぽだった身体に満たされるものを感じて、エステルはゆっくりと目を開けた。

「……ここ、は？」

目に映ったのは見慣れぬ天井。見覚えのないベッドの上にいる。周りは白いカーテンで覆われていた。

「えと……」

「起きたの？」

「あ……」

カーテンの向こうから優しい声がかけられた。反射的に上体を起こす。女性の……知っている人の声だ。

「シェラ先生」

声を出すと同時に、シャッと音を立て、カーテンが横に引かれた。思った通りの人物が微笑みを浮かべながらエステルを見つめている。

「うん。顔色も良さそうね。良かった。自主練は構わないけどほどほどにしないと、今日みたいに倒れちゃうわよ」

「あ……」

呆れたようなシェラの声に、エステルはどうして自分がベッドで寝かされていたかを理解した。

「そっか。私、魔力を使いすぎて……」

「そう。本当に空っぽになるまで使ったのね。身体が魔力を回復させるため、魔力回復以外の機能を全てカットしたから、あなたは気を失ったのよ」

気まずすぎてエステルは俯いた。迷惑をかけてしまった自覚はあった。

「……すみません」

「さすがにやりすぎよ。偶然レアンドロが見つけてくれたから良いようなものの、下手をすれば魔力が回復するまで一人で倒れてることになったんだからね？」

「え……？　カルデロン先生が？」

予想外の名前を聞き、エステルは顔を上げた。少し困った顔をしているシェラと目が合う。

「ええ。あなたを見つけて、ここまで運んできたのは彼よ。本当についさっきまで、ずっとあなたの側についていたわ」

驚きに目を瞠《みは》るエステルに、シェラも「吃驚《びっくり》したわよね」と頷く。

「廊下を歩いていたら、ぐったりした女生徒を横抱きに抱えたレアンドロと鉢合わせたんですもの。本当、何事かと思ったわ」

「あ、それでシェラ先生が……？」

「そうよ。そのまま医務室に付き添ってきたってわけ。レアンドロはどうしても抜けられない仕事があってさっき帰ったけどね」

「そう……だったんですか」

（じゃあ、もしかして、さっきの頭を撫でてくれた感触は……）

夢でも気のせいでもなくレアンドロだったのだろうか。そんな風に考え出すと、急に恥ずかしくなってくる。

「……」

「あら、真っ赤よ。エステル。ふふ……良かったわね。あなたの頑張りをレアンドロはちゃんと見ているわ」

「え？」

顔を上げると、シェラは人差し指を己の唇に当てた。

「毎日遅くまで魔法の訓練をしていること。彼はちゃんと見ている。気づいてなかったでしょうけどいつも彼、あなたが自主練を切り上げて帰るまで、決して王宮に戻らないのよ」

「ええ？」

「レアンドロは言葉もキツいし性格も悪いけど、だけど頑張っている人を見捨てたりするような人じゃないわ。あなたの頑張りは伝わっている。もちろん、直接あなたに言ったりはしないでしょうけどね」

「ええ……はい、知っています」

シェラの言葉に、エステルはぶるりと身体を大きく震わせた。嬉しくて、涙が出そうだった。

努力しているところを見られてしまったのは正直、恥ずかしかったけれど、だけどやっぱり気にかけてくれたのがどうしようもなく嬉しかったのだ。

レアンドロに、気にかけてもらえる存在であれたことが誇らしい。

「カルデロン先生は、とても優しい人ですから」

エステルが微笑みながら口にした言葉に、シェラが目を丸くする。

「優しい？　レアンドロが？　……エステルは本当に怖い物知らずね。あの刃《やいば》のような言葉を受けてそんなことが言えるのだもの。尊敬するわ」

「だって、あれがカルデロン先生ですから」

言い切ると、シェラは「それはそうね」と真顔で頷いた。それから窘めるように言う。

「だけどね、エステル。焦る気持ちは分かるけど、やっぱりあなたはやりすぎだから、もう少しセーブすることを覚えなさい。適度に休息した方が、魔力の回復も早いし、上達も早いのよ。そうね。甘い物を食べるのなんて頭に良いからおすすめよ。効能は私の保証付き」

「なんですか、それ」

言い方がおかしくて、くすりと笑うとシェラもまた笑い返してくれた。

「だってね。私の魔法の師匠はレンなんだけど、彼の授業の後には必ずお茶の時間があったの。ゆったりとした時間でとても楽しかった。思えば、あの時には絆されていたんだけど……」

どうやら王太子夫妻の馴れ初めらしい。ルクレツィアあたりが聞けば喜ぶだろうなと思いつつもエステルは首を縦に振った。

「分かりました。私も先生たちにご迷惑をかけるつもりはありません。二度はないように気をつけます。わざわざありがとうございました。あの……カルデロン先生はもうお帰りになられたのですよね？」

「ええ。今日は王宮の方で仕事があったからね。あ、レアンドロにお礼は良いわよ。あなたを助けたのが自分だと知られたくなかったみたいだから。話を合わせてあげて」

「え？　でも……」

シェラはエステルが起きてすぐ、レアンドロのことを口にしたではないか。

不思議に思って首を傾げるとシェラは楽しそうに笑った。

「だって、エステルも自分を助けてくれた人が誰か知りたいでしょう？　私、自分が助けたなんて嘘は吐きたくないし。レアンドロは言わないで欲しいって言ってたけど……それは助けた側の都合よね？　自分を助けてくれた人を知りたいって思うのは当然のことだもの。でも彼の気持ちも分からないでもないから、知らない振りはしてあげて」

「……はい」

シェラの言うことはいまいちエステルには分からなかったが、そうした方が良いと言うのならそうしよう。それにレアンドロのことだ。お礼を言っても「別にあなたを助けたわけではありません。練習場に不快なものを置いておきたくなかっただけです」と嫌そうに顔を歪められるだけに決まっている。別にエステルはそれでも構わないのだが、レアンドロが望まないことをしたいとは思わなかった。

「分かりました。黙っています」

「そうして。これは私たち二人だけの秘密。良いわね」

「はい」

こくりと頷く。シェラはエステルの顔色を見て、よしとばかりに頷いた。

「顔色も随分と良くなったわね。そろそろ動ける？　大丈夫そうなら、帰ってもいいわよ」

シェラの言葉を聞き、エステルは試しに伸びをしてみた。魔力も随分と回復している。身体が問題なく機能していることを確認し、エステルはベッドから下りた。しっかりと大地を踏みしめシェラに言う。

「大丈夫そうです。ふらつきなどもありませんし。ありがとうございました」

「だから、私は何もしていないんだって」

「ですけど、こうして私が目覚めるまで待って下さったのはシェラ先生ですから、それはお礼を言わせて下さい」

ぺこりと頭を下げると、シェラは困ったような顔をした。

「そんな風に言われたくなかったから、レアンドロの名前を出したのに。……エステル。あなたは良い子ね。レアンドロをよろしく頼むわ」

「へ？」

変な声が出た。驚くエステルにシェラは首を傾げる。

「へ？　じゃないわよ。だってあなた、レアンドロのことが好きなんでしょう？　大丈夫。私は応援するわ」

まるでそれが当たり前であるかのように言われ、エステルは慌てて否定した。

「い、いえそんな。確かにカルデロン先生のことは尊敬していますけど、それ以上の気持ちなんてありません！　私なんかがおこがましい」

「おこがましいって……。あなたの家もレアンドロと同じ侯爵家でしょう。釣り合わないなんてことはないと思うけど」

「そういう身分的な問題ではなく……」

精神的な、もっと違うものなのだと説明しようとしたが、上手く伝えられなかった。シェラが困ったように言う。

「……自覚はないのね。そんなにあからさまなのに。うーん……でも当事者たちはそんなものなのかもしれないわね。私にも、覚えがあるもの」

「シェラ先生？」

「ううん、なんでもないのよ。でもそうね。多分近いうち、あれ？　と疑問を抱く時が来ると思うからその時は——さっきの私の言葉を思い出して欲しいわね」

「先生の？」

「ええ、お願いね。約束よ？」

「はい」

シェラの言葉の意味はよく分からなかったけれども、エステルは一応返事をした。

そんなエステルの頭をシェラは撫でる。気持ち良いけれど、やはり先ほど眠っている時に感じた心地よさとは全く違う。

（ああ、やっぱりあれはカルデロン先生だったんだ……）

シェラに撫でられたことで逆に確信できてしまった。本当にシェラではなく、レアンドロがエステルを助けてくれたのだという事実を。
気づかれないようずっと見守ってくれて、そして倒れた時には黙って手を差し伸べてくれる。
いくら口が悪くとも、レアンドロの隠された優しさを身をもって知ってしまったエステルには、
やっぱり彼の暴言ですら、愛おしく思えてしまうのだった。

◇◇◇

「あ、ようやく帰ってきた。良かった。何かあったのかと思ったわ……」

「申し訳ありません。ルクレツィア様」

シェラに再度礼を告げ、学生寮へと帰ってきたエステルを待っていたのは、車いすから立ち上がりじっとこちらを見つめるルクレツィアだった。その隣には当然のようにキールが控えている。

ルクレツィアたちがいたのは、男子寮、女子寮の共通の休憩所。各寮の間には平屋建ての建物があり、中が休憩所となっているのだ。

休憩所からそれぞれの寮へは通路で繋がっており、行き来は自由だが、消灯後には扉に鍵が掛かる。中は広く、テーブルやソファ、簡単なキッチンなどが設置されており生徒たちの交流の場として機能していた。

帰ってまずはお茶でも飲もうと立ち寄ったのだが、ルクレツィアにはエステルの行動はバレバレだったようだ。心配そうな表情。部屋で待っていられずこちらへ下りてきた……といったところだろうか。キールも微笑んでいるが、どこか目が笑っていないようにも見える。

（やっぱり心配かけちゃったな……）

気絶していた時間は短かったが、それでもすぐに帰ってくるはずと信じていた二人には長く感じたのだろう。申し訳なく思っていると、キールが重々しく口を開いた。

「エステル様。お帰りが遅いので心配しておりました。もしや何かあったのかと……」

「ごめんなさい。でも、大丈夫。あの、ちょっと魔力を使いすぎて……それで、少しの間倒れていただけだから」

「倒れていた？　大丈夫なの？」

エステルの言葉にルクレツィアが敏感に反応した。

事情を説明した方がいいかと思ったのだが、心配そうなルクレツィアを見ていると、間違った判断だったかと思えてくる。

自らの失言に舌打ちしたい気持ちになりながらも、エステルは口を開いた。

「あの……魔力が底をつくまで練習してしまっただけです。そしたら倒れてしまって……でも平気です。シェラ先生がずっと付き添って下さったから……」

嘘は吐いていない。シェラが最後まで付き添ってくれたのは事実だ。

シェラと二人だけの秘密だと約束したから、レアンドロのことはもちろん黙っているつもりだ。

だけど本当にエステルを助けてくれたのはシェラではなくレアンドロなのに、それを伝えることができないのは彼の意思だとしてもとても寂しいとエステルは思った。

「そう……シェラ先生が」

ルクレツィアがホッと息を吐き、胸を押さえる。

「事情は分かったわ。でも本当に気をつけてね。エステルは女性なんだから。侯爵様から大事な娘をお預かりしているのに何かあったら、どうすればいいのよ。……やっぱり一人で自主練なんてさせるんじゃなかった。今度からは私も付き合うことにするわ」

分かったわねと窘められ、エステルは素直に頷いた。

今回のことはどう考えても自分が悪い。少しくらい譲歩するべきだと思ったのだ。

「分かりました。私も一人きりは良くないということを今回痛いほど理解しましたから。ルクレツィア様の言う通りに致します」

「え」

「え……って、それどういう意味ですか」

まさかそう返ってくるとは思わず、エステルは頬を膨らませた。ルクレツィアは気まずげな顔で言い訳するかのように口を開く。

「どういう意味も何も……きっと適当な返事ではぐらかされるものだと思っていたのよ」

「……私だって少しくらいは学習します。もう、倒れたくなんてありませんから」

レアンドロに助けてもらえたのは嬉しかったが、手を煩わせてしまったのは申し訳ない。

手のかかる生徒だと思われていたらどうしようとエステルは半ば本気で心配していたのだ。二人のやりとりを聞いていたキールが「確かに」と頷く。

「エステル様は頑張りすぎるきらいがありますからね。私もルクレツィア様に賛成です。あなたがなかなか戻らないから……捜しに行こうかと思いましたよ」

「護衛騎士のキールが？　駄目よ、そんなの」

主と離れず、付き従うのが護衛騎士の役目だ。その役目を放棄してエステルを捜しに行くなどあっていいはずがない。だけどキールは言った。

「剣こそ捧《ささ》げてはおりませんが、俺にとっては、エステル様もルクレツィア様と同じくらい大切な方です。捜しに行くのは当然です」

きっぱりと告げるキール。ルクレツィアも同意した。

「エステルってば、結構危なっかしいんだもの。それに、最初にキールに手を差し伸べたのは他でもないあなたよ。キールがあなたのことを大切に思うのは当たり前だと思うわ」

「差し伸べって……最終的に助けて下さったのはルクレツィア様ではないですか」

昔の話を急に出され、エステルは戸惑ってしまった。だけどルクレツィアは曖昧な笑いで否定する。

「結果だけを見ればね。だけどね、エステル。私、あの時あなたがキールを見つけなければ、きっと彼のことを素通りしていたと確信できるの。だからキールがあなたを慕うのも無理はないと思うのよ」

「ルクレツィア様……」

きっぱりと告げ、ルクレツィアは車いすに座り直した。それを後ろから介助し、キールも言い添える。

「俺の言いたいことはルクレツィア様がほとんど言って下さいましたね。そういうことです。俺は恩知らずにはなりたくない。あなたのことも――守りたいと思っているのです」

「キール……」

「お願いします。エステル様。俺に、あなたのことも守らせて下さい」

「……」

金色の瞳が細められる。サラサラとした水色の髪の毛は短く整えられ、清潔感があった。今やエステバン王国で貴族令嬢たちに大人気のキール。だが、初めて会った時の彼は、全てを諦めたような目をする、生きる気力のかけらもない少年だったのだ。

◇◇◇

——今から十年ほど前。その日、エステルはルクレッツィアと二人、町に出ていた。

もちろん正式に許可を取ってのことだ。王族が民の暮らしを知るのは良いことだと考える国の方針で、わりと自由に町を散策することができる。

ルクレッツィアは身体が弱く、あまり町へ出ることを推奨されはしないのだが、それでも友人であるエステルが一緒にいる場合は、許可が下りやすかった。

大通り沿いをゆっくりと歩いていく。道は綺麗に舗装されているので車いすの動きを妨げない。

小さな王女とその幼馴染みが町を歩く姿はそれなりに有名で、住民たちに声をかけられることも多い。ルクレッツィアは嫌な顔一つせず、一人一人に対し実に愛想良く応じ、ニコニコと手を振っている。ぐるりと付近を一周し、エステルはルクレッツィアに声をかけた。

「ルクレッツィア様。そろそろ帰りましょうか」

「そうね」

ルクレツィアの返事を受け、車いすを城の方角へ向ける。――と、道の端の方に力なくうずくまっている少年を見つけた。

「あ……」

「どうしたの、エステル」

「い、いえ、なんでも」

「なんでもって声じゃなかったわ。何？」

ルクレツィアの再度の問いかけに、エステルはおずおずと指で少年を示した。

「あの、あそこに男の子がいて。その、具合、悪そうじゃありませんか？」

「……本当。気づかなかった」

ルクレツィアの痛ましげな声を聞き、エステルは思いきって言った。

「ルクレツィア様。すみません。こちらで少しお待ちいただけますか？　私、彼のこと見てきます」

見つけておいて、無視するような真似ができるわけがない。少年は遠目に見てもぐったりとしている。それなのに、周囲にいる人たちは見て見ぬ振りをして、誰も助けようとしないのがエステルには妙に気にかかっていた。

隠れるようにしてエステルたちを守っていた護衛兵の一人に目配せする。

護衛兵は頷き、すぐに近くまでやってきた。

「どうなさいましたか？」

「すみません。少しの間、ルクレツィア様をお願いします」

「分かりました」

「ちょ、ちょっとエステル！」

丁寧に頭を下げ、護衛兵にルクレツィアを託してから少年のところへ向かう。後ろからルクレツィアの引き留める声がしたが、聞かなかったことにした。万が一、変な病気だったりしたらどうするつもりなのか。王族で、しかも身体の弱いルクレツィアを不用意に近づけさせるわけにはいかなかった。

「……大丈夫？」

道の端でうずくまっている少年に近づき、声をかける。水色の髪をした少年が虚《うつ》ろな目をエステルに向けた。視線は合わない。見ているようでその目は何も見ていないのだ。

（暗い目……）

ぼんやりとエステルに視線を向けた少年は、すぐにまた元の姿勢に戻ってしまった。急いでもう一度声をかける。

「ねえ、どうしたの？　どうしてこんなところにいるの？」

「……」

「ねえ？」

声をかけているのにこちらに興味を示さないのが怖い。エステルは再度、今度は強めに話しかけた。またちらりと顔が上げられ、今度は答えが返ってきた。

「……捨てられたから」

淡々とした声で少年は答えた。エステルは大きく目を見開く。

「ど、どういう意味？」

わけが分からない。混乱するエステルに、少年は諦めたように言う。

「……俺に魔力がなかったから。役立たずだって、もう帰ってくるなって……だから俺はここにいる。だれも助けてなんてくれない……もういいんだ。後は死ぬだけなんだから」

「死ぬだなんて……」

思ってもみなかった答えに、言葉を失う。魔法が使えることが前提のこの世界。だけどたまに、ほんのたまにだが、全く魔力を持たない子供が生まれることがあるのだ。

そういう子供は、忌み子として嫌われ、親に捨てられることもあるらしいのだが……。

目の前の少年がまさにそれなのだと気づき、エステルは無意識のうちに自分の胸を押さえていた。

それからはっと、悠長なことをしている場合ではないと気づく。

少年は見るからに弱っている。そもそも体調が悪いのではないだろうかと声をかけたのだった。

「……身体がだるいとか、しんどいとか、ある？」

もしそうなら医者に診せないと。だけど少年はだるそうに首を横に振るだけだった。

「どうでもいい。放っておいてくれ。さっさと消えろ」

「そんなことできるわけないでしょう！」

叫ぶような声が出た。ここまで関わってしまって、見なかったことになどできるはずがない。

こういう子供が彼一人でないことは分かっていたが、だからといって目の前にいる少年を助けないという選択はエステルにはなかった。

少年は親に捨てられたという話だから、孤児院に連れて行くべきかとも考えたが、エステルはすぐにその案を却下した。そんな無責任なことはできない。自分の屋敷で引き取ろう。父がそろそろエステル付きの従者かメイドをつけようと言っていた。まだ候補もいない状態だし、お願いすれば彼を自分の従者にしてもらえるかもしれない。それが無理でも、働く場所と住処《すみか》を与えることくらいはできるとエステルは思った。

「いいから答えて。体調は？　熱っぽいとかあるでしょう？」

エステルが睨みながら再度質問すると、しばらく経ってからぼそぼそとではあるが答えが返ってきた。

「……別に……ただ腹が減っているだけ。もう三日近く何も食べていないから」

「三日⁉」

驚きの告白に呆気にとられていると、背後からルクレツィアの声が聞こえた。

「エステル。彼を城に連れて行きましょう。城なら医者もいるし、食事も与えてあげられるから」

「ルクレツィア様！　待っていて下さいとお願いしたのに。もし何かあったらどうなさるおつもりですか」

慌てて振り返り、ルクレツィアを諫《いさ》めたが、彼女は微笑み否定した。

「だって空腹で倒れていただけなのでしょう？　それならなんの危険もないわ。ね？　だから早く」

「でも、でも……城へですか？　いいんですか？」

勝手なことをして怒られないのだろうか。そう不安に思ったのだが、ルクレツィアは自信たっぷりに言った。いつもの弱気なルクレツィアが嘘のようだった。

「大丈夫。うちの城には人を助けて怒るような人はいないわ。それに城ならいくらでも仕事があるし、雇ってあげられる。助けるからには責任を持つわ」

「いえ、それならうちの家に連れて行けばいいだけの――」

責任というのなら、先に声をかけたエステルにある。そう思ったのだが、ルクレツィアは首を縦に振らなかった。

「侯爵様がどうおっしゃるかも分からないのに、勝手に連れて帰ってはいけないわ。その点、城なら大丈夫よ。最悪全員に駄目だと言われても、私の従者として雇う方法がある。私の従者にするなら、お父様たちとは関係なく私の独断で指名することができる。住む場所だって与えてあげられる。だから、ね？」

「ルクレツィア様……」

「たまには私を頼って。私も力になりたいのよ、エステル」

「――はい。お願いします」

頼もしい言葉に、エステルは目を瞑り頭を垂れた。すぐに少年は城へ運ばれ、温かい食事と仕事が与えられることになった。

少年はキールと名乗り、最初はルクレツィアの従者として雇われたが、ある日剣を学びたいとルクレツィアに申し出た。

「魔力のない俺にできることなんてほとんどありません。ですけど俺は、俺を助けてくれたルクレツィア様とエステル様のお役に立ちたいんです。きっと騎士になってあなたの元へ戻って参りますから、どうかお許し下さい」

キールの訴えに、ルクレツィアは困ったように微笑んだ。

「別に気にしなくても構わないのに。でも、それであなたの気が済むというのなら構わないわ。あなたが帰ってくるのを待ってる」

キールの願いをルクレツィアは叶《かな》え、彼は剣を学ぶことを許された。

そうして並み居るライバルたちを蹴落とし、数年後、キールはルクレツィアの専属護衛騎士として、彼女に忠誠と剣を捧げたのだ。

◇◇◇

（本当、キールって頑張ったわよね……）

昔のことを思い出しながら、しみじみとエステルは思った。

キールが怪訝《けげん》な顔で声をかけてくる。

「エステル様？」

「あ、ええ。なんでもないの。ちょっと昔のことを思い出していただけ」

「それならいいのですが。とにかくそういうことです。ルクレツィア様だけではありません。あなたに何かあれば、俺は絶対に動きます。それを忘れないで下さい」

「ルクレツィア様がそれでいいとおっしゃるなら、私が何か言えるはずもないわ。分かった。心に留めておく」

「ありがとうございます」

頭を下げたキールを見つめる。ルクレツィアが笑顔で言った。

「さ、これでこの話は終わり。部屋に戻りましょう？　エステルが帰ってきてホッとしたし、夜はゆっくり過ごしたいわ」

「はい、そうですね」

頷き、キールからルクレツィアの車いすのハンドルを譲ってもらう。男子寮に住むキールとはここで別れるのだ。

「じゃ、また明日ね、キール」

ルクレツィアの言葉にキールは「はい」と頷いた。

「お休みなさいませ。ルクレツィア様、エステル様」

深々と頭を下げるキールの見送りを受け、エステルたちは女子寮の自分たちの部屋へと戻っていった。

第三章　二人の距離

ハイキングの日がやってきた。

朝から天候も良く、絶好のハイキング日和。

現地集合ということで、森林公園の入口前に集まったのだが、一年全員が強制参加となるこの散策は、おおむね好意的に生徒たちに受け入れられていた。懸念されていた欠席者もいない。

王立保護区になっている森林公園は、一般人でも入園できるが、一週間ほど前までに許可を取る必要がある。それが面倒で、存在は知っていても行ったことのない者の方が多いという場所だった。

物珍しいのか、皆、歩きながらもキョロキョロとしている。

「へえ……。公園って言っても森に近いのね」

眩しそうに目を眇《すが》め、ルクレツィアが笑う。緑が多いので空気が美味しいのだろう。ルクレツィアが楽しそうにしているのがエステルには嬉しかった。

国営で管理されている保護区なので、道は舗装されている。車いすでも問題はない。

付き添いの教員は二人。テオとレアンドロだ。テオは先頭。レアンドロはエステルたちの更に後ろを歩いている。むっつりと不機嫌そうな顔を隠しもしない。よほど不本意な参加なのだろう。

「ふふ。先生、随分と機嫌が悪そうね」

車いすから振り返ったルクレツィアが肩を震わせて笑った。

エステルたちは一年生の最後尾を歩いていた。ルクレツィアが車いすだということと、しんがりを彼女を担当するレアンドロが務めているからという両方の理由からだ。

「カルデロン先生に青空の下でハイキングなんて似合わないものね。仕方ないのかも」

「確かに……それはそうですね」

ルクレツィアの意見を聞き、エステルもまた笑った。レアンドロに青空。恐ろしいほど相容れない組み合わせだ。

森林公園の中はかなり広く、森だけではなく湖やなだらかな丘、原っぱなどがある。動植物も管理されているので危険はなく、気軽に散策できるのがこの公園の特徴だった。

今は丘を登っている。上が開けた場所になっているので、お弁当を食べる予定なのだ。

キールがルクレツィアの車いすを押しながら言った。

「別に文句をつけるわけではないのですが、ルクレツィア様やエステル様がどうしてそこまでカルデロン先生を気にかけるのか分かりません。あなた方が入学してからずっと、俺なりに彼のことを見てきましたが、どうしたって好ましいとは思えない。なんと言っても物言いが酷すぎる。特にエステル様。どうしてあんな男のことを気にかけるのです？」

「え？　え？」

まさか自分に矛先が向くとは思わなくて、エステルは目を丸くした。

「えーと、キール？」

どうしたのだと問いかけるような視線を送ると、キールは再度口を開いた。

「前にも言いましたが、エステル様は俺の恩人です。ルクレツィア様と同様、ふさわしい相手と幸せな結婚をして欲しいと思っています。エステル様が彼を好意的な目で見ておられるのは知っていますから、あまり強くは言いませんがそれでも……」

「キール……」

普段あまり苦言めいたことを言わないキールの珍しい言葉にエステルは驚くことしかできなかった。それでも誤解は解かなければと口を開く。

「あ、あのね。キール。あなた、誤解しているから。それこそ前にも言ったけど、私は別に、カルデロン先生のことを好きとか……そういうのじゃないから……」

「その話、まだ続いているの？　鈍いのも大概にしないと後悔すると思うわ」

「後悔って……」

車いすに座っていたルクレツィアから忠告され、エステルは困ってしまった。

「どうしてそうなるんですか。違うって言ったじゃないですか。カルデロン先生のことは尊敬しているだけです。それ以上の気持ちなんてありません」

「ええ、尊敬しているのは本当なんでしょうね。だけどね、本当に気づいていないの？　エステル。あなたがカルデロン先生を見つめる目が、日に日に熱くなっていることを」

「え……まさか」

ルクレツィアの言葉にエステルは驚愕のあまり足を止めた。

自分がレアンドロを好きだなんてそんなことあるわけがない。彼を見ているのは認められたいからだ。その視界に自分を映して欲しいからだ。それ以上は望んでいない。

それなのにルクレツィアは眉を下げ、困ったように言うのだ。

「……誰が見ても分かるくらいあからさまなのに、当人であるあなたは自覚していないのね」

「ルクレツィア様……」

「私、エステルにもお兄様やレンブラント様たちのように素敵な恋愛をしてもらいたいと思っているの。後悔なんてして欲しくない。自覚したら、その時はどんな協力でもしてあげるから、微細にわたって教えてね」

「ルクレツィア様！」

諌める声を上げたのはキールだった。ルクレツィアは車いすに座ったまま振り向き、キールを見上げる。

「別に身分違いとか、既婚者が相手ってわけじゃないのだから構わないでしょう？　キール。あなた、まるで娘を取られる父親みたいよ」

「父親って……」

ルクレツィアの父親発言に、キールは複雑そうな顔をした。

「あなたがエステルを心配する気持ちも分かるけど、カルデロン先生は冗談で生徒に手を出したりするような方ではないし、大丈夫よ」

主君であるルクレツィアに宥められてはキールもそれ以上言えない。納得はいっていない様子ではあったが、それでもキールは頷いた。

二人の話を聞きながら、エステルは再度歩き始めた。なんとなく背後を振り返る。途端、一定の距離を開けてエステルたちの後を歩いてくるレアンドロが視界に入った。

今まで散々からかわれていたこともあり、急に恥ずかしく思えてくる。ぷるぷると否定するように首を振った。

（違う、違うの。皆が変なことばっかり言うから意識してしまっただけ。私がカルデロン先生を恋愛的な意味で好きだなんて、そんなことあるわけない）

もともとテオの恋人だと認識していたくらいだ。眺めていたいだけ。恋愛対象外なのだ。

「っ！」

ふと、レアンドロと目が合った。慌ててエステルは顔を逸《そ》らす。

カッと頬が熱くなったのが自分でも分かった。

（もう、ルクレツィア様が余計なことを言うから！）

そのせいだ。それ以上の理由などない。

エステルは深呼吸して気持ちを落ち着かせた。そして後ろはもう振り返らないことにして、後は無心で道を歩いた。


小一時間ほどかけ、目的の場へ辿《たど》り着く。広い草原のような場所。奥の方はなだらかな坂道になっている。ところどころに休憩用のベンチが置かれているのが、全くの自然ではないことを示していた。

「今から二時間ほど自由時間にするから。付近の散策、昼食、好きにしてくれていいけど、時間までには必ず戻ってくること。戻ってこなかったら、もれなくカルデロン先生の侮蔑の視線が味わえるからね」

テオの冗談半分の言葉に、だけど生徒たちは真剣な顔をして頷いた。レアンドロの侮蔑の視線。想像しただけでも身がすくむと思ったのだ。皆が真顔で頷く中、テオの隣に立っていたレアンドロが口を開く。

「遅れたければ勝手にしなさい。それより、この広場の奥には石碑があります。危険なものではありませんが、触れないように。分かりましたね」

「なんの石碑なんですか?」

生徒の一人から出た、当然と言えば当然の疑問にレアンドロは面倒そうに眉を寄せた。

「昔に退治されたとある奇形種の墓……みたいなものですよ。当時の住民を恨みながら死んでいった魔獣で、祀《まつ》っているのです。百年以上が経っていますし、今まで問題が起きたこともないのでそのままにしてありますが、多少魔力反応があります。近づかないに越したことはありません」

「そういうこと。見た目は本当にただの石碑なんだよ。立ち入り禁止ってわけではないから、近づくなとまでは言わない。けど一応墓だからね。敬意を払うべきものだと僕は思っている。君たちも、それくらいは分かってるよね。それじゃ、解散」

テオの言葉を合図に、皆、好きな場所へと散っていく。

エステルたちも空いているベンチに座り、昼食を済ませた。まだ時間はある。どこか散歩でもしようかとエステルが提案しようとしたところで、ルクレツィアが言った。

「ごめんなさい。少し疲れちゃったから、私は集合時間まで木陰で休息を取るわ。キールについていてもらうから、エステルは散策してきたら?」

「でも……」

それこそ一緒にいた方が良いのではと思ったのだが、キールも同意した。

「ええ、ルクレツィア様には俺がついていますから大丈夫です。最近エステル様は練習場に籠もって魔法の訓練ばかりでしたから、付近を散策するのは良い気分転換になるかと」

「そうよ。私が言うのもなんだけど、たまには緑や風の匂いを感じた方がいいわ」

「じゃあ……そうします」

二人に背中を押され、エステルは仕方なく歩き出した。とはいっても特に目的地があるわけではない。石碑に興味もないし、人だかりを無視し、奥の方へと進んでみることにする。

しばらく歩くと誰もいない別の広場に出た。特に迷うような道でもなかったし、ここでギリギリまで時間を潰すのも悪くない。

「……」

風がそよぐ。自然と目を瞑った。

(ああ、気持ち良い。確かにこういう感覚、久しぶりかも)

すうっと身体に魔力を漲《みなぎ》らせる。自然を感じながら魔力を高めていくのは効率が良い。高めた魔力をいつもの手順で変換させ、ほうと呼吸を一つ。本当ならここで一発、雷撃を放ちたいところだがさすがに無理なので留《とど》めておくことにする。ただ、体内を巡る魔力の感覚に集中していた。

「こんなところでまで練習しようという姿勢は悪くありませんが、時には休息も必要です。一度倒れて、それくらいは理解したと思ったのですけどね」

「っ！」

かけられた声に、飛び上がるかと思った。

慌てて振り向くと、そこにはいつも通り不機嫌そうに眉を顰めたレアンドロの姿があった。手に何か、包みのようなものを持っている。

「カ、カルデロン先生……」

「魔力が動く気配がするから来てみれば、まさかあなただとは。不用意に外で攻撃に使う魔力変換をするのは止めなさい。連動して何か動かないとも限らない」

「す、すみません……」

ついいつもの癖で、魔力を動かしてしまったが、レアンドロの言うことはもっともだった。普段は魔力を吸収してくれる練習場だから気にもしなかったのだが、必要もないのに外で雷撃用の魔力を扱うなど、魔法学園の生徒として褒められたことではない。

レアンドロに認めてもらいたくて頑張ってきたのに、呆れられてしまったかもしれないと思うと、エステルは血の気が引く思いだった。

「あの……」

「まあ、大事にもならなかったことですし、練習をサボるよりはましでしょう。……そこに座りなさい」

「え？」

一瞬何を言われたか分からず聞き返したが、じろりと睨まれ慌ててエステルはその場に座った。

（あ……）

草の上に座ったはずだった。だけどそこには目に見えない薄い膜のようなものが張られている。これも魔法の一つ。一般的な生活魔法だが、もちろんエステルが使ったわけではない。レアンドロが、服が汚れないように気を利かせてくれたのだと気づき、エステルは頭を下げた。

「あ、あの……ありがとうございます。カルデロン先生」

「別に、あなたのためにしたわけではありません。どうせ魔法を使う練習をしたいのなら、普段はこういう生活に密着した魔法を使うようにしなさいと言いたかっただけです。確かに属性を絞った方がいいとは言いましたが、それは攻撃魔法に関しての話。あなたは普段からもう少し生活に即した魔法も使う努力をした方がいい」

「はい……」

相変わらずのレアンドロの言葉に、それでもエステルは口元を緩めた。だってこれはレアンドロなりのアドバイスだ。きっとレアンドロはずっとエステルの自主練を見ていて、彼女に足りないものを教えてくれているのだと思う。

(カルデロン先生、やっぱり素敵だな)

最初は皆に恐れられ、遠巻きにされていたレアンドロだが、最近では少し雲行きが変わってきた。口を開けば厳しいことか嫌みしか言わないのは変わらないが、その裏にあるものを皆が理解し始めてきたのだ。

実は、全員が帰るまで気づかれないよう様子を見てくれていること。授業についていけない生徒に、手作りの課題を与えていること。

課題は生徒一人一人に合わせたもので、とても勉強になるのだ。実際にエステルも何度かもらった。

身分によるいじめだってレアンドロは決して許さなかった。加害者生徒を裁き、被害者生徒を守る姿は格好良いの一言に尽きた。

忙しいのは本当だろうに、結局足繁《あししげ》くほぼ毎日のように学園に通ってくれていることだって、もう全員が知っている。

黙って孤高を貫く彼の姿は、今や一年男子生徒の憧れの的だ。

レアンドロに認められたいと願う生徒はもはやエステルだけではない。それを嬉しいと思う気持ちは本当だが、どこか寂しいと感じるのも事実だった。

(私だけが先生の良いところを知っていたんだけどな)

そんな醜い独占欲に気づけばもう苦笑いするしかなかった。別にレアンドロはエステルのものではない。憧れの人が正しく皆の憧れになることを喜ばなければならないのに、自分ときたら情けなくも嫉妬などしているのだから。

「ところでラヴィアータ嬢。ルクレツィア王女殿下は一緒ではないのですか?」

自分の考えに耽《ふけ》り、ぼんやりとしていると、隣に座ったレアンドロが話を振ってきた。思考を振り払い、笑顔で答える。

「あ、ルクレツィア様はキールと木陰で休息を取っています。やはり少しお疲れになったようで」

「そうですか。あなたは? お付きとして学園には来ているのでしょう? 一緒にいなくても良いのですか? 役目を放棄するのは感心しませんよ」

眉を寄せたレアンドロに、エステルも困ったように言った。

「はい。私もそう思ったんですが、たまには外の空気を吸ってこいと言われてしまいまして……」

「そうですか」

話が終わってしまった。

だけど、とエステルは思う。やっぱりレアンドロは優しい。今だってちゃんとルクレツィアのことを気にかけてくれた。

（分かりにくいけど優しい人なんだよね。言動で損をしているだけで）

「ありがとうございます、カルデロン先生。ルクレツィア様のことを気にかけて下さって」

お礼を告げると、カルデロンからは素っ気ない声が返ってきた。

「別に。仕事なだけですから」

「はい」

思った通りの答えに、それでもエステルは笑みを浮かべた。それからふと、気づく。

「えと、あの。それで先生。先生はどうしてこちらに？」

不思議だったのだが、レアンドロは呆れたように言った。

「魔力が動く気配がしたからと言ったでしょう。後は、そうですね。私は人が嫌いですので、静かな場所で昼食を取ろうと思っていただけです」

「あ……すみません」

まさかレアンドロの昼食の邪魔をしていたとは知らず、慌ててエステルは立ち上がった。その瞬間、ぐうと腹の虫が鳴る。先ほど昼ご飯を食べたばかりだというのに、己の腹が怨《うら》めしい。

気まずさを隠すようにエステルはごまかし笑いをした。

「え、えと、失礼しますね、先生」

「いいから、座っていなさい。全く……もしかしてダイエットなどとふざけた真似をしているのではないでしょうね？」

「い、いえ。ダイエットなんて私は……」

むしろ最近はお腹が減って仕方がないくらいだ。多分毎日ほぼ限界まで魔力を使っているせいなのだとは思うが、これでダイエットなどしたら本当に倒れてしまう。

否定したエステルを、一瞬疑わしそうな顔で見たレアンドロは、はあとため息を吐きながら、手に持っていた包みを開けた。出てきたのは二段の黒塗りの、大きめのお弁当箱。

「あ……お弁当」

途端じろりと視線が飛んでくる。

「なんですか。私が弁当を持ってきてはおかしいとでも？」

「そ、そんなことは思っていません」

ぶんぶんと勢いよく首を横に振った。

「それならいいのですが。人を思い込みで判断するなど最低の行いです」

「はい」

神妙に頷く。レアンドロはおもむろに弁当箱の蓋を開けた。色とりどりのおかずが目に映る。

「うわぁ……」

思わず感嘆の声が漏れてしまった。レアンドロは気にせず、下の段も開ける。下には俵型のおむすびがぎっしりと詰まっていた。あまりにも見事な弁当ぶりに、エステルはつい、拍手をしてしまった。

「すごい……先生の家の料理人が作ったんですか？　さぞ名のある方が料理長を務めていらっしゃ

るのでしょうね」

「何を言っているのだか。……これを作ったのは私です」

「え……？」

一瞬、何を言われたのか本当に分からなかった。

「これを作ったのは私だと言ったんです。いちいち屋敷に戻るのも面倒ですからね。時計塔には教職員用の個人部屋があります。そこそこ設備も整っているので、最近はそこで寝泊まりしているんですよ。今日もそちらから出勤したので、誰かに頼む暇などありませんね」

「……」

エステルは無言でレアンドロの持つ弁当を穴が開くのではないかと思うほど見つめた。栄養、色合い、どこを取っても文句のつけようのない弁当だ。

（え？　レアンドロって料理なんてできたっけ？　そんな設定あった？）

いくら思い返しても、レアンドロが料理を作っていた記述などない。内心驚愕していると、レアンドロは箸を取りながら言った。

「屋敷ならともかく、魔法学園では知らない者が料理をするんです。そんな怪しげなものを口にできるはずがないでしょう。それくらいなら自分で作った方がいくらかましです」

「は……はあ」

（えと、ということは、もしかして魔法学園で教師をしているからこそ見えた設定？）

小説のレアンドロは学生時代、寮では暮らさず、己の屋敷から通学していた。だから知る機会がなかったのだと気づき、エステルは目を瞬かせた。

でも言われてみれば納得もできる。基本人間嫌いのレアンドロが、他人の作ったものをそう簡単に口にするだろうか。信頼できる者がいなければ自分で作る……非常に分かりやすい理屈だ。

「どうしました？　ラヴィアータ嬢。馬鹿みたいに口を開いて。それでも侯爵家の令嬢ですか。いくら魔法学園で人目がないからといって、あなたは少し気を抜きすぎです」

「す……すみません」

レアンドロの当然すぎる指摘に、エステルは穴があったら入りたいとはまさにこのことだと思った。先ほどの腹の音といい、レアンドロにはぜひとも良い印象を持ってもらいたいと頑張っているのに、どうして自分は真逆のことばかりしてしまうのだろう。情けなくなってくる。

しゅんとしてしまったエステルに、レアンドロは何を思ったのか、おもむろに言った。

「口を開けなさい」

「え？」

「二度は言いません」

「は、はい……」

一体何が始まるのかと思いつつも素直に口を開く。すると口の中に柔らかいものが押し込まれたのが分かった。

「んっ……？　んんっ!?」

驚くエステルにレアンドロはいつも通りの声音で言った。

「よく嚙みなさい。喉に詰まりますよ」

「んっ」

慌てて咀嚼《そしゃく》する。口の中に広がったのは卵焼きの味だった。ほんのり甘い味付けは上品で優しい。ひたすら驚きながらも必死で卵焼きを咀嚼する。とろけるような食感の卵焼きはすぐに胃の中に収まった。

「……ご、ごちそうさまでした。で、でも何故?」

嬉しいしラッキーだったとは思うが、どうしてレアンドロがこんな行動を取ったのかエステルには分からなかった。レアンドロは自分も卵焼きを食べ、「こんなものでしょう」と納得したように頷き、エステルに言った。

「別に。いつも何を言っても平気そうな顔をしているあなたが、珍しくも落ち込んだような表情をしていたので。空腹なのでしょう? だから餌を与えてみた。それだけのことですよ」

「……カルデロン先生」

「ああしかし、いくら空腹だといっても、妙な顔をするのは止めなさい。先ほどのあなたの顔は、なかなか不細工で笑えましたよ」

「ぶ……ぶさ……?」

「まあ、もともとそう大した顔でもありませんが、それでも先ほどは見られたものではなかった。あなたも少しくらい気にしなさい」

酷い言われようだ。そう思うのに、エステルは自分の顔がどんどんにやけていくのが分かった。だって、結局レアンドロは心配して、エステルに卵焼きをくれたということなのだから。これはもう、一生分の幸運を使い果たしてしまったのではないだろうか。

にやけるエステルを見て、レアンドロは微妙な顔をした。

「おかしな人ですね。不細工だと言ったのに」

「ふふ……そう、そうですよね。ありがとうございます。卵焼き、とっても美味しかったです」

「……やはりあなたは変わっている」

「かもしれません。でも、これでいいんだと思います」

幸せそうにエステルが笑うと、レアンドロは呆れたように言った。

「……あなたは最初からそうでしたね。何を言ってもめげなくて。そうやっていつだって嬉しそうに笑っている。私といても楽しくなんてないでしょうに」

「楽しいですよ」

その言葉は自然と音になった。

「楽しいですし、カルデロン先生といると嬉しいです。だって、先生は優しいから。気にかけて下さるのがすごく幸せなんです」

「優しい？」

初めて言われたとばかりにレアンドロが瞠目《どうもく》する。エステルは躊躇《ちゅうちょ》なく頷いた。

「はい。カルデロン先生は優しいですよ。私は――知っていますから」

「……何を馬鹿なことを。聞くんじゃありませんでした」

一瞬動きを止めたレアンドロは、だけど次の瞬間にはいつもの調子を取り戻していた。

まあそう返ってくるだろうなと予測がついていたエステルは苦笑する。

「すみません。でも撤回はしません。私は本当にそう思っているんですから」

「一度医者にかかることをお勧めしますよ。私が優しいなど、テオあたりが聞いたら大笑いすると思います」

「そうかもしれませんね」

テオなら確かに大笑いしそうだ。だけど馬鹿にするのではなく、もっと違う笑いなのだと思う。たとえば――ばれちゃいましたね。先輩。みたいな。

想像しながら笑っていると、ふと、レアンドロの横に置かれた本に目が行った。どうやら弁当と一緒に持ってきていたらしい。どこかで見たことのある装丁に、エステルは声を上げた。

「あ！　その本。私も持っています！　面白いですよね。先生も読むんですか？」

ジャンルで言えば、推理小説。フロレンティーノ神聖王国で今、大人気の作家だ。去年デビューしたばかりなのにあっという間に人気に火がつき、舞台化も決まり、来月には公開されることになっている。公演場所は王都の一等地で、完成したばかりの新劇場のこけら落とし公演。

作者は決して表舞台には出てこない。エステバン王国でも遅れて出版されたが、やはり人気で、エステルはすっかりファンになっていた。

読みやすく、新人にもかかわらずまるで何十冊も本を出したことがあるかのような洗練された文章は、各方面から絶賛されている。すでに三冊ほど著作も出ていて、もうすぐ新作も売り出されるとのことだ。もちろんエステルは購入する予定だった。

「……流行《はや》っていると聞きましてね。期待はしていませんでしたが、意外と面白い。文体がしっかりしているのでイライラすることもない。来月の舞台も観に行く予定です」

「そうなんですか！　羨ましいです」

舞台のチケットは先月先行発売されたが瞬殺だったのだ。エステルも抽選申し込みに行ったのだが外れてしまった。仕方ないので再演してくれることを願っている。

だけどまさかレアンドロが、こんなに素直に何かを褒めるなんて。たとえ本でも、レアンドロが手放しで褒めるとは思わなかったので、それがエステルにはとても意外だった。

珍しい物言いに驚いていると、レアンドロが言った。

「ちょっとしたツテがありましてね。チケットを手に入れることができました。今度この作者の他の作品も読んでみようかと思っています」

「はい、ぜひ！　どれも面白かったですから」

「おや、あなたはすでに全部読んだのですか？」

レアンドロの問いかけに、エステルは即座に頷いた。

「はい。この本が出た時からのファンなので。そろそろ新刊も出るはずです」

「……あなたにしては趣味が良い。そうですか。今度探してみることにします」

レアンドロの言葉を聞き、エステルは少し考えてから言った。

「今はどこも品薄ですよ。重版が追いついていない状態みたいです。あ、もし良かったら、お貸ししましょうか？　私はもう何度も読みましたから、しばらく手元になくても大丈夫ですし」

「え……？」

どこか驚いたようなレアンドロの声に、ようやくエステルも気がついた。

今、自分がとんでもない提案をしてしまったのだということに。

（うわ……。話の流れで、つい、本を貸すだなんて言ってしまった。……さすがにまずかったかな。そんな関係じゃないもんね）

同じ作品が好きだという共通点があまりにも嬉しくて、そんなところまで考えていなかったのだ。ついつい、口をついて出てしまったのだが、今からでも訂正した方が良いだろうか。

「えと……あの……」

「……そうですね。入手困難だというのなら、お言葉に甘えましょうか」

「え？」

今度はエステルの口から間抜けな声が漏れた。

一瞬、何を言われたのか分からずぽかんとする。

（え？　カルデロン先生、今、本を貸して欲しいと言ったの？　私に？）

「え……え……本当……ですか？」

「嘘を言ってどうするんですか。意味が分かりません」

だってレアンドロが頷くとは思いもしなかったのだ。だがそれを言うと、まるで最初から本を貸す気がなかったように聞こえると気づいたエステルは慌てて言葉を換えた。

「わ、分かりました。明日にでも持っていきます。自室の本棚にありますので」

「そんなに急がなくても大丈夫ですよ。ですが、ありがとうございます」

「っ‼」

今度こそ心底驚いた。

驚愕のあまり、頬を抓りたくなってしまう。だってレアンドロにお礼を言われる日が来るなんて思いもしなかったのだ。しかも素直に！

「……ラヴィアータ嬢。あなたは感情が顔に出すぎます」

「す、すみませんっ！」

自覚がありすぎるほどあったエステルは即座に謝罪した。レアンドロは本に視線を向ける。

「全く……別に無理強いするつもりはありませんよ」

「そんな！　私、絶対に明日持っていきますからっ！」

必死で叫ぶように言うと、レアンドロは何がおかしいのかくすりと笑った。珍しい姿に心臓がドクンと大きな音を立てる。

「そんなに必死にならなくても。分かりました。では、楽しみにしていることにします」

「は、はい！」

頷くと、レアンドロは笑みを消し、弁当を食べるのを再開させた。それを見て、さすがにこれ以上邪魔をするのは申し訳ないと思ったエステルは静かに立ち上がる。

「あの、私、もう行きますね。本、楽しみにしていて下さい。それと卵焼き、ありがとうございました。本当に美味しかったです。甘い卵焼きって私、初めて食べたので新鮮でした」

「……あなたは塩派なのですか？」

ぽつりと告げられた質問にエステルは「そうですね」と少し考えながら答えた。

「塩派というか……食べ慣れているというだけです。うちの屋敷の料理長が塩味の卵焼きを作るので。卵焼きの味は作る人によって違うというのは本当なんですね」

もう一度、ありがとうございますと言って頭を下げる。

今度は引き留められなかった。それを少しだけ残念だなと思いながら、エステルはルクレツィアたちがいる場所へと一人歩く。

……すごく、ドキドキしていた。

エステルが、レアンドロのことを優しい人だと言った時、確かにレアンドロは意味が分からないと顔を歪めた。だけどその後で、ほんの少しだけ優しく笑ったのだ。――まるで、困ったやつだとでも言いたげに。そしてついさっきもそうだ。

かすかではあったが、声を出して笑うレアンドロなんて初めて見た。

一瞬だけ、幻のように現れたレアンドロの穏やかな優しい笑みと、図らずも見えた多分彼の……素の笑顔。思い出すだけで胸が熱くなってくる。

「……褒める時に見せてくれる笑みとはまた違う感じだったけど……でも、どっちもすごく素敵だった」

あんな笑みを見せてくれるということは、少なくとも嫌われてはいないはずだ。一生懸命努力していることはきっと無駄ではないのだ。

後、本の話をしている時は、いつもと違って素直なレアンドロの姿を見ることができた。普段は絶対に見られない姿を垣間見《かいまみ》ることができて、エステルは興奮していた。

「よし、よし……もっと頑張ろう。本も忘れないようにしないと。後、自主学習をもっと……あ、そうだ。カルデロン先生に言われたことは……もっと生活魔法を使え……だったよね」

歩きながら考える。

確かにレアンドロが言うように、エステルはあまり日常生活で魔法を使ったりはしなかった。これは多分、前世の記憶がある弊害なのだと思う。よほど必要に迫られない限り、エステルは魔法を使おうとは思わない……というか魔法の存在を忘れているのだ。

普段からあまり使わないから、魔法が下手なのかもしれない。

「なんだろう。魔法ってどうしても攻撃魔法とか召喚魔法とか、そういうイメージが拭いきれないのよね。だってファンタジーってそういうものだと思うじゃない。電気の代わりに魔法とか……そういう地味なのってイメージなかったからなかなか……」

前世の偏った知識を思い出し、苦笑いをした。幼い頃に記憶が戻るのも問題なのだ。どうしてもいろんなものが引きずられてしまう。

魔法の使い方をもっと考えなければと思いながら元の道を辿っていると、石碑が見えてきた。先ほど通った時には人がたくさんいたのだが、別に面白いこともなかったせいか、皆興味を失い、散っていったらしい。道の端に建てられた石碑は、事前に聞いていなければただの大きな岩だとしか思えなかった。

祀っている様子もないし、立て札があるわけでもない。ただ、大岩には文字のようなものが彫ってあるから、それでただの石ではないのだなと分かるくらいだ。

気づかなければ、誰かが上に乗って遊びかねない。

だから予め注意されたのだろう。さすがに罰当たりすぎる。

「ふーん……。なんだろう。思っていたより普通。確か、奇形種の墓……とか先生は言ってたよね。どんな生き物だったのかな。退治されたって話だけど」

足を止めて、石碑をまじまじと見上げる。古いものなのだろう。岩にはコケのようなものが張りついていた。なんとなく、エステルは石碑の前で手を合わせる。

「……安らかに眠って下さい」

何もないという話だったけど、それでも。冥福を祈るくらいはしてもいいのではないだろうか。

目を閉じて数秒。エステルは顔を上げ、気持ちを切り替えた。

「さ、ルクレツィア様のところに戻ろう。少しは休息できているといいんだけど」

車いすに乗っているだけだといっても、もともと体力のないルクレツィアには、それでも結構な疲労になる。

キールがついているから大丈夫だとは思ったが、それでも急に心配になってきたエステルは、足早にその場を離れた。

第四章　自覚

暗闇の中、声だけが聞こえる。

『……けて……しい……だ……』

「何？　何を言っているの？　誰？」

『ここは……ない。……に』

「ねえ！　聞こえないってば。はっきり言って！」

そこで、エステルはぱちりと目が覚めた。

「……っ！」

がばりと身体を起こし、項垂れる。辺りは真っ暗だ。ノロノロと時間を確認すれば、まだ真夜中だった。背中にびっしょりと汗をかいている。

「……また、この夢」

誰かが何かを訴えているような夢。これが数週間前から続いていた。

毎晩とまではいかないが、それでも結構な頻度で。

「本当、何なんだろ」

ぐったりとし、重いため息を吐いた。

最初は気にしていなかったが、こうも繰り返されると夢の内容まできっちり覚えてしまう。

夢はいつも同じで変化はなく、誰かが姿を現した、なんてこともなかった。

怖いという感覚はなく、ただ、悲痛な叫びを聞いているような、なんとか助けてあげたいと思ってしまうようなそんな声だった。それに時折、歪な笑い声が交じる。

あまりにも気になって、誰かに相談してみようかとも思ったのだが、ただ、不明瞭な声がたまに聞こえるだけの夢をどう説明すればいいのか分からない。

実害はないしと放置することを決めたのが一週間前。夢は変わりなく訪れ、そろそろ本気で誰かに相談した方が良いのかもしれない。

「夢、これ以上続くようなら、カルデロン先生に相談してみようかな……」

自然と出た名前に、口元が緩んだ。

同性のシェラではなく、レアンドロを頼ろうとするのだから、よっぽど自分はレアンドロを信頼しているらしい。

「うん、よし。そうしよう」

少し気持ちが軽くなったエステルは、汗で濡れてしまった夜着を替えるため、ベッドから抜け出した。

◇◇◇

――ハイキングがあった日から、ひと月ほどが過ぎていた。

あれから、レアンドロと会話を交わす頻度が上がったような気がする。以前はエステルの方から捜しに行かなければ会うこともできなかったのに、最近ではレアンドロの方から声をかけてくれるようになった。

「ラヴィアータ嬢」

後ろから聞こえてきた声に、エステルは振り返った。今日も朝から気難しそうな表情。黒縁の眼鏡は綺麗に磨き上げられ、その奥の黒い瞳は冷えている。

「カルデロン先生。おはようございます」

声の主に丁寧に頭を下げると、同じように挨拶が返ってきた。

「おはようございます。……目の下に隈《くま》がありますね。きちんと眠っていますか。魔力回復の一番効率良い方法は睡眠です。それを分かっていて睡眠不足だというのなら、呆れ果てる以外ないのですが。……授業に支障が出ますから、午前中は医務室で寝ていなさい。担当教員には私の方から伝えておきます」

「ありがとうございます。そうさせていただきます」

「自己管理は基本ですよ。では、私は先に行きますから。ルクレツィア王女殿下。あなたも体調管理は十分に行って下さい」

「はい」

エステルの隣にいたルクレツィアにも声をかけ、レアンドロはすたすたと去って行った。最近はこんなやりとりも珍しくはない。

隣にいたルクレツィアも当たり前のことのように受け止めている。

声をかけてくるようになった時には、どうして急にと考えたが、すぐに理由に思い至った。

多分、いろいろと無茶をするエステルを放っておけないとレアンドロは考えたのだ。

練習場で倒れたところも見られた……というより運ばれたし、ハイキングの休憩中にも苦言を呈された。おそらく目を離してはいけない生徒だとレアンドロには認識されたのだろう。

まるで問題児扱いで、少し悲しくは思ったが、それはそれでチャンスだと、エステルは気持ちを切り替えることにした。

気にかけてくれるのなら、ここから挽回《ばんかい》すればいいだけのこと。そしてその機会は十分にあった。

レアンドロが初めて自分からエステルに声をかけてくれるようになった日の放課後から、彼は練習場に姿を現すようになっていたからだ。それも皆がいる時ではない。全員が帰り、エステルとルクレツィアたちだけになった時、レアンドロは姿を見せたのだ。

「……今日からラヴィアータ嬢は私が個人的に指導します。ルクレツィア王女殿下。彼女のことは引き受けますから、あなたはもう帰って下さい。彼女に付き合って、あなたが倒れでもすれば、ラヴィアータ嬢が気に病みます」

「あ……」

レアンドロの言葉に、一緒にいたルクレツィアは痛いところを突かれたように、はっと目を瞠った。付き従っていたキールも何も言わない。ルクレツィアはしばらく黙り込んでから、「分かりました」と答えた。

「カルデロン先生のおっしゃる通りだと思います。先生が一緒にいて下さるのなら、私も安心して帰れますから……その、エ、エステルをよろしくお願いします」

少し緊張した面持ちで言い、ルクレツィアはエステルの方に顔を向けた。

「帰るわね。……あなたが倒れないか見張りに来て、私が倒れてしまっては目も当てられないもの」

「ルクレツィア様……」

「可能性がないとは言えない。身体の弱い自分が恨めしいわ……キール。帰りましょう」

「……はい」

しばらく間があり、肯定の返事があった。キールが車いすを動かし、出口の方へ向かう。すれ違う瞬間、ルクレツィアと目が合った。

『せっかくのチャンスなんだから、頑張って。もちろん後で報告は聞かせてくれるのよね』

「……」

ほんの一瞬だったのに、エステルにはルクレツィアが何を言いたいのかしっかりと分かってしまった。恋愛話が大好きなルクレツィアは、気を利かせたと思っているのだ。

(だから違うって言っているのに……)

それでも、ルクレツィアが倒れないか心配していたのは本当なので、帰ってくれるのは有り難い。

ルクレツィアが出て行った後、エステルはレアンドロに礼を言った。

それに対し、返ってきた答えには苦笑したが。

「別にあなたのためではありません。あなたは一度倒れているし、王女殿下も身体が弱いという話ですからね。もし二人に倒れられてしまったら、こちらの監督不行き届きが問われてしまいます」

本当はそんなこと思ってもいないのだと知っている。だけどレアンドロはきっと、自分がエステルー――いや、生徒たちのことを気にかけていると思われたくないのだ。それを分かっていたからエステルは素直に「はい」と頷いたのだが、レアンドロは何故か不快そうに眉を寄せた。

「ラヴィアータ嬢」

「はい」

笑顔で返事をすると、レアンドロの表情は更に曇った。見るからに不機嫌になったレアンドロを見て、エステルは意味が分からず焦る。

（え？　何？　私、何かした？）

どうすればいいのか、挙動不審気味になっていると、レアンドロはボソリと低い声で言った。

「……自意識過剰気味に反応されるのも不愉快ですが、ここまで無反応だと、それはそれで腹立たしい」

「え？　え？　え？」

何を言われているのか意味が分からない。それでなくとも小声だったので、正確に全てを聞き取れなかったのだ。

「カルデロン先生？」

恐る恐る声をかけると、レアンドロはふいっとエステルから視線を逸らしながら言った。

「なんでもありません。ほら、時間がありませんよ。さっさと準備をなさい」

「は、はいっ！」

ぴょんと飛び上がり、エステルは慌てて練習の準備を始めた。

レアンドロが何を言いたかったのか分からないままだったが、それを考えるような余裕はどこにもない。結局エステルはそのまますっかり忘れてしまった。
レアンドロの指導は思っていた以上に厳しく、ついて行くだけで精一杯だったのだ。せっかく貴重な時間を割いてくれるのだからと、それからは必死に頑張る日々が続いている。

(――カルデロン先生って、実は面倒見が良い先生なのよね)

去って行くレアンドロを、彼が初めて個人レッスンを申し出てくれた日のことを思い出しながらぼんやりと見送った。
もともとそういうところがあるのは小説を読んでいたので知っていたが、実際に見ると受ける印象も変わる。レアンドロの態度は変わらないが、今やすっかりクラスメイトたちは彼に懐いている。それを以前は複雑ながらも良いことだと思えたのに、最近ではモヤモヤする気持ちの方が大きくなってしまった。レアンドロに笑顔で話しかけに行く生徒たちを見ていると、「近づかないで」と邪魔しに行きたくなるのだ。以前にも少し感じていたレアンドロに対する独占欲。それが日に日に強くなっているみたいだと、エステルは自覚していた。

(嫌だ。カルデロン先生は私のものなんかじゃないのに……)

皆に理解されていくレアンドロを見るのが嫌だなんて傲慢にも程がある。自分の醜さが許せなくて、だけどレアンドロに話しかけられれば嬉しいと思ってしまうのだから、本当にエステルは最近の自分が分からなかった。
これは恋ではないはず……なのに。ただの憧れに決まっているのに。
薄々自分の変化していく気持ちに気づいていながらも、エステルは頑《かたく》なにそれを認めようとはしなかった。認めてしまえば……自分がもっと醜い嫉妬や、独占欲をむき出しにすることが分かっていたからだ。

そんな女をレアンドロが好むとは思えない。だからエステルは自分の気持ちに蓋をして、見ないように必死で目を背けていたのだ。


――放課後。

いつも通り、自主練習を見てもらったエステルは、入口の壁際に置いておいた荷物を纏め、帰り支度をしていた。レアンドロはそんなエステルをただ見ている。レアンドロにはエステルが帰った後、練習場の扉の鍵を閉めるという仕事が残っているのだ。

それでなくともかなりの時間を割いてもらっているのに、これ以上は待たせられない。

できるだけ手早く支度を済ませ、鞄《かばん》を肩に掛けて立ち上がると、レアンドロが思い出したように言った。

「そういえば、ですが。先日、舞台の話をしたのを覚えていますか？」

「え？　えと、はい」

いきなり何を言い出すのかと思ったが、ハイキングの時の話は覚えている。

舞台のこともそうだが、原作者の他の本を貸すと約束し、実際エステルは次の日レアンドロに本を渡したのだ。首を傾げつつも肯定すると、レアンドロは珍しくも躊躇する様子を見せた。

（？　先生？　どうしたんだろう）

黙っていると、やがてレアンドロは小さく息を吐き、口を開いた。

「……手に入れたと言っていた舞台のチケットですが、実は二枚あったようなのです。あなたは原作が好きなようですし、本を貸してもらったお礼もあります。……行きますか？」

たっぷり間を置いて最後の言葉が告げられた。

エステルは一瞬何を言われたのか分からなくてポカンとレアンドロを見上げた。そんなエステルにレアンドロは不快そうな顔をする。

「……なんですか。意外だとでも言いたいのですか」

「い、いえ……」

「無理にとは言いません。あなたにその気がないのなら――」

「行きますっ！」

もういい、と言いかけたレアンドロの言葉をエステルは遮った。こんなチャンス逃せるはずがなかった。大好きな小説の舞台。それをレアンドロと観に行けるなんて。

「ぜ、絶対行きますっ。い、いつの回ですか」

どの回のチケットなのか尋ねると、レアンドロは呆れたように言った。

「本当に好きみたいですね。それなら良いのですが。来週の休日、昼の部です。都合はつけられそうですか？」

「大丈夫ですっ！　大丈夫でなくても大丈夫ですからっ！」

食いつくように叫ぶと、レアンドロは一歩下がった。

「わ、分かりました。それでは当日劇場の前で待ち合わせということで構いませんね？」

「待ち合わせ……」

「仕方ないでしょう。チケットを持っているのが私なのですから」

「そ、そうですね」

同意しながらもエステルはドキドキしていた。てっきりチケットを渡されて、劇場の座席で会う……がせいぜいだと思っていたから望外の喜びだったのだ。まさか一緒に入れるなんて。

「……一応言っておきますが、勘違いしないように。これはただ本のお礼。それだけです」

「はい、もちろんです」

レアンドロに他意などない。そんなこと分かっている。それでも嬉しいものは嬉しいのだ。

エステルは笑顔を浮かべ、素直に頷いた。

そんなエステルを無言で見つめたレアンドロは、何を思ったのかやけに苛立《いらだ》たしげに舌打ちすると、急にエステルを壁に押しつけてきた。いきなりのことにエステルは全く抵抗できず、ただレアンドロを見上げる。

「カ、カルデロン先生⁉」

驚くほど近くにレアンドロの顔があった。

眼鏡の奥の黒い瞳と目が合い、心臓の音が激しく鼓動を打ち始める。恥ずかしくて真っ赤になるエステルに対し、レアンドロの方はといえば冷静……いや、やけに怒っているように見えた。

「……無邪気というのは一種の罪ですね。そんなに嬉しそうな顔をして。男と二人きりの時に煽《あお》るなんて、あなたは私に襲われたいのですか？」

「ひ、ひぇ？」

酷く間抜けな声が出た。

レアンドロは壁に手をつき、顔をギリギリまで近づけてくる。レアンドロが何を考えているのか全く分からない。エステルは混乱の中、ただレアンドロを見つめ返すことしかできなかった。身体はすくんでいるのか全く動かない。

「せ、先生……」

吐息が顔にかかり、エステルの顔は更に真っ赤になった。まるでキスでもされそうな距離だ。実際少し顔を傾けるだけで唇が当たってしまいそうで、エステルは思わずぎゅっと目を瞑った。

「……」

(あ、あれ?)

しばらく経ったが、唇に触れる熱の感触はなかった。恐る恐るエステルが目を開けると、冷えた目が彼女を見ていた。

「……目なんて瞑って。まさか、キスされるとでも思いましたか?」

「っ‼」

直接的すぎる言葉に、エステルは絶句した。

目を大きく見開き、レアンドロを凝視する。彼は薄く笑い、身体を離した。そして何事もなかったかのように眼鏡を押さえる。

「少しからかってみただけでしたが、予想以上に面白い反応が見られましたね。これは忠告ですがラヴィアータ嬢、あなたはもう少し警戒心というものを持った方が良い。私だったから引きましたが、他の男が同じようにしてくれるとは限りませんよ。気づかなかったなんて、ふざけた言い訳は通用しません」

「す……すみません」

自分が無意識のうちに期待していたことを暴かれ、エステルは羞恥のあまり消えたくなった。レアンドロのことを恋愛という意味で好きではないと思っているのなら、自分がした反応は明らかに間違っていた。浅ましい自分を見抜かれ、エステルは唇を噛んで俯いた。

そんな彼女にレアンドロは更に言う。

「あなたの期待に応えてあげられなくて申し訳ありませんが、今後もないとだけ言っておきましょう。私の恋愛対象は男性です。あなたに……というか女性に興味はありませんよ」

「……はい」

「おや、驚かないのですね。まあ、テオとのことを誤解していたあなたなら当然ですか」

そうじゃない。そんなこと、言われなくても知っている。レアンドロの言葉に、反射的に口をついて出そうになったが、エステルは堪《こら》えた。

「ですから、次の舞台鑑賞も特別な意味はありません。それを十分わきまえた上で来て下さい。分かりましたか？」

「分かり……ました」

再度の忠告に消え入りそうな声で頷くと、レアンドロはチラリと時計を確認した。

「よろしい。それではもう時間ですから帰りなさい。私は戸締まりをして帰りますから」

「はい……」

返事をし、のろのろとエステルは練習場から出た。寮に戻る道すがら、立ち止まったエステルは乾いた笑みを零した。

「……ははは。今まであんなこと言わなかったのに、どうしていきなり言ってきたのかな。私、カルデロン先生に近づきすぎた？　それとも調子に乗りすぎた？　……分からないよ」

レアンドロは驚くほど真面目な教師だ。だから落ちこぼれのエステルを放ってはおけなかったのだろう。それは分かる。だけどいくらエステルが鬱陶しいからといって、あんなにはっきり宣言しないで欲しかった。こちらは好意を抱いているのに、あの台詞は辛すぎる。

「ああ……そっか、私いつの間にか……」

エステルは立ち止まったまま、意味もなく空を見上げた。涙が一粒、ぽろりと零れ落ちる。今自分はあまりにも自然に、レアンドロに好意を持っているのだと認めてしまった。そう、まるで息をするかのように当たり前に。

「ははは……結局、シェラ先生やルクレツィア様の言った通りになっちゃった……」

だから釘《くぎ》を刺されたのだろうか。自分はエステルの恋愛対象にはならないのだと、告げられたのだろうか。

エステルは分かりやすいとよく言われる。無意識に恋心が漏れ出て、それで気づかれてしまったのかもしれない。だけど、好きになってしまったものは仕方ないではないか。

はい、そうですか。じゃあ諦めますね、なんて頷けるわけがないのだ。

「……よし」

ぐっと拳を握った。深呼吸をし、気合いを入れ直す。ごしごしと目元を擦《こす》った。

同性愛者であるレアンドロと、両想いになりたいだなんて贅沢《ぜいたく》は言わない。

だけどせっかく一緒に出かけられる機会なのだ。きっともう、二度とないのだから、目一杯楽しみたいとエステルは思った。それに――。

「ふふ、ふふふ……」

エステルは不敵に笑い、練習場のある建物を振り返った。そこにレアンドロの姿はない。だけど宣言するように言った。

「私、先生の言葉には前世の頃から耐性あるんです。ちょっとやそっとじゃ逃げ出したりしませんよ。舐めないで下さい」

急なことで先ほどはショックを受けてしまったが、いつも通りよく考えてみれば分かる。

レアンドロは、彼なりに忠告してくれただけなのだ。自分の恋愛対象は女性ではないから、だから傷が浅いうちに引けと、実らない不毛な想いを抱えるなと遠回しに言ってくれたのだ。

「……だからといって、キスする振りっていうのはさすがにやりすぎだと思うけど」

とっさに目を瞑ってしまった先ほどの失態を思い出し、エステルは今すぐ自分の記憶を消したくなった。確かに薄々分かってはいたが、それでもはっきり恋心を自覚していなかったくせに目を瞑るなど、正気の沙汰とは思えない。あんなの、好きですと告白しているみたいなものではないか。

だから……エステルが言葉にする前に、レアンドロの方から振ってくれたのだ。自らの性癖を暴露してまで。傷が深くならないように。

「……先生。好きです」

二次元の憧れの存在ではなく。かといって、尊敬すべき先生でもなく。……いや、尊敬は今だってしているけども。そうではなく、エステルはレアンドロを一人の男性として慕っている。

「同性愛者を好きになるとか、もうどうしようもないけど、好きになってしまったものは仕方ないもんね」

恋人同士になんてなれないけれど、それならせめて卒業までの間、精一杯思い出を作ろう。そうすれば、いつか良い経験をしたと思える日が来るだろう。

前世では小説の中で。そして今世では現実で大好きだった人に心から幸せを祈れる日が来るだろう。だから今は。

「先生とのおでかけ、どんな服を着ていこうかなあ」

遠い先のことは考えない。エステルは、目の前の楽しみだけに集中することにした。

◇◇◇

去って行く少女を気づかれない場所から見送り、レアンドロはほうと息を吐いた。

エステルといると、どうにも調子が狂う。先ほどもそうだが、無性に腹が立ったり苛ついたりするのだ。それなのに距離を取る気にもなれないのだから、自分に呆れてしまうとレアンドロは思っていた。

「先輩、デートですか?」

「っ⁉」

後ろから声をかけてきたのはテオだった。振り返ると、ニヤニヤとした笑いを浮かべている。自然と自分の眉が寄ったのが分かった。

「……のぞき見とは趣味が悪いですよ、テオ」

「のぞき見だなんて。偶然通りかかっただけですよ。だけどまさか、レアンドロ先輩がラヴィアータさんをデートに誘っている現場を見ることになるとは思いもしませんでした」

「誰がデートですか」

ビシリと言葉を返したが、テオは微笑んだままだ。

「だって、一緒に舞台を観に行くんでしょう？　どう考えたってデートじゃないですか。それに僕、知っているんですよ。最初は一枚だったチケット、頼んでわざわざ二枚にしてもらったんですよね？　ラヴィアータさんを連れて行くために」

情報は摑《つか》んでいるとばかりに告げるテオが小憎たらしい。チケットを譲ってもらった相手は、テオとも親しい友人なのだ。

「彼女には本を借りたんですよ。その礼に過ぎません。全く、シェラハザード妃殿下もあなたもしつこいですね」

「お礼って言うわりには、つい先ほど迫っていませんでした？」

そこまで見られていたのかとレアンドロは舌打ちしたくなった。

「迫っていません。忠告しただけです」

自分が同性愛者だと告げただけだ。それ以上の意味などない。

確かにエステルはレアンドロに対し、一定以上の好意を持っていたかもしれない。だけどさすがに同性愛者だと聞けば興味も失うはずだ。傷は浅い方がいい。だが、テオはしつこかった。

「そうですか？　確かに詳しい内容までは聞き取れませんでしたが、それでも正しく恋人同士のラブシーンにしか見えませんでしたよ？」

「未遂です」

「はい、それも知っています。惜しかったですね。せっかくだからキスしてしまえば良かったのに。絶対に彼女、待っていましたよ」

「……」

ああ言えばこう言うテオ。いつもなら簡単にやり込めることができるのに、今日に限って効果的な言葉が出てこない。腹立たしく思いながらも言い返せないでいると、テオはレアンドロから視線を外し、思い出したように手を打った。

「あ、そうだ。僕、用事があったんだった。そういうわけで、僕は行きますね。レアンドロ先輩」

「ちょっと、テオ。待ちなさい」

「デートの結果。教えて下さいねー！」

「だからデートではないと……」

言い切る前にテオは去ってしまった。レアンドロをからかいたかっただけなのだろう。言葉を呑み込み、レアンドロはテオを引き留めるために伸ばしかけた手を下ろした。

――キスしてしまえば良かったのに。

テオの言葉がずっと頭の中を回っていた。

あの時、無警戒に嬉しいと笑うエステルに妙に腹が立ち、レアンドロはほとんど衝動のまま壁に彼女の身体を押しつけた。

真っ赤に染まった頬。閉じられた瞳。みずみずしく柔らかそうな唇は明らかにレアンドロに触れてもらうのを待っていた。

甘そうな唇に誘われ、無意識に自分の唇を重ねようとしたことを思い出し、レアンドロは否定するように首を振った。なんとか冷静に対処し事なきを得たが、正直自分の行動が信じられなかった。

エステルとレアンドロは、生徒と教師。ただ、それだけだ。

舞台に誘ったのもテオに告げた通り、本の礼というだけ。

それなのにどこかその日を楽しみにしている自分にも気づいている。

一生懸命なところが好ましいと思った。自分が何を言っても、笑顔で寄ってくる精神力には驚嘆させられた。――優しい人だと言われた時、何故か胸の奥が熱くなった。そして何かと世話を焼き続けている。

レアンドロは、初恋もまだの子供ではない。

教師とはいえ、男と二人きりなのに警戒心の全くないエステルに無性に腹が立つのも、その衝動のまま行動に走ってしまった意味も、それらの感情が全部何に起因するのか、テオに言われずとも本当は気づいている。だからこそ釘を刺したのだ。エステルにではない。自分自身に言い聞かせたかった。――彼女は恋愛対象ではないのだと。

だから言わなくても良かったのに、わざわざ同性愛者だと告白したのだ。

お前は違うのだと、線を引いた。

だって、認められない。認めたくない。

「この私が六つも年下の少女に惹《ひ》かれているだなんて……」

プライドの高い彼には到底許容できることではなかったのだ。

◇◇◇

レアンドロと約束した前日の夜。

「うーん、どうしよう」

エステルは、自分の部屋にある大きな姿見の前で真剣に唸《うな》っていた。

エステルの足下にはワンピースにドレス、ストールやネックレスに鞄など、いろいろなものが散乱している。エステル自身は下着だけの格好。側にあったドレスを拾い、やっぱり違うと放り出す。先ほどから、その繰り返しだった。

「……何を着ていけばいいんだろう。失敗したなあ。先生がどんな格好をしてくるのか、どうせなら聞いておけばよかった」

格式高い舞台とは違い、今回観に行くものは大衆向けの娯楽だ。だから正装をする必要はないし、気楽な普段着で問題ない。だが、一緒に行く相手とあまりにも服装が違えば、それはそれで浮くのではないかと思った。

「やっぱり貴族服で来るのかな。先生、侯爵だし。それなら私もある程度きっちりした格好の方が良い？　でも、やりすぎると今度は劇場で浮くことになるし……」

「エステル？」

ああでもない、こうでもないと悩んでいると、ルクレツィアが顔を出した。車いすには乗っていない。部屋の中ではあまり車いすは使わないのだ。ルクレツィアは髪を二つに緩く括《くく》り、寛《くつろ》いだ格好をしている。

「まだ起きていたの？　もう眠ったと思ったのに」

「あ、すみません。うるさくして。起こしてしまいましたか」

「いいえ。自室で読書をしていたから大丈夫よ。ちょっと水を飲みに来ただけ。そうしたらあなたの部屋から灯《あか》りが漏れていたから」

魔法学園の規則では寮生には個人部屋が与えられるのだが、エステルとルクレツィアの二人には相部屋が割り当てられていた。これは身体が弱いルクレツィアへの学園側の配慮だ。部屋は共用のリビングと、個室が二つ。

ルクレツィアが王族だということもあって、リビングも個室も通常よりかなり広めの造りになっている。偶然部屋を出てきたルクレツィアは、エステルが起きていることに気づき、様子を見に来たらしい。見つかったことを気まずく思いながらもエステルは素直に答えた。

「ちょっと……明日出かけるのに、どの服を着ていこうか悩んでいただけです」

「服？」

首を傾げ、エステルの部屋の惨状を見回したルクレツィアは、納得したように大きく頷いた。

「カルデロン先生とのデートはいよいよ明日だものね。張り切るのも分かるわ」

「だからデートじゃないと言ってるじゃないですか……」

レアンドロと出かけることをエステルは事前にルクレツィアに伝えていた。

基本的に休みの日は自由だ。出かけるにしても連絡する必要はないと言われているが、エステルは自分が誰とどこにいるのかくらいは、自発的に告げるようにしていた。もし何かあった時、連絡が取りやすいからだ。

「休日に一緒に出かけるなんてデート以外には考えられないと思うの」

したり顔で言うルクレツィアに、エステルは脱力した。

「ルクレツィア様……」

恋愛ごと大好きなルクレツィアに、何を言っても無駄だ。がっくりしていると、ルクレツィアはいそいそとエステルの側に寄ってきた。実に可愛らしくにっこりと微笑みかけてくる。

「せっかくだから、私も選ぶのを手伝ってあげる」

「でも、ルクレツィア様。夜も遅いです。もうそろそろお休みになった方が」

ルクレツィアは身体が弱い。体調が心配になり、エステルは眉を寄せたが、ルクレツィアは緩く首を振った。

「お願い。手伝わせて。エステルとこういうことをするの、憧れだったの」

「ルクレツィア様」

「ね？　いいでしょう？　代わりに明日はおとなしくしているから」

そんな風に言われてしまうと、断れない。それに、ルクレツィアの提案は有り難かった。本当に何を着ていけばいいのやら、途方に暮れていたのだ。仕方ない、とエステルは頷いた。

「分かりました。本当のところを言うと困っていたのです。……よろしくお願いします」

「ええ、任せておいて。最新の流行を教えてあげるから」

恋愛に深い関心を持つルクレツィアは、世間や女性の流行、甘い男女の恋愛について書かれた本を愛読していた。毎月発売されるその本は、若い女性に非常に人気で、発売日に買わないと手に入れられないほどなのだ。今回レアンドロと観に行く舞台についても取り上げられており、最初に伝えた時には「流行のデートスポットね。カルデロン先生、やるわね！」とルクレツィアは大喜びしていた。本の趣味が合っただけなのだと説明し、分かってもらうのには随分骨が折れたが。

どんな場所へ出かけるのか正しく理解しているルクレツィアに服装を見繕ってもらうのは、どうすればいいのか全く見当もつかないエステルには大変助かる話だった。

「カルデロン先生がどんな服を着てくるのかは、分からないのよね？」

「はい……そうなんです」

「それじゃあまずは……この五着、着てみてちょうだい」

早速とばかりに、エステルのクローゼットを確認したルクレツィアはさくさくと服を手に取り、エステルに手渡した。それを受け取り、エステルは呆然と呟く。

「え……？　五着もですか？」

明日着ていく一着を見繕ってくれればそれでいいのだ。それなのに何故五着も手渡されたのかエステルには分からなかった。だが、ルクレツィアは当たり前のように言う。

「そうよ。もちろんそれで終わりじゃないから。覚悟してちょうだいね？」

「っ⁉」

笑顔で続けられた言葉にエステルは今度こそ固まった。そんなエステルにルクレツィアは言う。

「だってようやく本で得た知識を生かせるチャンスなんですもの。どうせなら完璧に仕上げたいわ。軽くお化粧もしてあげるから明日は私に任せてね」

「……お手柔らかにお願いします」

お願いしてしまった手前、嫌だとは言えない。

いつもはおとなしいくせに、本当に恋愛ごととなると積極的になるのだなとエステルは呆れつつ、彼女の着せ替え人形になる覚悟を決めた。

——当日。待ち合わせ時間。

王都の中心部にある、去年建設されたばかりの劇場を見上げ、エステルはぽかんと口を開けた。侯爵令嬢としてあるまじき姿なのだが、それでもそのようにしかできなかった。

最新の魔法技術がふんだんに使われた劇場は、規模は違うが、まるで城のような形をしていた。国の大きな施設といえば、魔法学園が所有する円形闘技場があるのだが、それと同じくらいには大きい。完成時に国内最大級という触れ込みを見たが、どうやら嘘ではないようだ。多くの人々が笑顔で劇場の中へ入っていく。劇場の上部からは大きな垂れ幕が三枚。現在公演している舞台の題目とその登場人物たちの姿が描かれていた。

「うわぁ……大きい」

「……驚いたのは分かりましたから、さっさと入りませんか」

「へっ!?　あ、先生」

劇場の外観に圧倒されていると、後ろから呆れたような声がかかった。慌てて振り向くと、そこには、いつもより若干ラフな格好をしたレアンドロの姿があった。

彼はシンプルなシャツにタイ。すっきりとした黒い上衣と同じく黒のトラウザーズをはいていた。きらびやかなデザインではなく、宝石のようなものは何もついていない。ただしよく見ると分かるが、服に使われている生地は上質で、平民が簡単に手に入れられるような代物ではなかった。

もちろん仕立ても最上。ぱっと見ただけでは他の入場者たちと似たような格好にしか思えないが、分かる人には分かる。そんな仕上がりだった。

ちらりと視線を下に落とす。ぴかぴかに磨かれた靴は、夜会に使ってもおかしくないほど上等なもの。全身隙のない格好のレアンドロを見て、エステルはホッと一安心した。

(良かった。ルクレツィア様の言う通りだったわ)

きっとレアンドロは、生地や仕立てに良いものを選んでくるだろうとルクレツィアは言ったのだ。それに合わせて、エステルの方は同じく生地に気を遣った、上質の白いワンピースを選んでいる。平民が多く集まる場所、しかも昼間にドレスなんて絶対に浮いてしまうと思ったからなのだが正解だった。

ルクレツィアの助言に従い、おとなしいデザインの少し光沢あるワンピースを着てきたエステルの姿は、レアンドロと並んでも遜色がなかった。

むしろ一緒にいるのが自然であるかのようにしっくりと似合っている。

一瞬目を細めたレアンドロは、だけども次の瞬間にはいつもの冷たい視線を向けてきた。

「大口を開けてみっともなかったですよ。いっそ置いていった方が良いのかとさえ思いました」

「す、すみません。こんな大きな劇場、見たことがなかったものですから」

「まあいいでしょう。行きますよ。あまりギリギリになるのは好きではないのです」

さっさと歩き出したレアンドロの後をエステルは追う。少し高めのヒールで歩きにくかったのだが、ほどなくレアンドロに追いつくことができた。

歩く速度を落としてくれたのだと気づき、エステルは嬉しくなってしまう。

「ありがとうございます」

「……礼を言われるようなことをした覚えはありません。それよりこっちです。関係者入口の方から入りますよ」

あっさりと会話を終了させ、レアンドロはエステルに手を差し出してきた。実に自然な姿にエステルはぽかんとその手を見つめてしまう。

「えと……先生？」

「何をしているのですか。あなたも侯爵令嬢でしょう。まさかエスコートされたことがないとは言わせませんよ」

「も、もちろんありますけど……」

レアンドロがエスコートしてくれるとは露ほども思わなかったのだ。上品かつ洗練された仕草はさすが現役の侯爵だと納得できるものだったが、それが自分に向けられるとは想像もしていなかったエステルは、反応が一歩どころか三歩くらい遅れてしまった。慌てて自分の手をレアンドロに預ける。温かな温度を感じ、カッと頬が熱くなったのが分かった。

（うわっ。何これ、恥ずかしい）

この場には平民だけではなく貴族もいたから、エスコートしている姿など珍しくはない。

だが、初々しい二人の姿に自然と周囲の視線が集まっていた。

レアンドロに従い、関係者入口へ向かう。エステルはそっとレアンドロの横顔を見上げた。

エステルの身長は女性としては決して低くはないが、レアンドロはかなりの長身だ。秀麗な横顔を盗み見たエステルは小さく息を吐いた。

（ああ、やっぱり素敵だな。カルデロン先生）

何も言わず、歩調を合わせてくれるところも外見も、全部が好きだ。

厳しいことを言われたってなんとも思わない。だって、その裏側にあるレアンドロの無言の優しさに気づいているから。逆にそんな姿すら愛おしいと思ってしまう。

レアンドロにとって、エステルは恋愛対象ではない。そんなことは十分承知しているけれど。

それでも素敵だと、好きだと思ってしまうのはどうしようもない。それが恋心というものなのだ。

（はあ。先生、好き）

自分の気持ちを持て余したエステルは、レアンドロに見つからないようにもう一度こっそり甘い息を吐き、それから真っすぐ前を向いた。

◇◇◇

案内された席は二階にあるボックス席だった。舞台が正面に見える、紛れもない特等席だ。

四人くらいが余裕で座れそうな広さ。周囲を見回すと、エステルたちと同じような貴族の男女が多く見受けられた。友人同士で来ている者たちも多そうだ。一階はずらりと座席が並んでおり、主に平民たちが座っている。開演前なのでざわざわとした話し声があちらこちらから聞こえた。

舞台を楽しみにしているファン特有の熱気が心地よい。

「二階席は、この劇場を建てるのに寄付した貴族が主に座っています」

「そうなんですね」

レアンドロの説明を受けてエステルは頷いた。

これだけ大きな劇場だ。国ではなく個人が建てたものなので、金を持つ貴族たちに寄付を頼むのも当然だと思えた。エステルの父も有名な侯爵なので、たまに実業家や孤児院から、融資や寄付を頼まれている。決して珍しい話ではないのだ。

「先生の家も寄付をしたんですか？」

「もちろん寄付もしましたが、それでというよりは、この劇場のオーナーが私の友人なので直接チケットを譲ってもらうことができたのです」

「オーナーと知り合いなんですか？　すごい」

これだけの劇場を作る財力とコネはかなりのものだろう。寄付金だって、よほどの人物でない限り集まらない。信用できない人物に、誰も大事なお金を渡したりはしないからだ。

エステルが見た感じ、二階席には上級貴族が多くいるように思えた。これらの人たちが寄付するような人物。ちょっと思いつかない。考え込んでいると、レアンドロが言った。

「私と同じで、最近爵位を継いだばかりです。父親と同じ道は歩きたくないのだと言って始めたのがこれなのですが、よく分かりませんね」

相槌を打ちながらもエステルは思い出していた。この劇場には、オーナーの名が冠されていたことを。確か名前は、アルバ劇場。

劇場の名前と共に、レアンドロの友人の存在をエステルは芋づる式に思い出した。

（あっ！　もしかして、小説に出ていたイラーリオ？　確か父親が公爵で性格が俺様の……嘘。この世界では劇場のオーナーなんてやってるの？）

イラーリオ・アルバ。

BL小説、キミセカの方に出てくる主要登場人物の一人だ。強引でぐいぐい押してくる俺様タイプ。小説ではレアンドロと同じく、テオのハーレムメンバーの一員だった。

レアンドロが臨時教師で魔法学園に現れるくらいなのだから、イラーリオがいてもおかしくはないのだが、予想もしなかったところから知っている名前が出てきてエステルは吃驚した。

(そっか。当たり前だけどイラーリオもいるのね)

キミセカの登場人物たちが、この世界に生きている。すでにいろいろな人物と出会ってきたが、それでも実感する瞬間だった。

エステルはなんだか昂《たかぶ》ってしまった気持ちを抑えつつ、レアンドロに言った。

「アルバ公爵様なら、多くの寄付金が集まるのも納得できます」

「おや、外国人のあなたでも知っていましたか」

「劇場にお名前が冠されていますから」

エステルの答えにレアンドロは納得したように頷いた。

「ああ、そういえばそうでしたね。何かと目立ちたがりなところがあるやつなので。名前にしなかったのがせめてもの救いですよ」

(イラーリオ劇場……それはちょっと……)

レアンドロの言葉に心の底から同意していると、レアンドロが本を差し出してきた。

「お借りしていた最後の本です。長い間、ありがとうございました」

「あ、いえ」

レアンドロから本を受け取る。既刊は全部貸していたのだが、これが最後の一冊だったのだ。

本を横に置きつつ、エステルは尋ねた。

「どうでしたか？　先生のお眼鏡に適《かな》いましたか？」

「そうですね。とても興味深い内容でした」

首肯するレアンドロを見て、楽しんでもらえたのだとエステルは嬉しくなった。そのまま話は、舞台の原作の話に移る。

「そういえば――せっかくなので昨日、原作を読み返してみたのです」

もう一度勉強してきたのだと告げると、レアンドロは感心したような表情をした。

「事前に予習してくるとは良い心構えですね。私が心配しているのは主役を務める役者です」

「分かります。新人を抜擢《ばってき》したという話でしたものね。オーディションを勝ち抜いた方ですから、大丈夫だとは思うんですけど」

「監督がぜひにという話でしたね。原作のイメージを壊さなければ良いのですが」

話しながらも連鎖的にエステルは外観の垂れ幕を思い出していた。役者の絵姿の中に、主役を務めるその女優は当然のごとく描かれていた。金髪に緑の瞳の、とても綺麗な人だった。イメージは合う。大根役者でないことだけを祈りたい。

共通の話題があるので、意外なほど話は盛り上がる。今日はレアンドロの毒舌も若干鳴りを潜め、心持ち素直に話してくれているように感じた。それを嬉しく思いながら、エステルは他の本の話も振ってみた。

レアンドロは読書量がかなり多いらしく、話題も豊富で、ジャンルを問わず話が合う。ついつい時間を忘れて話し込んでいると、場内にブザーのような音が響き渡った。灯りが暗くなり、慌ててエステルは口を噤む。

「ああ、時間です。始まりますね」

「はい」

小声になったレアンドロに頷きを返し、エステルは座席に座り直した。通常なら驚くほど高い席料を取るだろうボックス席は、まるでソファのような最上の座り心地の長椅子と、飲食ができるように小さなテーブルが備えつけられていた。

四人が余裕で腰掛けられる長椅子なので、レアンドロとはゆったりと距離を取って座れる。それを少し寂しいと感じた。

(狭い席だったら、ちょっとくっついたりできたかもしれないのに……ってああ、私ったら)

馬鹿なことを考える自分に呆れるしかない。

恋人にならなくてもいい。好きでいるだけでいいなんて、結局嘘ばっかりだ。苦笑していると、レアンドロが更に小声で言った。

「言い忘れていましたが――今日のあなたの服装。なかなか似合っていると思いますよ。馬子にも衣装です」

「っ!」

一瞬、声も息も全部が止まった。それでもなんとか取り繕い、言葉を紡ぐ。

「……ありがとうございます」

まさか褒めてもらえるとは思わなかった。

これもルクレツィアに見繕ってもらったおかげだ。帰ったらよくお礼を言わないといけない。

最後の一言が余計と言えば余計だったが、レアンドロである以上これはもう仕方ない。

彼にしては手放しで褒めてくれた方だと思う。

嬉しくて、レアンドロの言葉を噛み締めていると、ぽんと頭に手を乗せられた。

（えっ!?）

レアンドロらしからぬ仕草に慌てて顔を上げるも、もう手は退《ど》けられていて、レアンドロも真っすぐ舞台を見つめていた。

（き、気のせい？）

いや、そんなはずはない。それに今の感覚は記憶にある。練習場で倒れてしまった時、頭を撫でてくれた手の感触。それと酷似していた。

（ああ……やっぱりあれはカルデロン先生だった）

間違いなく今、確信した。

分かっていたことではあったが確証を得たエステルは、レアンドロに見えないよう小さく笑った。

――カルデロン先生が好き。

この人を独り占めしたいと思う。だけど釘を刺されてしまったエステルには、どうすることもできず、ただ彼の横顔を眺めていることしかできないのだった。

◇◇◇

「今日はありがとうございました、先生。おかげですごく楽しめました！」

舞台が終わり、外に出たところでエステルはレアンドロに向かい頭を下げた。小休憩を挟んではあったが、それでもかなりの長時間だ。一度も退屈することなく最後まで楽しむことができたのだから、期待以上だったとしか言いようがない。

心配していた新人女優の演技も目を瞠る素晴らしいもので、レアンドロもこれについては素直に賞賛していた。彼はこれから楽屋を訪ねるという。

劇場のオーナー――イラーリオに会いに行くという話だったので、誘われたが遠慮しておいた。友人同士積もる話もあるだろう。見知らぬ女が行ったところで邪魔になるだけだ。

レアンドロは馬車を呼ぶと言ってくれたが、断った。まだ明るかったし、魔法学園の寮まではそんなに離れていない。大きな道を歩いていくだけなので防犯面でも不安はなかった。

感謝と別れの挨拶を告げると、レアンドロは無言で大きめの冊子を差し出してきた。

「え？　先生？」

「今回の公演のパンフレットです。随分と楽しんでいたようですから、土産にどうぞ」

「……良いんですか？」

差し出されたパンフレットを穴が空くほど凝視する。

箔《はく》押しの冊子は少々値段の張るもので、留学中のエステルには分不相応だった。買えないことはないが、さすがに贅沢がすぎると断念したのだが、まさか見ていたのを気づかれたのだろうか。

「良いも何も、すでに買ってしまったのですから。あなたがいらないと言うのなら、帰りにゴミ箱にでも捨てていきますが――」

「い、いただきますっ！」

慌ててパンフレットを受け取った。捨てるだなんて、嘘だと分かっていても絶対に駄目だと思った。パンフレットを抱きしめると、レアンドロは満足そうに頷いた。

「最初から素直に受け取っておけば良いんですよ、全く」

「あの、ありがとうございます」

ぺこりと頭を下げた。こんなお土産をもらえるとは思わなかったので望外の喜びだ。

「気をつけて帰りなさい。本当に馬車を呼ばなくても大丈夫ですか？　……いや、やはり私が送っていくべきですね。ちょっと待っていなさい」

送る算段をつけ始めたレアンドロに、エステルは慌てて言った。

「だ、大丈夫です。まだ夕方ですし、寄り道はしませんので、明るいうちに帰れると思います。それに、ご友人にお会いになるのでしょう？　そのお邪魔はしたくありません。お気持ちだけで十分です」

「しかし――」

「本当に大丈夫ですから」

「そう……ですか」

しっかりと告げると、レアンドロは納得したのかそれ以上は言わなかった。

「分かりました。くれぐれも気をつけるように」

「はい。それでは先生。今日は本当にありがとうございました」

「もう何度も聞きましたよ。それにこれは本を借りた礼ですから」

「それでも。絶対に行けないと思っていた舞台を見ることができたのですから、何度お礼を言っても足りないくらいです」

心からの言葉を告げると、レアンドロは「……好きになさい」とそっぽを向いた。

そんなレアンドロを見て、エステルは微笑んだ。

「はい。では先生。また明日、学園で」

「……そうですね」

少しだけ沈黙があってから、レアンドロは言葉を返してきた。てっきり、明日は行くかどうか分からないとでも言われると思っていたエステルは拍子抜けだ。

だけど、きちんと返してくれるのはやっぱり嬉しい。

「はい。明日、お会いできるのを楽しみにしています」

笑顔でレアンドロに別れを告げると、エステルは歩き出した。

パンフレットを胸に抱え、上機嫌で大通り沿いを進む。学園では見ることのできないレアンドロの姿を堪能でき、ドキドキとしていた。

「またちょっと、先生に近づけたかな……」

片手で自分の頭に触れる。レアンドロに触れられた場所。思い出すだけで顔が赤くなってくる。

「服も褒めてもらえたし、幸せすぎて死にそう……」

今日は良いことばかりだ。

大好きな舞台をレアンドロと見られただけでも、信じられないほどの幸運だというのに。

「ふふふ……」

幸せを噛み締めながら魔法学園まで帰る。

ふわふわとした気持ちで寮の前まで戻ってくると、入口の辺りに誰か立っているのが見えた。見覚えのある騎士服に気づき、エステルは首を傾げる。

「あら？　キール？」

エステルが気づくと同時に、キールもまたエステルを認識したようだ。引き締まっていた表情が少し緩む。エステルは、小走りで駆け寄っていった。

いつも一緒にいるはずのルクレツィアがいない。もしかして何かあったのだろうかと心配になったのだ。

「キール？　あなた一人だけ？　ルクレツィア様は？　お加減でも悪いの？」

浮かれていた気持ちが急激に沈んでいく。だが、キールは「いいえ」と否定した。

「お帰りなさいませ、エステル様。ルクレツィア様にはなんの問題もありません。部屋でエステル様のお帰りを待っていらっしゃいます」

「あ、そうなの。良かった……」

何もなかったと聞き、胸を撫で下ろした。そんなエステルをキールは冷たい目で見下ろしてくる。

「エステル様……」

「キール？」

普段とは違う声音に気づき、エステルは顔を上げた。途端、目に映るのは明らかに怒った様子のキールの表情。エステルは戸惑いながらも尋ねた。

「えと……どうしたの。キール。随分と機嫌が悪そうだけど……」

エステルの言葉は、キールをより怒らせたようだった。眼差《まなざ》しが更に厳しくなる。キールはことさらゆっくりと言った。

「機嫌が悪そうですって？　ええ、悪いですとも。エステル様は俺に何も言って下さいませんでしたからね」

「え……？」

責めるような口調にエステルは目を瞬かせた。キールの言っている意味が分からなかったのだ。

「キール。それ、どういう意味？」

「どういう意味って、本当に分かっていらっしゃらないのですか。しょせん、エステル様にとって俺はその程度の存在なのですね」

「その程度って！」

酷い言い方にエステルはカチンときた。だが、キールは冷たい態度を崩さない。

「その程度でしょう。ここまで言ってもエステル様は、俺が何を言っているのか分からないとおっしゃるのですから」

「キール！」

どうして寮の入口なんかでキールと喧嘩《けんか》しなくてはならないのか。キールとは長い付き合いだが、今まで喧嘩などしたことがない。せっかく良い気分で帰ってきたのに台無しだと思い、ようやくエステルはキールが何について言っているのか思い至った。

「……もしかして、私がカルデロン先生と出かけることをキールに言わなかったから？　それでキールは怒っているの？」

「……」

返事はなかったが図星だとキールの表情は告げていた。だけど、エステルとしては文句の一つも言いたくなってしまう。

「義務はないけれど、それでも私、ルクレツィア様に許可をいただいたわ。それじゃ、駄目なの？　いつから私はキールの許可を取らないと動けないことになったの？」

キールはルクレツィアの専属護衛騎士だ。だからルクレツィアがキールに黙って出かけたとすれば大問題だが、エステルがキールにわざわざ休日の予定を告げる理由などどこにもない。どうして怒られているのか理解できず、エステルは膨れた。

「俺は、あなたのお兄様方からもくれぐれも頼むと言われているのです。……妙な男に引っかからないように見張ってくれと」

「妙な男って、もしかしてカルデロン先生のことを言っているの？」

キールの言い方に腹が立ち、思わず言い返すと、キールも言った。

「貴族令嬢であるエステル様を送りもしない男ですよ。何か間違っていますか？」

「先生は送ると言って下さったわ！　私が断っただけよ！」

「それでも！　あの男は駄目です。口を開けば嫌みばかり。エステル様にふさわしいとは思えません！」

「キールにカルデロン先生の何が分かるっていうのよ！　先生はとても優しい人だわ！」

怒鳴った拍子に、ポロリと涙が零れた。泣くつもりなどなかったのに、そのままポロポロと涙は流れ落ちていく。

「あ……」

呆然と立ちすくむエステルを切なく見つめ、キールは首を緩く振った。

「エステル様……どうして……あんな男のために……」

「ちが……私、泣くつもりなんて……あっ」

「エステル様――」

言葉の途中で腕をキールに引かれた。そのまま強く抱きしめられてしまう。

「え……キール？」

「泣かないで下さい。あなたに泣かれると俺は……どうしようもなく弱い」

キールの声が震えている。だけど、異性に初めて抱きしめられたエステルは、キールのそんな様子など気に留めていられなかった。自分がどうしていいのかさっぱり分からなかったのだ。

「は……放して。キール」

弱々しく告げる。だけどキールの腕の力は緩まない。

女性とは全く違う鍛えられた肉体。厚い胸板。吐息がかかる距離にキールを感じ、エステルは身体を強ばらせた。

「お願い……やだ……放してよ」

「エステル様。どうか。俺は――」

逃がさないとばかりに更に力を込めてきたキールに、エステルは痛みで顔を歪めた。

「痛っ」

「――ああ、そういうことですか」

酷く不機嫌そうな声がその場に響いた。低く、全てを凍らせてしまうような絶対零度の音だった。

「あ……」

聞き覚えがありすぎる声に、エステルはキールに抱きしめられたまま振り返る。そこには思った通り、先ほど別れたばかりのレアンドロの姿があった。

手に、見覚えのある本を持っている。レアンドロに返してもらったはずの本だった。エステルが本に視線を向けたことに気づいたレアンドロは、まるで見せつけるかのように本を掲げた。

「……忘れ物だと、清掃員に渡されましてね。座席に忘れていたようですよ。用事も終わったのでついでに届けに来たのですが……余計なお世話でしたね」

「せ……先生」

何を言って良いのか分からない。呆然とレアンドロを見つめると、彼は口元を歪めた。

「まさかあなた方がそういう関係だったとは知りませんでした。ああ、別に咎めているわけではありません。それなら、不用意に男性と二人で出かけるなどしてはいけないと忠告しているだけです。……彼に誤解されてしまいますよ」

「ち……ちが……！」

「お取り込み中のようですので、私は消えましょう。本は……テオに預けておきますから、明日にでも彼から返してもらって下さい」

そう言い捨て、レアンドロは踵を返した。

言葉が何も思い浮かばず、エステルはただレアンドロを見送ることしかできない。

「あ……」

（だめだ。絶対、誤解されてしまった）

後ろ姿が遠ざかる。このままではいけないと我に返ったエステルは、キールの腕を振り解《ほど》き、レアンドロを追おうとした。だけど――。

「行かないで下さい」

「キール……！」

腕の中から逃げ出したエステルを、再度キールが捕まえる。強い力に、だけどエステルは必死で逆らった。

「駄目。先生に誤解される……」

「誤解？　させておけばいいじゃないですか！」

「キール！　何を言って……」

睨みつけると、キールはそれ以上の強さで睨み返してきた。

「俺は何度も言ったはずです。エステル様にあの男は似合わないと。エステル様。どうか目を覚まして下さい。エステル様にはラヴィアータ侯爵様がきっと素晴らしい相手を見つけて下さいますから」

「今そんな話はしていないわ！」

「同じことです。だってエステル様は……あの男のことが好き、なのでしょう？」

否定しそうになったが、すんでのところで踏みとどまった。

「っ！　……そうよ。私はカルデロン先生が好き」

ここまで来て否定することに意味などない。キールに宣言したことで、エステル自身も思いを新たにしていた。レアンドロが好きなのだと、強烈に自覚する。キールは一瞬辛そうに顔を歪めたが、すぐに表情を消した。

「やっぱり……」

「叶うなんて思っていない。だけど私の想いは私だけのものだわ。誰にも否定なんてさせないから」

「エステル様」

「お願い、キール。邪魔をしないで。ちゃんと……国に帰ったら、お父様のおっしゃる方と結婚するつもりだから。カルデロン先生と、なんて思っていないから……だからお願い」

レアンドロは同性愛者だ。どうしたってエステルのことは恋愛対象にならない。

それをキールに説明する気はなかったけれど、キールはエステルが嘘を言っていないと理解したようだった。少し迷ったようだが、それでも最後には捕まえていた腕を放し、小さく息を吐く。

「……あの男と恋人になる気は……本当にないんですね？」

「そりゃあ、なれるのならなりたかったけれど、無理だもの。理由は言わないけれど、私はそれを知っているの」

きっぱりと告げると、キールは「分かりました」と頷いた。

「エステル様がそこまでおっしゃるのでしたら、今日はもうこれ以上は言いません。……ルクレツィア様が首を長くして待っていらっしゃいますよ」

「誰のせいだと……」

「俺のせいですね。すみません」

そう言って、キールは潔く頭を下げた。それから顔を上げ、にこりと微笑む。もうすっかり、普段通りの彼だった。あまりの切り替えの早さに、エステルは驚きを通り越して呆れてしまう。

だけどその方が有り難いのかもしれないとすぐに思い直した。

「さあ、エステル様。行きましょう」

キールが中へ入ろうと促してくる。それに頷きつつ、ちらりとエステルは背後を振り返った。

レアンドロの姿はもう見えない。彼はしっかり誤解したまま行ってしまったのだ。

（……仕方ない。こうなったら明日、話をしよう。別に私はカルデロン先生の恋人でもなんでもないけど……でも、誤解されたままなのは嫌だから）

このままでは恋人がいるにもかかわらず、レアンドロに色目を使った最低な女だと思われかねない。そんな風に見られるのは耐えられなかった。エステルが好きなのはレアンドロだけなのだから。

（先生。話を聞いてくれるかな……）

去り際のレアンドロの表情を思い出す。冷たく、どこか軽蔑しているようにも見えた。

エステルはぎゅっとパンフレットを胸に抱え込み、唇を嚙み締めた。

せっかく買ってもらったパンフレットは、先ほどキールに抱きしめられた時に端っこが折れてしまっていた。重たいものの下敷きにでもすれば、少しはましになるだろうか。

「エステル様？」

後ろを振り返ったまま動こうとしないエステルに、再度キールが声をかけてくる。

それになんでもないと返事をし、エステルはそっとパンフレットの折れた箇所を指で伸ばした。

第五章　認めざるを得ない想い

レアンドロにキールとの仲を誤解されてしまったエステルは、なんとか誤解を解こうと次の日、朝早くから職員室へと向かった。

少しでも早く誤解を解きたいという思いからの行動だったのだが、職員室にレアンドロの姿はなかった。まだ自室にいるのか、それとも侯爵家の方に帰っているのだろうか。

「あ……」

「おはよう。ラヴィアータさん。早いね」

「おはようございます、クレスポ先生」

爽やかな声で挨拶をしてきたのはテオだった。職員室内で立ち尽くすエステルを追い越し、テーブルの上に荷物を置く。テオはいつも通り教職員であることを示す黒のマントを羽織っていたが、その手に見覚えのある本を持っていて、エステルは心底がっかりした。

「その本……」

「ああ。昨日、レアンドロ先輩に頼まれたんだよ。ラヴィアータさんに返しておいて欲しいって。自分で渡せば良いのにね」

「いえ……」

はい、と本を手渡され、エステルはそれを複雑な気持ちで受け取った。せっかく待ち伏せしようと思って早くからやってきたのに、これでは理由がなくなってしまう。

微妙な表情で項垂れるエステルを見て、テオが気の毒そうに言った。

「ラヴィアータさん？　もしかして先輩を待ってた？」

「ええと……はい……」

少し悩んだが頷くと、テオは「参ったな」と頭を掻《か》いた。

「僕もさっき聞いたんだけど、レアンドロ先輩は今日、明日と来ないよ。急な仕事が王宮の方で入ったんだってさ」

「そう……なんですか」

もしかして、避けられているのだろうか。自意識過剰かもしれないが、エステルはついそんなことを思ってしまった。

「でも、代わりにシェラが来てくれるから。授業は問題ないよ。大丈夫」

「はい……そうですね」

返事だけはしたものの、がっかりした気持ちは誤魔化せない。はあと小さく息を零すと、テオが困ったように言った。

「何もそんなに落ち込まなくても。シェラでは物足りない？　彼女も良い教師だと思うけど」

エステルは慌てて否定した。シェラが不足だなんてそんなことあるわけがない。

「ち、違うんです。私もシェラ先生は素晴らしい方だと思っています。そうではなく、カルデロン先生と少し話がしたかったものですから。それだけなんです」

「先輩と？」

「はい」

「良かったら、僕にもその内容教えてくれる？」

「……はい」

テオの提案に少し迷ったが、結局エステルは頷いた。

レアンドロとテオは友人同士だし、勝手な話だがもしかしたら、テオが上手く仲介してくれるかもしれない。話し終わると、テオは「ふうん」と意味ありげに笑った。

「興味ないなんて言ってたけど、結局こうなったのかぁ。……あ、ラヴィアータさん。先輩なら多分明後日《あさって》は来ると思うから、狙うならその時がお勧めだよ」

「ありがとうございます」

明後日。言われた言葉をエステルは忘れないよう頭の中に叩き込んだ。明後日ならレアンドロが来る。その時が勝負だ。

「良いんだよ。僕も後輩としていろいろ気になるところだし。うんうん。そっか。先輩がねえ」

にやにや笑うテオは、何度も何度も頷いている。

「クレスポ先生？」

「うん、いや、なんでもないよ」

テオの含みのある言葉に首を傾げつつ、エステルは辞去の言葉を述べ、その場を後にした。

◇◇◇

「先生。お願いします。話を……」

二日後。テオの教えてくれた情報通り、エステルはなんとかレアンドロを捕まえることができた。

だがレアンドロの態度は、ある意味想像通りだったが、けんもほろろだった。

「あの、先生。先生が見たのは誤解で……！」

話しかけるも、レアンドロは足を止めもしない。カツカツと廊下を歩いていってしまうレアンドロをエステルは必死で追いかけた。

「何度も言う必要はありません。私には関係のない話ですから」

「でも、話だけでも。あの！　本当に、キールとはそんな関係ではなくて」

「わざわざ説明する意味が分かりません。私とあなたはなんの関係もないはずです」

「そんな……」

「一度出かけたくらいで、何を勘違いしているのやら。私は釘を刺したはずですよ。もう忘れてしまったのですか？　あなたは随分と都合の良い耳と頭を持っているようですね」

「それは……でも、せめて真実を聞いて欲しいんです」

「必要ありません」

まさに取りつく島もない態度。

レアンドロを小走りで追いかけながら、エステルはどうすれば分かってもらえるのだろうと、泣きそうになりながらも頭を巡らせた。そうしていると、レアンドロがぴたりと足を止め、振り返る。

やっと話を聞いてくれる気になったのかとホッとするエステルに、レアンドロは冷たく告げた。

「そろそろ授業が始まります。あなたもこんなところで油を売っている場合ではないでしょう。さっさと行きなさい」

「あ……」

「なんです。行かないのですか。あなたは遅刻しても構わないと？」

「い、いえ」

今でさえこんな態度なのに、更に軽蔑されでもしたら耐えられない。

レアンドロが不真面目な生徒を好まないのは知っている。

仕方なく一旦退こうと考えたエステルだったが、続けられたレアンドロの言葉には愕然とした。

「ああ、そうだ。言っておきますが、もう私のところには来ないで下さい。同じ話を何度も繰り返されるのは不快です」

「せ、先生……」

「――あなたを見ているとイライラする」

あまりと言えばあまりの言葉に、エステルは全身を硬直させた。だけどレアンドロは顧みもしない。事実だけを突きつけ、再度歩き始めてしまう。

「時間がありませんよ。サボりたいのですか？」

「……し、失礼します」

エステルは悄然《しょうぜん》としながらも教室へ戻った。

「エステル？　どうしたの？　大丈夫？」

戻ってきたエステルの顔を見たルクレツィアが心配そうに話しかけてきたが、碌に答えることもできなかった。

心の中はまるで嵐が来たかのように荒れていた。

だってまさかレアンドロがこんなにも話を聞いてくれないとは思わなかったのだ。せっかく、少しは距離が縮まったかなと喜んでいたのに、たった一つの誤解でまた遠くなってしまった。

「先生……」

せめて話くらいきちんとさせて欲しかった。

ふらふらと自席に座り、テオ経由で返してもらった本を見つめる。この本や作者について、レアンドロと語り合った時はあんなに楽しかったのに。

先ほどのレアンドロの表情と言葉を思い出すと、胸が締めつけられるように痛んだ。

（あんな先生、初めて見た……）

酷い言葉を吐かれても、いつもならすぐに気づくことのできる優しさが、今日はどうしても見つけられなかった。授業に間に合わなくなるというのも心配しているのではなく、ただ単にエステルを追い払いたかったから。それだけのために言ったのだ。いつもと全く動機が違う。

そんなの、ずっとレアンドロを見てきたエステルにはすぐに分かった。

（辛い……な）

好きな人に誤解されるのがこんなに辛いことだったなんて。

授業が始まる。レアンドロではない先生の話。いつもなら真面目に受ける授業も、今のエステルの耳には全く入らなかった。

「このままじゃ駄目だ……」

◇◇◇

それから数日。事態は恐ろしいほど進展していなかった。むしろもっと悪くなっているような気がする。

だって、レアンドロと全く出会わなくなったのだ。

臨時といえども教師。他の生徒たちに聞いてみると、姿を見かけると言うから、来ていないわけではない。あからさまに避けられているのだ。

「うう……きつい」

レアンドロの本気を知った気がする。最初の頃、憧れで追いかけていた時だってこんなことはなかった。結局、キャアキャア騒ぐうるさい存在でしかなかったエステルを、あの当時ですらレアンドロは受け入れてくれていたと、そういうことなのだろう。

つまり、今は顔も見たくないと……。

「はあ……」

「大丈夫ですか？　エステル様」

気落ちするエステルを慰めてくれるのは、そもそもの原因となったキールだった。ルクレツィアの車いすを押しながら心配そうな顔で覗き込んでくる。

よほど誰のせいなのだと詰《なじ》ってやりたかったが、エステルはその気持ちを呑み込んだ。

キールが兄たちからエステルのことを頼まれているのは本当だったし、あれは……運が悪かったとしか言いようがない。ものすごくタイミングが悪かったのだ。

だからキールだけを責めれば良いものではないとエステルは理解していた。

それに、レアンドロに振られ続けている現状、キールは本当に親身になって心配してくれているから。それはルクレツィアもそうだ。

レアンドロを捕まえられず焦っているエステルを、普段と変わらない態度で元気づけてくれている。仕えるべき人に気を遣わせてしまうなんてと少々情けなくも思うが、本当に有り難かった。

ルクレツィアは今も明るい声で、楽しそうに笑っている。

「ねえ？　キールは今のうちに搦《から》め手でエステルを落とそうとしているの？　エステルはまだカルデロン先生を諦められないみたいだけど」

「っ‼」

ぼんやり考えごとをしていると、突然ルクレツィアが衝撃発言をした。

とんでもなさすぎる言葉に我に返る。ルクレツィアを見ると、彼女はわくわくした顔でキールを見つめていた。そのキールは珍しくもゴホゴホと噎《む》せ返っている。

「ル、ルクレツィア様。何を……！」

声まで裏返っていた。驚いたのはキールも同じだったようだ。ルクレツィアは、「だってね」と楽しそうに言う。

「好きな子が弱っている時につけ込むなんて、恋愛の常套《じょうとう》手段だわ。今月の新刊にもそんなシチュエーションが紹介されていたもの。女性は心が弱っている時に優しくされると弱いって」

確かに効果的よね、と真顔で頷くルクレツィアに、エステルは酷く脱力した気持ちを覚えた。

「ルクレツィア様……。いいかげん、その手の本を集めるのはお止めになった方が……」

いちいち、本の推奨する恋愛マニュアルに当てはめて考えられてはたまらない。だけどルクレツィアは頬を膨らませて拒否した。

「嫌よ。いつか私に素敵な人が現れた時のための参考にするんだもの」

「そう……ですか」

聞いてはくれないようだ。やっぱりなと思いつつも隣を見ると、キールも諦めたように苦笑していた。

「俺ではエステル様に釣り合いませんよ。それにエステル様は恩人です。恐れ多すぎてとても」

無理ですと告げるキールに、ルクレツィアは「えー」と不満そうな声を上げた。

「釣り合わないって……。でも私知っているわよ？　国内の貴族がこぞってあなたを養子に迎えたがっていること。直接打診も来たんじゃない？」

「それは――」

困ったような顔をするキールを見て、打診は真実なのだなとエステルは思った。

キールは魔力こそないが、剣の実力はかなりのものだ。騎士に叙勲された時、ルシウスの親衛隊に入隊しないかと誘われたくらい。それを蹴り、ルクレツィアの専属護衛騎士として生きることを選んだのだが、その決断のおかげで妹を可愛がっているルシウスからの印象は更に良くなった。

生活態度も真面目で、次期国王であるルシウスの覚えもめでたいとくれば、養子に迎えて、いずれは爵位を継いでもらいたいと考える貴族が多数いるのも当然と言えた。

「お兄様に聞いたけど、伯爵家や侯爵家からも話が来ているんでしょう？　もちろん娘を妻に迎えて……という話がほとんどだろうけど、子供がいない家もあるそうじゃない。そういう家なら爵位を継いで、エステルを妻に迎えても構わないはずよ」

「ルクレツィア様、具体的すぎますから……」

ルクレツィアの話に、エステルはこめかみを押さえた。これではまるで、ルクレツィアがキールとエステルがくっつくのを推奨しているみたいではないか。

キールも困ったように言った。

「……確かにお申し出はいただきましたが、全てお断りしています。俺に貴族など似合いませんよ」

「キールがそれでいいと言うのなら、構わないのだけど……」

キールは、ルクレツィアの専属護衛騎士になるまで、随分と苦労してきた。

騎士見習いは貴族の子弟が多い。そんな中、魔力のない、しかも平民であるキールは格好のいじめの的となったのだ。もちろん黙ってやられるキールではない。全て実力で返り討ちにしてきたが、それでも貴族に対する印象が悪くなるのはどうしようもなかった。

掌を返したかのように態度を変え、養子縁組を申し出てくる貴族たちに、キールの貴族嫌いは拍車がかかったのかもしれない。

「……」

エステルはルクレツィアと目を見合わせて頷いた。これ以上、この話をするのは良くないと感じたのだ。実際、何かを思い出したのか、一瞬キールは辛そうな顔を見せた。エステルは慌てて話を戻す。

「ま、まあ。落ち込んでいる場合じゃないわよね。ルクレツィア様。私、もう一度カルデロン先生のところへ行ってみます」

「そ、そうね。それが良いかもしれないわね。なんにせよ、エステルが後悔しないのが一番よ」

ルクレツィアから応援を受け、エステルは力強く頷いた。

そうだ。どうせ自分はすでに一度振られて（？）いるのだ。それ以上怖い物なんてない。

「ありがとうございます。頑張ってみます」

「ええ。私が協力できることがあったらなんでも言ってね。でもほらやっぱり、エステルはカルデロン先生のことが好きだったのね。そうだと思った」

くすりと笑われ、気まずく感じながらもエステルは謝った。

「すみません……。でも私も気づいたのは最近なので。別に嘘を吐いていたとかではないのです」

「分かっているわ。エステルが嘘を吐くはずがないじゃない。でも、自覚してしまったのなら、今の避けられている状況、辛いわよね」

「はい……」

◇◇◇

避けられている、とルクレツィアにはっきり言われて落ち込んだ。気のせいかなと思うようにしていたのだが、やはり第三者から見ても、エステルが避けられているように思えるらしい。

「ああ……やっぱり」

エステルはがっくりと項垂れた。

——イライラする。

楽しそうに話す三人を遠目に見ながら、レアンドロは苛立つ気持ちを抑えきれなかった。

少し前に行った舞台。彼女と別れる直前までは、とても良い気分だったのに。

可愛らしい姿で、約束の場所に現れたエステル。

自分のために着飾ってきてくれたのだと思うと、レアンドロはそれだけで気分が良くなった。

座席に座ってからもレアンドロの上機嫌は続いた。

エステルとの話が、意外なほどに楽しかったのだ。本が好きだと言うエステルとは、趣味が似ていて、語っているとそれだけであっという間に時間が過ぎていった。

舞台が終わり、帰りの時。正直に言うと別れがたかった。

だから楽屋に一緒に来ないかと誘ってみたのだが、エステルは自分に知り合いはいないからと遠慮して帰ることを選んだ。

残念だなとは思ったが、エステルの言い分も理解できる。だけどそのまま帰らせるのが惜しくて、レアンドロはエステルが気にしていたパンフレットを買い、土産に持たせた。

エステルが喜んでいる姿を見て心が酷く満たされたのを感じ、また良い気分になった。

明日学園で会うことを約束して別れ、満足した気持ちのまま楽屋に向かう。

——いつになく気持ちが高揚していた。

普段なら息をするよりも自然に出るひねくれた言葉が、今日は鳴りを潜めていたくらいだから我ながら相当なものだったのだと思う。

らしくないなとは思ったが、まあたまには良いかと流してしまえるくらいには楽しかったのだ。

本当に、らしくない。

自分が緩く笑みを浮かべていたことにすら気づかなかった。

名前を告げて指定された楽屋を訪ねると、学生時代の友人である現アルバ公爵――イラーリオが待ちかねた様子で出てきた。声をかける前にまず、キョロキョロとレアンドロの後ろを見て、不思議そうに首を傾げる。

「レアンドロ。お前、一人で来たのか？」

「そうですが、何か不都合でも？」

「……いや」

そんなやりとりがあってから、楽屋の中に招かれた。

レアンドロたちの他には誰もいない。広い楽屋の中は姿見が何枚もあり、一人で使うには大きすぎるドレッサーが設置してあった。壁は真っ白。時計があるくらいで、風景画など余計なものは一切なかった。床も絨毯《じゅうたん》ではなくツルツルとした板張りになっている。部屋の端の方には舞台で使う衣装などがいくつも掛けられていて圧巻だ。ソファやテーブルもあり、部屋の中は明るく、過ごしやすいように整えられていた。

「オーナー用の部屋もあるが、今は使用中だ。こちらですまない」

「いえ、こういう場所も新鮮です。しかしまさかあなたが劇場のオーナーになる日が来るとは、思いもよりませんでしたよ」

「それはオレも同感だ」

ソファを勧められ、遠慮なく座る。悪くない。幼い頃から良いものに慣れ親しんでいるイラーリオならではのこだわりを感じる上質の座り心地だった。

レアンドロが一瞬感心したように頷いたのを見逃さなかったイラーリオが、彼の正面に座りながらにやりと笑う。

「気に入ってもらえて何よりだ」

「ええ。悪くありません。客を迎えるのに不足のない質です」

正直に告げると、イラーリオは声を上げて笑った。

実はレアンドロがイラーリオと直接会うのはかなり久々だった。劇場を作るから寄付をして欲しいと頼まれて以来だ。今回チケットを譲ってもらうのに、文のやりとりは何度かしたが、顔を見るのは一年以上ぶり。

久しぶりに会った友人と互いの近況を語り合っていると、しばらくして扉が遠慮がちにノックされ、劇場の清掃員が訪ねてきた。

「ご歓談中申し訳ありません。あの、オーナー席に本の忘れ物がありましたので、お届けに伺いました……」

「ああ、今日あの席にいたのはこいつだ」

イラーリオの言葉に応じ、レアンドロはソファから立ち上がった。

レアンドロたちが座っていた席は、実は単なるボックス席ではなかった。あの席はオーナー用に常に空けられている特別な座席。だからこそ清掃員は、わざわざ気を利かせてオーナーがいる楽屋まで忘れ物を届けてくれたのだ。

エステルに返したはずの本を見て、レアンドロはすぐに頷いた。

「ありがとうございます。確かに私の連れのものです。私から渡しておきますよ」

「そうですか。よろしくお願いします」

「いえ、助かりました」

本を受け取ると、やりとりを黙って見ていたイラーリオが楽しそうに笑った。長めの前髪を掻き上げる。緩やかなウェーブの髪は濃紺で、光の加減で時折紫色にも思える。男のレアンドロから見てもかなりの色気があった。長い足を無造作に組み、背もたれに身体を預けている。

そんな格好をすれば普通はだらしなく見えるのだが、彼がすると決まって見えるから不思議なものだ。オーナーらしく、華やかな盛装姿だったが、公爵でもある彼にはよく似合っていた。胸元に輝く宝石が、主役の女性の瞳の色と同じだと気づいたが、無粋なことは言わないことにする。ただ、疑問だけを投げかけた。

「なんですか。突然笑い出して、気味が悪いですよ」

「いや……な」

イラーリオは背もたれから身体を起こすと、レアンドロに向かって指摘するように言った。

「お前、その女のことが本当に好きなんだな、と思ってな」

「はあ？　イラーリオ。何を言って……」

突然告げられた言葉に眉根を寄せると、イラーリオはレアンドロの抱える本を指さした。

「自覚はなかったのか？　その本を受け取った時のお前の顔。お前があんな顔をする日が来るとは思わなかった」

「あんな顔って……感じ悪いですね。一体どんな顔を私がしたと言うんです」

カチンときたので言い返すと、笑い交じりの答えが返ってきた。

「相手のことが好きで好きでたまらないと、そういう顔だ」

「……」

はっきりと告げられ、レアンドロは黙り込んでしまった。

実に痛いところを突かれたと思ったのだ。

非常に不本意ながら微妙に自覚はあるのだ。あまりつつかないで欲しいというのが紛れもないレアンドロの本音だった。

「あなたもテオも、ほんっとうに余計なことしか言いませんね。チケットの件、テオに話したのもあなたでしょう」

「別に口止めをされていたわけでもないからな。あのレアンドロに好きな女ができたってテオに聞いたから楽しみにしていたんだが……ここに連れてこなかったのか？」

「……一応誘いましたよ。ですが旧友と会うと言ったので遠慮したようです」

訪ねた時、キョロキョロしていたのはエステルを捜していたかららしい。自分に関係のない女性など見ても楽しいかとレアンドロは思うのだが、イラーリオの意見はどうやら違うようだ。がっかりしたように、だけど気を取り直したように言った。

「そうか。残念だな。で？　デートに連れてきたってことは……もうその女、落としたのか？」

「人聞きの悪い。別にそんな気はありませんよ。彼女にも、恋愛対象ではないと告げてあります」

「はあ？」

イラーリオの焦げ茶色の瞳が驚いたように丸くなる。座っていたソファから腰を浮かし、身を乗り出した。

「馬鹿、お前。本気でそんなこと言ったのか？」

「事実ですから」

さらりと告げる。

そうだ、決して嘘などではない。レアンドロが女性に性的な魅力を感じたことはほとんどなかったし、実際彼が過去に好きになったのは、レジェスという男性だった。とはいっても、そのせいで自分の中に疑問が生じてしまったのは事実だったが。

レジェスは男性に扮《ふん》していただけで、実はアリシアという歴とした女性だった。それに気づいた時には、自分が女性に惹かれていたのかと心底驚いたものだ。

つまり、レアンドロの抱く疑問とは、自分は同性愛者などではなく、本当は異性愛者なのではないかという根本的なもの。レジェスを好きになったのも、彼の中にある『女』の部分を無意識のうちに嗅ぎ取っていたからだったとしたら……。

とはいっても、今更だ。答えなんて出しようがなかった。アリシア以降、恋愛という意味で好ましく思った者など、男女問わず一人としていなかったからだ。……エステルが現れるまでは。

エステルは、レアンドロの忘れていた感情を揺さぶってくる。

最初は確かに鬱陶しかったが、やがて自然と目が追うようになった。自分に懐いてくる彼女を可愛らしいと思うようになった。

一緒にいるのが楽しいと——自覚してしまった。

だけどレアンドロは認めたくない。異性愛だとか、同性愛だとか、もはやそういうのはどうでも良く、ただ自分が、六つも年下の少女に陥落させられたなんて信じたくないのだ。

「……その彼女……隣国の侯爵令嬢だったか？　オレは同情する」

「同情？　何故です」

意味が分からない。

「可哀想に。お前のわがままに振り回されているんだろう？　オレなら、好きな女ができたのなら、自分のプライドなど投げ捨ててでも捕まえるがな」

「あなたと一緒にしないで下さい。私はもう行きます。この本を届けなくてはなりませんからね」

「……わざわざ届けに行くのか。明日にでも学園で渡せば良いだろう。お前は教師なのだから」

「なくなったと気づけばきっと気落ちするでしょうから。早く届けた方が、彼女も安堵するはずです」

レアンドロにとっては当然の結論だったのだが、イラーリオは何故か呆れたような顔をした。

「……テオの話以上だな」

「ともかく。今日はチケットをありがとうございました。また、後日お礼に伺います」

「ああ。その彼女も連れてきてくれ。楽しみにしている」

「……機会があれば」

しつこいイラーリオに、それ以上言葉を重ねることを止め、レアンドロは部屋を出た。

とにかく早く本をエステルに返してやりたいと思っていた。

本の話をしていた時、彼女は本当に楽しそうに笑っていたから。

自分でもらしくないことは分かっている。だけど、それよりもレアンドロはエステルの悲しそうな顔を見たくなかった。

でも、考えてみれば最初からそうだったような気がする。

大変そうだったり、辛そうだったりするエステルを見ていると、自然と手助けしてやりたくなるのだ。そうして、なんとなく関わり続けて――今がある。

認めたくないという思いは本当だったが、それよりも自分の中で膨れ上がってきた感情の方が大きくなりつつあることを、聡《さと》いレアンドロは分かっていた。

「少し……私も意固地になっていたのかもしれません」

もう少し自らと向き合うべきなのかもしれない。そんな風に考えながら、魔法学園に続く最後の角を曲がる。途端、目に飛び込んできた光景は――。

「っ！」

エステルが、ルクレツィアの護衛騎士であるキールに抱きしめられているという、どうしようもない現場だった。

◇◇◇

「……」

その時のことを思い出し、レアンドロは更に気分を悪くした。ふと、視線を戻すと、三人はもうその場を離れ、別の場所へと移動していた。

エステルも当然いない。

「ふう……」

嘆息し、レアンドロもまたその場を離れようとしたが、それよりも先に声がかかった。非常に芝居がかった口調だ。

「ラヴィアータさん、護衛騎士くんとすっごく良い感じですね。このまま放っておいて良いんですか？　レアンドロ先輩」

「強力なライバル出現ね。キールとは何度か話したけど、あなたとは違って素直な好青年だったわ。放っておくと危ないかもね」

「テオ……シェラハザード妃殿下」

予想通りと言えば予想通りの二人の登場に、レアンドロはどっと疲れた気分になった。

それでなくともこの数日、ずっとイライラして機嫌が悪いというのに。

「なんの用ですか」

ギロリと睨むと、テオが「まあまあ」と宥めるように言う。

「いきなり追い出しにかかるような言い方、止めて下さいよ。ちょっと先輩に話があって来たんですから」

「話？　なんですか？」

どうやら、わざわざからかいに来たわけではないようだと知り、レアンドロはテオの話を聞く気になった。視線を向けると、テオは実は——と声を潜めて話し出す。

「ハイキングに行った時の話なんです。皆に話した石碑。実は、壊されているってさっき学園の方に連絡があって、心当たりを聞かれたんですよ。僕はあの辺りに全く近づかなかったので分からないって答えたんですけど、先輩は何か知りませんか？」

「石碑……ああ、あの奇形種の」

テオの言葉に、レアンドロはハイキングの時のことを思い出した。

レアンドロが皆との集合場所に戻ったのは最後だった。途中で例の石碑は見たが、特に変化はなかったように思う。

「知りません。近くを通りましたが、私が見た時は壊れていませんでした」

「そうですか……」

少し考える素振りを見せたテオは、吹っ切ったように笑った。

「分かりました。先方にはそのように伝えておきます。僕もうちの生徒ではないと思うんですけど、ちょうど壊れたと思われる時期と、うちがハイキングに使用した日が重なっていまして。向こうも一応、聞いてみたって感じでした」

「なんにせよ罰当たりな話よね。お墓なのに……」

黙って話を聞いていたシェラが眉根を寄せる。テオも全くだと同意した。

「作り直すって話らしいけどね。どうも自然に壊れたって感じじゃないから、犯人を捜しているみたいなんだ」

「レンからも聞いてる。全然犯人の手がかりがないって困ってた」

「そうみたいなんだよね。一体誰がやったんだろ」

「……では、私はこれで」

二人が話し始めたので、もういいだろうとレアンドロはその場を立ち去ることにした。

正直、石碑の話などどうでも良かったし、興味もない。これ以上、ここにいるのは時間の無駄だと思った。だが、それをテオが引き留める。

「ちょっと待って下さいよ。レアンドロ先輩」

「……まだ何かあるんですか」

こちらには話はない。そういう気持ちを込めて睨んだのだが、逆にテオは咎めるような視線を向けてきた。

「むしろこれからが本番ですよ。今の話はついでではないですけど、まあ、ついでです。そうじゃなくて……ほら、さっき見ていましたけど、ラヴィアータさん。ちょっと可哀想だと思うんですよね」

「……」

やっぱりこの話がしたかったのかとレアンドロが眉間に皺を寄せると、シェラもテオに追随した。

「私も、同じ女としてさっきのあなたの態度はさすがにないと思うわ」

「テオだけではなく、シェラハザード妃殿下まで……」

自然と声が低くなったが、二人はレアンドロを無視して真剣に話し始めた。

「いや、本当に彼女、可哀想だよ。だって僕、ちゃんと先輩に説明してあげたのに、誤解が解けたってことすら言ってあげてないみたいなんだ。それどころか先輩ってば、あれからずっと彼女を避けているんだから」

「誤解って、確かキールと抱き合ってた……って話だよね。エステルがレアンドロのことを好きなのは誰が見ても分かるくらいなんだから、少し考えれば誤解だって分かるのに。でも、避けているわりに様子は窺っているって……。ねえ、レアンドロ。そんなことしている間に、彼女、取られちゃうわよ」

「うん、僕もそう思う。ラヴィアータさんがいくら鋼の神経の持ち主でも、さすがにそろそろ限界なんじゃないかなあ」

「そうね。いくら鋼でも限界は来るわよね。そして弱ったところを、『今までずっと好きでした!』とキールあたりが告白するわけか。それは落ちるわ。仕方ない」

真顔で頷き合うテオとシェラ。我慢できず、レアンドロは声を荒らげた。

「二人とも……いいかげんにして下さい」

気分が悪い。不愉快な話を続けられたくなかったレアンドロだったが、シェラは「いいえ」と静かに言った。

「別に嘘は言っていないわ。あなたが一人で嫉妬している間、彼女は放置されているわけだから、そうなっても当たり前だと思うの」

「嫉妬? 私がですか?」

「そうよ。他に何があるっていうの?」

シェラの言葉を聞き、レアンドロは目を瞬かせた。

嫉妬。

数年ぶりに聞く言葉だ。だけど、確かにその言葉と今の自分の感情はぴったり当てはまる気がする。

「……」

レアンドロが黙り込むと、テオも確認するように言った。

「嫉妬、していますよね？　先輩、ラヴィアータさんが護衛騎士くんに抱きしめられているところを見て、怒っているんでしょう？　それが嫉妬でなくてなんなんです？　自分以外の男に無防備に抱きしめられていたから怒ったんでしょう？」

「……」

その通りだとレアンドロは思った。

確かにあの時、レアンドロはエステルの迂闊《うかつ》さに腹を立てていた。

護衛騎士の方はどうか知らないが、少なくともエステルの方に彼に対する恋愛感情はない。そんなものは二人を見ていればすぐに分かる。だけど、キールに抱きしめられているエステルを見た途端、表現できないほどの怒りが込み上げてきたのだ。

許せないと思った。自分にあんなに無防備に笑いかけておきながら、他の男に抱きしめられている彼女が。彼女に触れていいのは、自分だけのはずなのにと――。

そこまで考えが及び、レアンドロは自嘲するように口元を歪めた。

結局――認めたくない、認められないと言いながら、すでに自分は腹立たしいほどに彼女に惹かれていたのだ。愚かな自分に笑うしかなかった。

ついでに、イラーリオに言われたことも思い出した。

『オレなら、好きな女ができたのなら、自分のプライドなど投げ捨ててでも捕まえるがな』

全くもってその通りだ。実際自分は、学生の時、一度痛い目を見ているではないか。

レジェス――アリシア王女を巡ってルシウスと争った時。

実はアリシアは、最初はレアンドロのことを見ていたのだ。それなのにレアンドロは全く取り合わず、彼女に冷たく接し続けた。ようやく彼女の魅力に気づき、好きになった頃には時すでに遅し。彼女の心は別の男のものになっていた。あんな失態、二度と繰り返したくない。

好きな女を横からあっさり奪われるのは、懲り懲りだ。

「先輩？」

黙ったままのレアンドロが気になったのか、テオが声をかけてきた。それに頷くことで返す。

「ええ。聞いていますよ」

「……それなら良いんですけど。で？　やっぱりこのままラヴィアータさんを避け続けるつもりですか？　僕はそういうの、ちょっと良くないと思うんですけど」

「まさか」

テオの質問に、レアンドロは不敵な笑みを浮かべながら否定した。

腹は括った。自分が、エステルにどうしようもなく惹かれていることも理解した。

誰にも奪われたくないと認識した。それなら――。

「先輩？」

テオがどこか期待した顔でレアンドロを見つめてくる。

それに頷きを返した。

そうだ、奪われたくないのなら、奪われないようにしてしまえばいい。

よそ見なんてできないほど、自分に惚れさせてしまえばいいのだ。

恋愛などもういいと思っていたレアンドロをその気にさせたのだから、向こうにもそれくらいは思ってもらわなければ困る。

シェラとテオが「やった、ようやくだ」と言いながら、ハイタッチしているのを横目で眺め、レアンドロは宣言するように呟いた。

「そうですね。彼女には、せいぜい私を本気にさせた責任を取ってもらうことにしますよ」

――覚悟して下さい。

エステルの姿を思い浮かべ、レアンドロは必ず彼女を自分のものにしてみせると心に誓った。

第六章　交差する想い

ルクレツィアにもう一度頑張ると宣言したエステルは、びくつきながらも職員室へと向かった。

正直期待はしていなかったのだが、それでもノックをし、扉を開ける。そこには、ここのところ姿を全く見せなかったレアンドロがいた。

（嘘っ！　先生がいるっ！）

久しぶりに会えた喜びで涙が滲《にじ》む。もしかして避けられていたのかもしれないと不安だった気持ちも一瞬で飛んでいった。それでも逃げられてはたまらないとエステルは慌ててレアンドロの側へと駆け寄る。

「あの……カルデロン先生」

他の先生たちは自室にいるのか、職員室には他に誰もいない。二人きりだ。緊張のあまり声が震えてしまったが、レアンドロは返事をしてくれた。

「ああ。ラヴィアータ嬢。どうしましたか」

「っ！」

いつも通りのレアンドロの声音に、安堵のあまり大声を上げて泣き出してしまいそうになった。

怒っていない。不機嫌でもない。普通に接してもらえることがどんなに有り難いことなのか身に染みて分かった気がする。

「あ、あの……私、ちゃんと話を聞いて欲しくて……」

用件を告げると、レアンドロは頷いた。

「あの時の話なら、テオから聞いていますよ。誤解、だそうですね」

「は、はい……」

穏やかな声。真実を知ってくれたのだという嬉しさで、また涙が出そうになった。レアンドロは身体ごと向きを変え、エステルと目を合わせてきた。

「私の早合点だったようですね。すみませんでした」

「‼」

驚きで息が止まるかと思った。まさかのレアンドロからの謝罪に、衝撃のあまり声も出ない。ただ目をぱちくりさせていると、レアンドロはふっと笑った。

「どうしましたか。目が真っ赤になっていますよ」

「い、いえ……あの」

目が赤いのは泣きそうになっていたからだ。

狼狽《うろた》えたエステルは、自分がどんな態度を取ればいいのか全く分からず、うろうろと視線を彷徨わせた。そんなエステルの頬にレアンドロはそっと手を伸ばしてくる。

「っ！」

温かい手の温度と感触にエステルは硬直した。ぶわりと全身の毛という毛が、まるでハリネズミのごとく逆立った気がする。自分に何が起こっているのかさっぱり理解できなかった。

（何？　何？　何が起こっているの？）

レアンドロは優しい動きで頬を撫でてくる。それをエステルは硬直したまま、目の動きだけで追った。すっと目元を拭われる。やがてレアンドロの手が頬から離れ、何故だかエステルはとても寂しい気持ちになった。

「……睫毛《まつげ》がついていましたよ。目に入ると危ないですからね」

「あ、ありがとう……ございます……」

レアンドロの人差し指の腹には、確かに睫毛が一本。それを取るための行為だったのだと理解し、全身から力が抜ける。情けない話だが、エステルはその場に頽れそうになった。

（き、緊張した……でも、どうしていきなり……）

レアンドロが優しい。あり得ない事態に、エステルは酷く混乱していた。

だってあのレアンドロだ。行動はどうあれ、まずは嫌みが口をついて出るような男なのだ。

好きな男を語るのにそれはどうかとも思うが、事実は事実。

それなのに、目に入ると危ないからと睫毛を取ってくれる？

分かりにくい優しさが信条のような男とは思えない行動に疑問しか抱けない。

（意味が分からない……こんなのレアンドロじゃない）

そう思いながらも、エステルは頬を染めた。だって、好きな男なのだ。優しくしてもらえれば、当たり前だが嬉しいと思ってしまう。チラリとレアンドロを盗み見た。

「どうしました？」

レアンドロはエステルの視線を受け止めると、優しく目を細めた。その表情にカッと全身が燃えるように熱くなる。エステルがずっと見たいと思っていた、いやそれ以上のレアンドロの表情がそこにはあった。

「っ！　し、失礼しますっ！」

耐えられなかった。突如として現れたレアンドロの甘い笑みに、エステルはその場に留まることができず、一目散に逃げ出した。

職員室から飛び出し、廊下に出る。ばっと振り返ったが、当然のことながらレアンドロは追ってはこなかった。

「はあ……はあ……」

胸に手を当てる。心臓がバクバクと音を立てていた。頭の中はぐちゃぐちゃだ。冷静さなどどこにもなかった。レアンドロの急激な変化に、エステルの方が追いつけない。

「な、何がどうなったらああなるの？」

つい今朝方まで、確かにレアンドロはエステルを避けていたはずなのに。

今だって、会えない確率の方が高いと思っていたのだ。もし会えたとしても、辛辣な言葉で追い返される。そう覚悟して来たのに。

あんなに優しい目で見られるなんて想像すらしなかった。

なんとか呼吸を整え、エステルは廊下を歩き始めた。逃げ出してはしまったが、とりあえず目標を達成したと言っていいのではなかろうかと自らを慰める。

目標。レアンドロの誤解を解くという、始める前は非常に難易度の高いミッションだと思ったが、蓋を開けてみれば拍子抜けするほど簡単に終わってしまった。

そういえばテオから話を聞いたとレアンドロは言っていた。おそらくエステルが困っていることを知り、気を利かせてくれたのだろう。テオには後でお礼を言っておかなければならない。おかげで、レアンドロの誤解を解くことができたのだから。

「……とりあえず、戻ろう」

時計塔を出たエステルは、残りの授業を受けるべく教室棟に戻った。

◇◇◇

午後の授業は大変だった。レアンドロの甘い笑みを思い出しては照れる、思い出してはまた照れるの無限ループに陥ったエステルは、全く授業に身が入らないまま、放課後を迎えた。

ルクレツィアたちと別れ、いつも通りエステルは魔法の練習をするため、練習場へと向かう。彼女たちには言っていなかったが、このところレアンドロは放課後の練習場に現れてはいない。

話すら碌にできない状態だったのだから仕方ないのだが、一人きりでする練習は妙に寂しかった。

本来ならそれが正しい姿であるはずなのに、いつの間にレアンドロがいることが当たり前になっていたのだろう。無自覚に甘えていた自分に気づけば苦笑いするしかなかった。

だけど、とエステルは思う。

もしかしたらレアンドロはずっと隠れて見守ってくれていたのかもしれない。

……そうはいってもエステルには終《つい》ぞ彼を見つけることは叶わなかったが。

今日も一人で簡単に復習だけして引き上げるつもりでエステルは扉を開けた。

「ルクレツィア様たちが心配するから、早めにって——えっ？」

エステルの独り言は酷く中途半端なところで途切れた。

だけど仕方ない。目の前には待っていたと言わんばかりの様子のレアンドロがいたのだから。

「遅いですよ。全く」

「へ？　ええ!?」

しかも、よりによって遅いだなどと言う。エステルは驚きのあまり固まりつつ、それでも口を開いた。

「え……えと？　先生？」

「魔法の練習をするのでしょう？　見てあげますから用意をしなさい」

「あ、はい……」

「時間があまりありません。急ぎなさい」

「はいっ」

何がどうなっているのか理解できなかったが、それでもエステルはレアンドロの指示通り荷物を置き、練習できるよう慌てて準備を整えた。そうしながらも考える。後ろでエステルを今か今かと待っているレアンドロを、気づかれないように盗み見た。

(……意味が分からない。どうして急に？　誤解が解けたから、しっかり練習に付き合ってくれるって、そういうことなのかな)

それならそれで有り難い。一人で練習するのには限界があったし、レアンドロは教え方が上手い。何より、好きな人から個人レッスンを受けられる絶好の機会をエステルは逃したくなかった。現金だという自覚はある。

「それでは始めましょうか」

立ち上がり、レアンドロの前に立ったエステルにレアンドロが眼鏡を押さえながら言う。エステルは真剣な顔になり、レアンドロに向かって頭を下げた。

「よろしくお願いします」

「ええ、厳しく行きますよ」

「はい」

そういうやりとりをして、二人きりの練習は幕を開けたのだが――。


「分かりますか？　あなたは力が入りすぎているんです」

「は……はい」

「ほら、もっと身体の力を抜いて。魔力は自然体で扱うのがいいんですから」

「……せ、先生。も、もう……ひゃっ」

どうしてこうなったのかさっぱり分からない。

今日何度目かになる自問自答を繰り返し、現実逃避をしそうになりながらもエステルはなんとか自分を保っていた。

エステルは魔力を魔法の力に変換するのが特に苦手だ。

だからその苦手を少しでも克服したいと思い練習を始めたのだが、何故かレアンドロは妙に至近距離でエステルに指導をし始めたのだ。具体的に言うと、後ろからまるで抱きしめるかのようにエステルの両腕を取り、正しい姿勢の説明を始めたという……エステルにとってはとても心臓に悪い体勢だった。レアンドロが淡々と言う。

「前から思っていたのです。あなたは特に腕の方に無駄な力が入っていると。ほら、分かりますか？」

「ひぃ。わ、分かります」

嘘だ。全然分からない。

耳元で囁《ささや》かれる声に、それこそ腰が砕けそうになりながらもエステルは必死で堪えた。レアンドロの息がかかってくすぐったい。後ろから両手を取られているのだから仕方ないのだが、この体勢は実に心臓に悪かった。

背中にレアンドロの体温を感じるし、手なんて彼に触れられているところがまるで火傷《やけど》を負ったかのように熱く思える。レアンドロが喋る度にぞくりと背筋が震える。

正直、練習どころではなかった。

「せ、先生。こんなことまでしていただかなくても、口で説明していただければ十分ですから……」

このままではエステルの精神が保《も》たない。そう思い、なんとか離れてもらおうと試みたが、レアンドロは楽しそうに笑い、否定した。

「口でなら今までに何度も説明してきたと思いますが。それなのにあなたは直せなかった。つまり言葉では理解できないと、そういうことです。言葉で分からないのなら、身体に直接教える。当然のことでしょう？」

「と、当然って……」

確かに今までも、レアンドロはエステルに助言を何度もくれていた。それをきちんと生かせず、結局ものにできなかったのはエステルだ。だから説明しても分からないエステルに、業を煮やしたレアンドロが直接指導するという流れは分かる。

……分かるのだが、これは些《いささ》か密着しすぎではないだろうか。

「ひうっ……！」

レアンドロの唇が、首に触れたような気がする。偶然だとは思うが、粘膜の触れる初めての感触にエステルは泣きそうになった。

もちろん嫌なのではない。たまらなく恥ずかしかったのだ。

エステルがこんなにもいっぱいいっぱいだというのに、レアンドロといえば全く気にせず指導を続けている。

「ほら、集中して下さい。無駄な力が抜けると、魔力変換もしやすいですから」

「はい……」

熱心に指導されれば、エステルも止めてくれとは言いがたい。

意識しているのは自分だけ。これは単なる指導でそれ以上の意味はないのだと必死に自分に言い聞かせ、エステルはレアンドロに言われた通り練習に励んだ。

「……今日はこれくらいで良いでしょう」

「あ……ありがとうございました」

やがてレアンドロが頷き、ようやく個人指導は終了を迎えた。終始べったりとエステルの背中に張りついて指導を行っていたレアンドロは、意外にあっさりとエステルの側を離れた。

それにホッとしつつ、少しだけ残念にも思ってしまう。

（えと……。やっぱりあれは私の自意識過剰……なのよね）

異常に近い距離。伝わる互いの吐息と心臓の音。通常のレアンドロではあり得ない密着度合いに、エステルはかなりの疲労を感じていた。

（カルデロン先生の本気の個人レッスン……すごすぎた）

まさに手取り足取り。エステルがそれほど落ちこぼれだということなのだろうが、やられた方はたまったものではなかった。こちらは好きだと自覚があるから、なおさら。

（ううう……先生、一体今日はどうしちゃったの。サービス精神旺盛すぎるでしょう）

いつもなら、少し離れた場所からの指導のみだというのに。それとも、しばらくエステルを避けていた詫《わ》びのつもりだろうか。それならもういいから止めて欲しい。

——もしかしてと、期待をしてしまいそうになるから。

「少しはましになりましたね。やはりあなたは言葉で説明するよりも身体に直接感覚を覚え込ませた方が早い。これからはこの方法を取ることにしましょう」

「え……？」

今後のプランを早速練り始めるレアンドロの言葉に、ぐったりしていたエステルは慌てて顔を上げた。言われた言葉の意味をしっかりと考えてみる。

（え？　カルデロン先生の今のレッスン。これからも続くの⁉　無理！　心臓が保たない）

さあっと自分が青ざめていくのがエステルには分かった。こんな心臓に悪いこと続けられたら、命がいくつあっても足りない。寿命が縮みそうだ。

「あ、あの。カルデロン先生。私は今まで通り、口頭で説明していただければ十分です。先生のおっしゃること、私、理解できるように努めますから」

だが、レアンドロは「駄目です」と却下した。

「教師である私が生徒に対し、効果的な指導方法を選ぶのは当然でしょう。私に教えを請うことを選んだのはあなたなのですから、諦めることですね」

「諦めるってそんな……」

ある意味いつも通りのレアンドロだ。さくさくと自分の言いたいことだけを告げてくる。

「それともあなたは、私に教えられたくないと、そう言うつもりですか？」

最後に付け加えられた言葉で、エステルは全面降伏した。項垂れながらも口を開く。

「と、とんでもない。カルデロン先生にはいつも感謝しています」

「それなら。私の指定する方法で構いませんね」

「はい……」

頷く以外の道がなかった。こうなったら早く今の指導方法に慣れるしかないなと、おそらく不可能なことを考えつつ顔を上げると、レアンドロは非常に満足そうな表情をしていた。

「先生？」

何か良いことでもあったのだろうか。不思議に思いながらも声をかけるとレアンドロはさっと表情を引き締めた。

「いいえ、なんでもありません。さて、ラヴィアータ嬢。さっさと帰り支度をしましょうか。寮まで送っていきますよ」

「へ？」

なんか空耳が聞こえた気がする。

思わず素っ頓狂な声を上げてしまったエステルに、レアンドロは更に言う。

「おや？　聞こえませんでしたか？　寮まで送っていくと言ったのです。前回、そのせいで要らぬ誤解をしてしまったようですし、その点については私も反省したのです。いくら明るいとはいえ、他国の貴族令嬢であるあなたを一人で帰すなど、決してしてはいけないことでした」

「そ、そんな」

レアンドロに謝罪され、エステルはとんでもないと否定した。

だってレアンドロは送ろうかと言ってくれた。それをいらないと断ったのはエステルだ。責められるのなら彼女であるべきだ。

「先生は悪くありません。それにあの……寮までは本当に近いですし、一人で大丈夫です」

練習場から寮までは、それこそ十分とかからず着く。しかも学園の敷地内を通るのだ。危険などあるはずがないし、今までもそうだった。送ってもらう必要などない。だけどレアンドロは強固に否定する。

「最近では日の沈む時間も早くなりましたからね。まだ明るいからと油断してはいけません。それに私が送っていけば、あなたが妙な輩《やから》に絡まれる危険も、私が変な誤解をする機会もないでしょう。互いにメリットがあります」

「メリット……ですか」

レアンドロに誤解されて困るのはエステルであって、レアンドロではないと思うのだが。

それでもそれ以上は言えず、結局レアンドロに送ってもらう羽目になったエステルだったが、帰り道でもレアンドロは軽々とエステルの想像を超えてきた。

「手を」

「へ？」

練習場の外へ出たエステルに向かい、レアンドロは当然のように手を差し出してきたのだ。

その手をポカンと見つめ、ああ、こういうこと前にもあったなと思ったエステルは、レアンドロの焦れた声に我に返った。

「相変わらず鈍いですね。エスコートに決まっているでしょう」

「エスコート!?　いいえ、とんでもない。ただ、寮に帰るだけなのですから」

ぎょっとした。

貴族社会で男性が女性をエスコートするのは当然だが、ここは学園内だ。そして休日ならともかく、学園内で教師が生徒をエスコートするのはどう考えてもおかしい。

しかもエステルとレアンドロは恋人でも婚約者でもない。エスコートされる意味が分からなかった。

慌てふためきながらも必死で断ると、レアンドロはあっさりと手を引っ込めた。肩をすくめる。

「さすがに冗談ですよ。まあ、あなたがどうしてもして欲しいと言うのならやぶさかではありませんが」

「ど、どうしてもって……」

エステルが望むのなら構わないと軽く告げるレアンドロを、目を丸くして見上げた。

本当に今日のレアンドロはどうしてしまったのだろう。何か悪いものでも食べたのだろうか。

「あなたは座学の方もサボらずに頑張っているとテオから聞いています。そのご褒美のようなものですよ」

「……」

レアンドロの口から紡がれたご褒美という言葉を何度も頭の中で繰り返す。

ご褒美。

なんとレアンドロに似合わない言葉だ。どちらかというと、お仕置きと同じ意味に聞こえてしまう。そんなエステルの考えは顔に出ていたのだろう。突然むにっと頬を摘《つ》まれた。

「ひっ!?」

「今、碌でもないことを考えていたでしょう。あなたは考えがすぐに顔に出るので分かります。全く、あなたは私のことをなんだと……」

「せ、先生……ほ、ほっぺた……放し……」

むにむにと頬を引っ張られ、エステルは恥ずかしさのあまりきゅうっと目を瞑った。だけどレアンドロは止めてくれない。何が面白いのか、何度も頬を引っ張ってくる。

「ぷにぷにしていて、なかなかの感触ですよ。ふむ、栄養状態は良いようですね。目の下に隈もないし、睡眠にも問題はない。健康的で結構なことです」

「そ、そうですか」

ようやく満足したレアンドロが手を離してくれた時には、すっかりエステルは疲れ果てていた。ただでさえ、後ろから抱きしめられて青息吐息だったというのにとどめでも刺された気分だ。

（ううう。カルデロン先生が近いよう……）

こんなことばかりされれば、レアンドロが好きなエステルは胸が高鳴りすぎて困ってしまう。

叶わない恋だから、いつか諦めようと思っているのに、これでは逆に想いが募ってしまうではないか。忘れられなくなったらどうしてくれるのだ。

「ほら、行きますよ」

「は……はい」

レアンドロの呼びかけにエステルは慌てて返事をする。

そして二人で、そう長くもない学生寮までの道を、雑談を交わしながらゆっくりと歩いていった。

◇◇◇

「エステル。最近、カルデロン先生と良い雰囲気ね」

「そ、そうでしょうか。私はもういっぱいいっぱいで何がなんだか……」

レアンドロのちょっと密着しすぎな個人レッスンと、寮への送り届けは、あれから数週間が経っても継続していた。

あの日突如として始まった近すぎる触れ合い。

最初は慌てふためき、どうすればいいのか戸惑ったエステルだったが、一時のことだ、今だけだと自分に言い聞かせることでなんとか乗り切ろうとしていた。

だけど、そう上手くはいかなかった。

すぐに飽きるだろうと思われたレアンドロの態度は、時間が経っても全く変わらなかったのだ。

むしろ、更にスキンシップが激しくなった気がする。

放課後、二人きりの練習の時は常に密着しているし、最近はそれに『褒める』が追加された。

上手くできると何故か頭を撫でてくれるようになったのだが、ただ撫でるだけではなく抱き寄せてから撫でてくるのだ。「たまには褒めてあげないと。飴《あめ》と鞭《むち》は使い分ける必要があるのですよ」などと、それらしいことを言って。

その手の動きは、確かにエステルを甘やかすような優しいもので、抱き寄せられるのは恥ずかしいけれど、それより嬉しい気持ちの方が勝っていた。

……どうして抱き寄せる必要があるのかは全く分からなかったが。

もちろんさすがに普段はいつも通りのレアンドロだ。

授業中は相変わらず厳しいことを言うし、辛辣さも健在。彼が変わるのは、エステルと二人になった時だけ。それでも分かる人には分かってしまうのだろう。ルクレツィアなんかは目ざとく指摘してくる。

「先生がエステルを見る目が柔らかくなったし、最近先生ってエステルにしか用事を頼まないじゃない？　そりゃあ普段はアレだけど、エステルといる時の先生って少し雰囲気が和らぐのよ」

「そ、そうですか？」

もしそれが本当ならとても嬉しいが、自覚は全くない。

用事を言いつけられる回数は確かに増えたが、エステルの役職を考えれば当たり前だし、自分といる時の雰囲気なんてそれこそ当事者には分からないのだ。

「ねえ、先生。エステルのこと、好きなんじゃないかしら？」

「……残念ですけど、それはありません」

恋愛好きなルクレツィアらしい言葉に、申し訳なく思いながらもエステルは返した。

あの仲直りした日から、確かにレアンドロとの距離は縮まった気がする。

だけど、彼が同性愛者だという事実は変わらないのだ。

それがある限り、エステルには勘違いのしようもない。

「有り難いことに目をかけていただいている。それだけだと思います。落ちこぼれで申し訳ないんですけどね」

「そうかしら？　どう見ても、好ましい異性を見る目だと思ったけど。それにエステルは落ちこぼれなんかじゃないわ。特に最近はめきめきと実力を伸ばしているじゃない」

「ありがとうございます。それは本当に先生のおかげですね」

密着指導が功を奏したのかは分からないが、確かにあれ以来、エステルの魔法の実力はかなり上がっている。この調子で行けば、来年の進級も問題ないとレアンドロからも太鼓判を押されたくらいだ。

「これでルクレツィア様に恥をかかせずに済みそうです。ホッとしました」

「そんなこと、気にしなくてもいいのに……。でも、そろそろ個人レッスンもいらないんじゃない？」

「……それは」

ルクレツィアの素朴な疑問にエステルは少し困った顔をした。

その件については、エステルも同じように思っていたからだ。

個人指導をしてもらえるのは本当に嬉しい。だけどエステルだけがレアンドロを独り占めするのはどう考えても良くなかった。だってレアンドロは先生なのだ。レアンドロに指導を受けたがっている生徒などいくらでもいる。

本人は不本意だろうが今やすっかりレアンドロは人気教師。エステルが個人的に指導を受けているのは知られているから、次は自分の番だと皆、虎視眈々《こしたんたん》とエステルの後釜を狙っている。進級が問題ないレベルまで上達したのだから、レアンドロに今までありがとうと感謝を告げ、レッスンを終わらせるべきなのだ。

少し寂しいけれど仕方ない。そう思い、エステルは昨日話を切り出したのだが――。

「おや？　あなたはこれから一人で今のレベルを維持できると本当に思っているのですか？　私がいなくても？　それは随分な自信ですね」

そんな風に返され、絶句する羽目になってしまった。

「そ、それは……でも、機会は皆にも与えられるべきだと私は思って……」

せっかく頑張ってきたのに、あまりに酷い。ショックを受けるエステルにレアンドロははっきりと告げた。

「私はあなたの面倒を見るだけで手一杯なのですよ。他の生徒など知りません。大体、私は期間限定の臨時教師なのですから、時間外に面倒を見る生徒くらいこちらで決めても構わないはずです」

時間外勤務のことまで口出しされては敵《かな》わないと嫌そうに言われ、確かにその通りかもと思ってしまったエステルは、それ以上レアンドロに強く言えなかったのだ。

「……あの、先生は私の実力が落ちてしまうかもしれないからレッスンは止めないって……」

昨日のことをぼそぼそと話すと、ルクレツィアは「あら」と少し目を瞠った。

「時間外は好きにさせてもらうって？　それってエステルと一緒にいるのが好きだってことと同じ意味よね。どうしてそれで、『私のことを好きなのかも』って思わないのか不思議だわ。恋愛の教本を見なくても、もしかしてって思う事案よ？」

「……まあ、いろいろありまして」

レアンドロが男色家であることは濁し、エステルは曖昧に笑った。

確かにこの数週間、エステルだって何度も思った。

もしかして、レアンドロは自分に好意を持ってくれているのではないかと。

だけどその度に思い出すのだ。

あの日、壁に押しつけられ、キスされそうな距離で言われたことを。

『あなたの期待に応えてあげられなくて申し訳ありませんが、今後もないとだけ言っておきましょう。私の恋愛対象は男性です。あなたに……というか女性に興味はありませんよ』

この言葉を忘れられないから、エステルは誤解することなく今まで来ることができている。

（ある意味、宣言してもらって良かったのかもしれない）

でなければきっと勘違いしていた。レアンドロが自分を好きなのではないのかと。

そして、そう思ってしまえばきっとエステルはレアンドロに告白していただろう。のちに家に戻り、父の言いつけ通りの相手と結婚するつもりだとキールに宣言したことも忘れ、付き合って欲しいと強請ったはずだ。

（それは痛すぎる……）

エステルはぶるぶると首を振った。吹っ切るように言う。

「とにかく、ルクレツィア様が期待するようなことはありませんから。残念でしたね」

「……本当に残念」

なあんだとがっかりするルクレツィアに苦笑する。

実は日に日にレアンドロのことを好きになり、もはやどうしようもないところまで来ていると聞けば、一体ルクレツィアはどう思うだろうか。

優しくされる度、気にかけてもらえる度、エステルはレアンドロに惹かれていく。

彼のことを考えない時間などない。気づけばいつだってエステルはレアンドロのことを思っているのだ。

こんなに深みにはまってしまうなんて、エステルだって思わなかった。

このままでは国に帰った時、レアンドロを忘れて、父の言いつけ通りの相手と結婚できる気がしない。

後二年と少し。卒業まで時間はある。なんとか自分の気持ちに折り合いをつけられればいいなとエステルは思っていた。

キールは何も言わず、黙ってルクレツィアの車いすのハンドルを握っている。

いつも通りの光景。エステルとルクレツィアが話し、キールが黙って聞いているのはエステルたちにとって当たり前の見慣れた光景だった。

だから見逃してしまった。

彼が――キールがどんな表情をしていたのか、エステルもそしてルクレツィアも気づかないままだった。

◇◇◇

「レアンドロ先輩。最近ラヴィアータさんとはどうなんですか？」

レアンドロが廊下を歩いていると、テオが上機嫌で話しかけてきた。視線を送り、小さく息を吐く。シエラもテオもどうして他人の恋愛ごとがそんなに気になるのだろうか。ことあるごとにどうなったのかと、進捗を尋ねてくる。

「どうも何も、普通ですよ。放課後に個人レッスンを行い、後は寮まで送り届けています」

「そうじゃなくて……キスしたとか、僕はそういうのを聞きたかったんですけど」

「ありませんよ」

キッパリと告げると、テオはがっかりした様子で「ええー」と口を尖らせた。

「それだけ二人きりになる機会があって、手を出していないいんですか？　ラヴィアータさんなら断りはしないと思いますけど」

「うるさいですよ。……今はこれでいいんです」

「これでいいって……あまり何もないと、脈がないのかなって諦められちゃいますよ。逃げられちゃっても知らないですからね」

「……逃がしませんよ」

テオのからかうような口調に低く告げる。だが、テオは追及の手を緩めなかった。

「僕、レアンドロ先輩ってもっとグイグイ行くタイプかと思っていました。意外と慎重派なんですね。あ、そういえば以前ラヴィアータさんに忠告したとか言ってましたけど、あれって結局なんて言ったんですか？　もしかしてものすごく余計なこと言ったりなんてしてないですよね？　それで距離を詰められないとか？　……あはは、まさかレアンドロ先輩に限ってそんなことはない……え？」

「……うるさいですよ」

痛いところを突かれ、レアンドロは舌打ちをした。テオは冗談のつもりだったのだろうが、実に正確な攻撃だった。よほど驚いたのか、テオは目を大きく見開いている。

「嘘でしょ。先輩が？　え？　一体何を言ったんですか？」

ここまで知られれば、黙っている意味もない。レアンドロは簡潔に事実を告げた。

「……同性愛者だから、好きになることはないと言いました」

テオは「うわあ」と天を仰いだ。

「……最悪。なんでそんなこと言ったんです？　先輩、同性愛者でもなんでもないのに」

「え？」

さらりと告げたテオを思わず凝視した。テオは不思議そうに首を傾げている。

「え？　じゃないでしょう。もしかして気づいていなかったんですか？　どう見たって先輩は異性愛者ですよ。僕、自分で言うのもなんですが、昔はかなりなよなよしていましたからね、その手合いにはものすごくモテたんです。おかげで危機察知能力はやたらと上がりましたよ。嫌な話ですけど、貞操の危機だって何度もありましたからね」

「テオ……」

昔のテオの容姿を思い出し、レアンドロは納得した。まるで少女のような外見のテオは、確かに同性によくモテていた。告白されている場面だって何度も目撃したことがある。

テオは顔を歪めながら言った。

「あまりにもそういうことがあったせいで、今じゃ僕、話している人の目や口調、雰囲気で異性愛者か同性愛者か大体分かるんですよ。そして先輩に、そんな雰囲気を感じたことはありません。だから先輩は間違いなく異性愛者ですよ」

「……テオ」

「先輩、僕を可愛い、抱きたいって思ったことないでしょう?」

「あるわけないでしょう。気持ち悪い」

反射的に答えると、テオは破顔した。

「はい。ですからそういうことです。安心しましたか?」

「……そうですね」

非常に脱力した。だが、同時に長年の疑問が解消したような気もしていた。

別にテオの言い分を全部信じるわけではないがそれでも、第三者にはっきり違うと言ってもらえたことと、なんとなく自分が辿り着いていた結論が同じだったことに安堵と、やはりそうかという確信を得たのだ。

「すっきりした顔しちゃって。先輩、これ貸し、一つですからね。というか、そうじゃないでしょう。そういう話をしていたんじゃないんです。ラヴィアータさん。どうするんですか。同性愛者だなんて言ったら、自分は対象外だってそれこそ別の人のところに行っちゃいますよ」

「だから、そうさせないようにしているんじゃないですか」

苦い気持ちを抱えながらも告げると、テオはぽんと手を打った。

「あ……そうか。それで告白できないんだ。そりゃそうですよね。告白したって信じてもらえないですもんね。ね？　同性愛者のレアンドロ先輩」

テオのからかいの交じった声音に苛つきつつ、レアンドロは正直に答えた。

「……失敗したとは思っているんです」

「ふむふむ。己の失敗を潔く認めると。先輩らしからぬ謙虚さですね。で？　仕方ないから少しずつ距離を縮めていくという消極的な手段に出ているというわけですか。……うわあ。自業自得すぎて泣けてきますね、先輩」

「……」

言いたい放題のテオだったが、レアンドロは口を噤んだ。そんなこと、言われずとも分かっていたからだ。

レアンドロは自らの過去の行動と発言を反省しつつ、今は細心の注意を払って、エステルの気持ちが他に向かないよう、いや、よりレアンドロを見てくれるよう行動していた。その甲斐あってか、エステルが自分を見る目は明らかに日ごと熱を帯びていっている。このまま、いずれ彼女を落とすまで、レアンドロは一切手を抜く気はなかった。

絶対にエステルを手に入れる。そう決めていたからだ。

過去に一度、痛い目を見ているレアンドロは、今エステルが自分を見ているからといって、安心することなどできなかった。

どこで何があるか分からない。昨日もエステルは、そろそろ個人レッスンを終了したいと申し出てきたが、レアンドロは笑顔で断った。

せっかく二人きりで堂々と過ごせる機会なのだ。楽しみにしている時間を、他のどうでもいい生徒を見るためになんて割きたくなかった。

「それで万が一にも失敗しないよう時間をかけている……ね。なるほど。なるほど。しかし、そうだとは思っていましたけど、レアンドロ先輩って結構、粘着系ですよね」

「粘着とは失礼ですね。欲しいものを確実に手に入れるために動いているだけです。邪魔などされたくありませんから」

「ラヴィアータさん、わりと人気あるみたいですからね。先輩に恋をしているからかな。最近、すごく綺麗になったって学生の間では評判ですよ」

「……」

「うわっ。先輩、顔怖いです」

どうやら表情に出ていたらしい。テオが顔を引きつらせていた。ちょうどそのタイミングで学生たちが通っていく。声を潜めていたわけではないので、話している内容が聞こえてしまった。

「ラヴィアータさんって最初は単なる落ちこぼれだって思っていたけど、最近変わったよな」

話しているのは、三人。全員レアンドロが担当している一年だった。レアンドロたちには気づかず通り過ぎていく。

「確かに。頑張る姿勢が可愛いよな。確か侯爵家の令嬢だっけ。……交際を申し込んだら受けてくれるかな」

先の言葉に同意した一人が、少し考えるような仕草をしたのをレアンドロは見逃さなかった。

黙って聞き耳を立てる。テオが呆れたような顔をしていたが気にしていられなかった。

「本気か？　でもまあ、お前の家は伯爵位を持っているし、身分違いってわけでもないだろうけど。王女様のお供で来ているくらいだ。ラヴィアータさん、エステバン王家にかなり気に入られていると思うから、冗談で手を出すのは止めておいた方がいいぞ」

忠告めいた言葉に、伯爵家の息子は真顔になって頷いた。

「分かっている。冗談なんかじゃない。何か俺、最近彼女のヘーゼルの瞳を見ていると、すごく心がざわつくんだ。……抱きしめたいなって本気で思ってる」

「そ、そっか。本気なら反対はしないけど――」

「……ああ。幸い今はそう忙しくもないし、近々告白してみようと思う」

「……」

あまりにもタイミングの良すぎる話題に、レアンドロは一瞬呼吸を止めた。

交際を申し込むだと？　誰に？　……エステルに？

「彼女に告白する？　私を差し置いて？　ふふ……良い度胸です」

自分の感情が恐ろしく冷えていくのをレアンドロは感じていた。

これは紛れもない、怒りだ。

ふつふつと湧き上がってくるのではなく、しんしんと積もっていくような冷たい底知れぬ怒り。

それがレアンドロの全身を支配していた。

「せ、先輩……？」

様子を窺うようなテオの言葉を無視し、レアンドロは無表情で今通り過ぎていった生徒たちに声をかけた。

「あなたたち――」

「はい。あ、カルデロン先生。クレスポ先生も、どうしたんですか？」

レアンドロとその後ろにいるテオを見て、生徒たちは笑顔になる。

最初はレアンドロのことを恐れていた生徒たちも最近では何故か笑顔を見せるようになった。

シエラやテオあたりは、生徒たちがレアンドロを認めているからだ、などと言うが、そんなものレアンドロは求めていない。教師としての評価など彼にとってはどうでもいいのだ。ただ、王太子夫妻に頼まれたから。だから完璧主義のレアンドロは、きっちり仕事をこなしているだけなのだ。

三人の側に行き、レアンドロは冷たく告げた。

「色恋沙汰にうつつを抜かすのも結構ですが、そのような暇があなたたちにあるとでも思っているのですか？　次の試験も近づいてきました。もちろん、余裕あるあなた方なら当然準備は万全なのでしょうね。残念ながら、次の試験はいつもほど甘くはありませんよ」

「えっ……」

レアンドロの言葉に、生徒たちはピシリと固まった。

レアンドロの試験は、決して生易しいものではない。生徒たちは皆、いつも必死で準備をして、それでもギリギリなのだ。

それなのに、『甘くない』という言葉を聞き、彼らの顔色は紙よりも白くなっていった。

レアンドロはくっと口の端をつり上げた。

「進級に関わる大きな試験ですからね。私も気合いを入れて作らないと。あなたたちは、さぞ優秀な成績を収めてくれるのでしょうね。楽しみにしています」

「し、失礼しますっ！」

顔を引きつらせ、生徒たちはレアンドロの前から逃げ出していった。「まずい、このままじゃ成績が……進級が」という悲痛な叫びも共に聞こえてくる。

「……先輩。ちょっと可哀想すぎるんじゃないですか？」

口出しすることはせず、ただ見ていたテオが苦笑しながら側に寄ってきた。

「別に。何も嘘は言っていません。次の試験を用意するのは私ですし、今まで随分と手加減していたので、それを止めようと思っただけの話です」

眼鏡を押さえ、素知らぬ顔で告げると、テオは肩をすくめた。

「そうですね。確かに嘘ではないんでしょう。でも、きっかけはラヴィアータさんに手を出されそうになったから。結局、牽制《けんせい》しただけなんでしょう？」

テオの指摘に、レアンドロは薄く笑みを浮かべながら肯定した。

「そうですが、それが何か？」

今更だ。どうせテオには知られている。

あっさり認めるとは思わなかったのだろう。テオはまじまじとレアンドロを見つめ、それから大きく息を吐いた。

「……先輩。僕、なんだか急にラヴィアータさんが可哀想に思えてきましたよ。……お勧めして、彼女には申し訳なかったかなあ」

「何を今更」

言ったところで何も変わらない。レアンドロはすでにエステルに対する気持ちを認めてしまったし、手に入れると決めた。

他の男につけいる隙は一切与えない。このまま彼女は、レアンドロが囲い込む。

呆れ返るテオに、レアンドロは思い出したように言った。

「テオ、今度シェラハザード妃殿下にお会いしたら、ぜひ伝えておいて下さい。協力、して下さるんでしょう？　上手く彼女を捕まえた暁には、よろしくお願いします、と」

「……了解でーす。あの時は興味がないなんて言っていたくせに、よく覚えているんですから。きっと今の話を聞いたら、シェラも頭を抱えるんだろうなー。でも、ま……面白いからいっか」

「面白がるあなたも大概だと思いますけどね。では、頼みましたよ」

――そろそろもう一段階進めてみよう。少しずつ、彼女の時間と心を独占していくのだ。

エステルの顔を思い浮かべながら、レアンドロはそう思った。

◇◇◇

「エステル様――」

明らかに距離を縮めていくエステルとレアンドロ。

二人の姿を見ているとやりきれない気持ちになる。

キールは、魔法学園の男子寮にある自室で椅子に座り、ずっと考え込んでいた。

一人用の個室。ルクレツィアの護衛として来ていたキールには、きちんと部屋が与えられていた。

今は夜なので、主君の側にはいられない。代わりにエステルがルクレツィアを見てくれているから心配はしていないが、キールの悩みは、そのエステルについてだった。

「エステル様。どうしてあんな男が良いんですか」

レアンドロ・カルデロン侯爵。

将来は間違いなく宰相になるだろうと言われている男。魔法に高い適性を持ち、文官ながらエリートたちが所属する魔法師団に入れるほどの実力の持ち主だ。実際、彼が魔法学園を卒業する際、魔法師団から勧誘があったらしい。

レアンドロは宰相職の方に興味があったらしく、魔法師団には入団しなかったようだが、学園での様子を見る限り、その実力は錆《さ》びついていない。冷たい印象をどうしても受けるが、容姿にも優れている。欠点といえば……性格が悪いところだろうか。

口を開けば、嫌みばかり。相手を容赦なく突き放す言動はいっそ見事とも思うくらい徹底している。臨時教師として派遣されたことが気に入らないのか、終始不機嫌な態度を崩そうとしない。さすがに王太子から派遣されただけあって教師としては優秀なのだが、キールはレアンドロのような男はどうしても好きになれなかった。

それなのに、何故かエステルは、そんなレアンドロを好ましく受け止めていた。

入学当初からレアンドロにつきまとい、嬉しそうに頬を染めていた。好きではない、なんて言っていたが、誰が見たってエステルがレアンドロに特別な感情を抱いているのは明白だった。

キールが何度諫めても取り合わない。

それだけでも腹立たしかったのに、よりによってレアンドロの方まで、エステルのことを気にかけ始めたのだ。

二人は日ごとその距離を縮めていく。頬を染めるエステルと、それを普段とは違い、実に柔らかな表情で見つめるレアンドロ。二人が思いを確かめ合い、付き合い始めるのも時間の問題のようにキールには思えた。

だけど、キールにはどうしてもそれが許せなかった。

幼い頃、親に捨てられたキール。そんな彼に、最初に手を差し伸べてくれたのはエステルだ。エステルには誰よりも幸せになって欲しいとキールは願っていた。

エステルにレアンドロは値しない。

彼女にはもっと優しく穏やかな、紳士と呼ぶにふさわしい男性が似合う。温かな家庭を作ることのできる誠実な男を父侯爵に探してもらい、そうして結婚すればいいのだ。

それならキールも笑顔で彼女を送り出すことができる。

あんな男と付き合って、エステルが幸せになれるはずがないのだ。

最近レアンドロがよく見せるようになった、まるでエステルが自分のものであるかのような態度。肩を抱き寄せ、これ見よがしに周囲に牽制する態度は、エステルは気づいていなかったが、キールには非常に不快に映っていた。

（エステル様は、俺が守ってきたのに）

ルクレツィアと同じように。時にはそれ以上の気持ちを込めて、今まで守ってきたのに。

あんな男に渡すために、彼女を清いまま守ってきたのではないと叫びたくなってしまう。

「あの男がいるせいで、俺のエステル様が……」

エステルはキールにとって命の恩人とも言うべき人だ。その彼女があんな男に穢《けが》されるのをただ黙って見ているだけなんて、キールにはどうしてもできなかった。

「どうすれば……」

『――それなら殺してしまえば良いのさ』

「は？」

低く嘲るような声が、どこからともなく聞こえた。

キールは慌てて側に立てかけてあった剣を取り、立ち上がる。

油断なく辺りを見回すも、誰もいなかった。

「……気のせい……か？」

人の気配も感じない。大体ここはキールの部屋で、誰かが入ってくるはずもないのだ。

おかしいと思いつつ、再度椅子に座ったキールの耳にまた、声が響く。

『恨んでいるんだろう？　お前から大事な人を奪っていこうとするそいつのことを。なら簡単だ。殺してしまえば良い』

「誰だっ！」

反射的に構える。だけどやはり誰もいない。気味が悪くてその場から離れるも、声は消えてはくれなかった。

『分かるぜ。誰かを憎み、恨む気持ちは俺たちにはよく分かる。なあ？　その憎しみ、俺たちがぶつける手伝いをしてやるよ。……大丈夫だ。上手くやる。お前は俺たちに、少しその身体を貸してくれればいいだけだ』

「な……何を？　がっ……」

がらんと剣を取り落とす。騎士としてあり得ない失態。

だけど感じたことのない悪寒と気味悪さに総毛立って、剣を拾うことさえできなかった。

ぐにゅり、と何かが自分の中に入り込んでくる。それをキールは止めることができなかった。じわじわと心を侵食し、塗りつぶしていく何か。それはキールの意思を確実に奪っていく。

「や……止めろ」

声は実に楽しそうだった。

『ああ。なんだ。お前、魔力がないのか。ははっ。ちょうどいい宿主だ。魔力がないお前に俺たちを止めることなんてできないぜ。障壁もない空っぽの身体に入るのなんて簡単なことだ。……安心しろ。約束は守る。この身体を借りる礼に、お前から大事な人を奪っていこうとするその男、殺してやるよ』

「何を……俺はそんなこと、望んで……」

必死で抵抗した。レアンドロが憎いのは本当だが、殺したいだなんて思っていない。

ただ、エステルから離れてくれればそれでいいのだ。それなのに声は嘲るように告げる。

『嘘つきだな。お前。お前が本当に望んでいないのなら、俺たちがここにいるはずがないんだよ。俺たちはお前に呼ばれたんだ』

「……っ」

『もう、俺たちが憎む者たちはここにいない。だけど俺たちの恨みと憎しみは残る。それをお前の憎しみと共にぶつけてやるよ』

止めてくれと頭を抱えながら、その場にうずくまる。声が心の隙を突く。

『なあ、本当はそのお嬢様のこと、好きなんだろう？　取られるのが嫌だって、そういうことじゃないのか？』

考えもしなかった話を出され、キールは目を見開き硬直した。

『だから悔しいんだろう？　大事に守ってきた彼女を、大好きな彼女を嫌な男に奪われそうになって、だから悩んでいたんだろう？』

「ちが……違う」

エステルに対する気持ちは親愛の情だけだ。恋愛感情などない。

それなのに、出した声は驚くほど小さく、頼りがなかった。これではまるで肯定しているようではないか。キールは声を絞り出した。

「違う、俺は……エステル様のことをお慕いして……」

『ああ。欲の滲んだ目で見ているんだよな？』

「違う……違うんだ！」

容赦なく抉ってくる言葉に、打ちのめされる。

自分が？　エステルを？　欲望の対象にしている？

そんな馬鹿な……。キールはエステルをただ、自分の手で守りたいと思っているだけなのに。

信頼に足る男に、いずれ託すのだと信じ続けてきたのに。

感情を揺さぶられる。彼女をそんな目で見たことなど一度もないと叫びたいのに、声にならない。

『本当に一度もないのか？　お前の帰りを待ち、お前だけを見つめる日々を願ったことは本当にないのか？』

「あるわけがない！」

自分の心を読まれていることにも、混乱しているキールは気づかなかった。声は満足そうに宣言する。

『俺たちは今、お前の中にいる。お前の真実など、たやすく摑める。自分に嘘を吐くな。俺たちに任せておけ。すぐに、さいっこうの結末を用意してやるよ』

身体の自由が利かない。声ももう出なかった。

不快な笑い声が脳裏に響く。それを聞きながら、キールの意識は黒く塗りつぶされていった。

◇◇◇

（そういえば、本当に最近、あの変な夢を見ないな……）

寮から学園に向かいながらエステルはふと、少し前までよく見ていた奇妙な夢のことを思い出していた。

一時期は毎日のように見ていた夢。あれから一応レアンドロには相談したのだが、不明瞭すぎることとそれ以降ぱったりと見なくなってしまったため、「見なくなったのでもういいです、すみません」と、自分から断りを入れていたのだ。

(なんだったんだろう、あれ……)

考え込んでいると、ぽんと頭に手が乗せられた。

「ふぁっ⁉」

「おはようございます」

聞こえてきた声は、レアンドロのもの。エステルが顔を上げると、こちらをじっと見つめる黒い瞳とぶつかった。

「っ……おはようございます。カルデロン先生」

最近、本当にレアンドロはスキンシップが多くなった。今みたいに頭に手を置いたり、肩を抱き寄せたりなんかは、まるで息をするように自然に行ってくる。

(……嬉しいけど、恥ずかしい)

レアンドロに触れられるのは決して嫌ではないのだが、羞恥のあまり身の置き場がなくなるような気持ちになるのだ。数度頭を撫でてからレアンドロは用件を告げた。

「ラヴィアータ嬢。昼休みになったら、すぐに職員室へ来て下さい。分かりましたね?」

エステルは頷きつつも質問を返した。

「はい、分かりましたけど、すぐに、ですか?」

昼食後では駄目なのかという意味だったのだが、レアンドロは肯定した。

「そうです。大事な用事がありますので」

「そういうことなら、分かりました」

レアンドロがエステルに用事を言いつけるのは珍しくもないことだ。側で二人のやりとりを聞いていたルクレツィアやキールも何も言わなかった。

用が済んだのか、レアンドロは「では」と言って、先に行ってしまう。

エステルは振り返り、ルクレツィアに言った。

「すみません。そういうことですので、ルクレツィア様たちは先にどこかでご飯を食べておいて下さい。先生の用事がどれくらいかかるかも分かりませんから」

「分かったわ。エステルも大変ね」

少し心配そうな顔をするルクレツィアに、エステルは「いいえ」と否定した。

「私は……嬉しいですから」

照れくさく思いながらも正直に告げると、ルクレツィアはにっこりと笑った。

「そう。もうすっかり恋する乙女ね、エステル。それなら私は、頑張れって言うことにするわ」

「ありがとうございます」

レアンドロと関われる時間が増えるのは、どんな理由でも嬉しい。

昼休みに何を言いつけられるのかは分からなかったが、それでもレアンドロと会えることがエステルには幸せでたまらなかった。

◇◇◇

昼休みになり、レアンドロの言葉通り職員室を訪れると、そこには彼だけしかいなかった。

広い職員室。放課後に誰もいないことは珍しくないが、昼休みにいないというのは初めてだ。

「先生？」

「ああ、今日は遠慮してもらったんですよ。誰も来ませんから、ほら、ここに座って下さい」

「……はい」

職員室の中央にある、木でできた七～八人ほどが座れる大きな丸テーブル。そこに置かれている椅子を示され、エステルは不思議に思いながらも素直に腰掛けた。

すっと目の前に黄色い包みが置かれる。

「どうぞ。今朝は時間がありましたのでね」

「え……」

レアンドロの言った言葉がエステルには一瞬本当に理解できなかった。

だけどゆるゆると驚愕が訪れる。今目の前にある包み。これはもしかしなくてもお弁当ではないのだろうか。それも、手作りの。

「え、ええ⁉」

「うるさいですよ。静かになさい」

驚きのあまり大声を上げたが窘められてしまった。慌ててエステルは小声で言う。

「す、すみません。でも、驚いてしまって。えと……お弁当、ですよね。これ。……私がいただいてもいいと、そういうことですか？」

「そう言っているでしょう。同じことを言わせないで下さい」

眉を寄せるレアンドロ。そんな彼も似たような包みを持っている。エステルに用意されたものよりも一回り大きな包み。彼のお弁当だろう。

（カルデロン先生、本当に私にお弁当を作ってくれたの？）

嘘みたいだ。最近レアンドロが優しいだけでもエステルには信じられないというのに、まさか手作りのお弁当を食べさせてもらえるとは思いもしなかった。

そして先ほどのレアンドロの『遠慮してもらった』という言葉を思い出す。

もしかしてレアンドロは、エステルとこうして二人で昼を食べるために他の教師たちを遠ざけたのだろうか。だとしたら恥ずかしすぎる。

俯きながらもエステルはレアンドロに促されてお弁当を開けた。中には栄養がしっかり考えられた色鮮やかなおかずがぎっしり詰まっている。

「綺麗……。すごく美味しそう」

まるで専門の料理人が作ったかのようなお弁当だ。

今、エステルが生きている世界はさすが日本人が書いた小説だけあって、食べ物などは特に前世を彷彿《ほうふつ》とさせるものがたくさんある。気づいてからは「あ、これもあるのか」とどこか懐かしいものを発見する気持ちで見ていたのだが、考えてみれば『お弁当』もそうだ。おむすびが入っているところなど、どう見ても日本のお弁当に近いものがある。

（ああでも、おかげでカルデロン先生の手作り弁当が食べられるんだから、日本人作者様々だわ）

「いつまでも眺めていないで、そろそろ食べましょうか」

「はい。あの、先生。本当にありがとうございます」

「ついででしたから。それに最近、あなたにはよく手伝いをしてもらっていますからね。特別です」

特別という響きにエステルは分かりやすく頬を染めた。レアンドロが最近よく聞かせてくれるようになった優しい声で言う。

「ほら、口を開けなさい」

「……え？」

口を開ける？　一体何を言っているのだとエステルが顔を上げると、いつの間に箸を持っていたのか、レアンドロが口元に煮物を運んできていた。慌てて口を開ける。甘辛く炊かれた野菜の煮物の味が口内に広がり、エステルは無言で咀嚼した。

「……美味しいです」

煮物は本当に美味しかった。絶妙な味付けに、これが本当にレアンドロの作ったものなのかと驚くばかりだ。

ごくりと飲み込み、感想を告げると、レアンドロは珍しくも嫌みのない笑みを浮かべた。

「それは良かった。ではこれはどうでしょうか」

「えっ……えっ……んむっ」

自分で食べられると訴える前に、次のおかずを口の中に入れられた。もぐもぐと口を動かしていると、レアンドロは次のおかずの用意を始める。

もしかしてずっとこの調子で食べさせられ続けるのだろうか。いくら他に誰もいないといってもさすがに勘弁して欲しい。

「せ、先生。あの、私自分で食べられますから」

次の食べ物を口に入れられる前にエステルが慌てて告げると、レアンドロは残念そうな顔をした。

「……そうですか？　餌付けするのも悪くないと思っていたのですが」

（え、餌付けって……）

どうぞと箸を渡されたので受け取った。ようやく自分のペースで食べることができる。

男性からお弁当を食べさせてもらうなど、一体どこのバカップルなのか。

（バカップルって……ううん。私と先生はそういう関係じゃないんだから）

そうだ。エステルとレアンドロは付き合っているわけではない。今の行動は明らかにやりすぎだ。

本当に最近のレアンドロはスキンシップが多いなと思い、横顔を見つめた。

レアンドロはエステルの視線に気づくことなく、自分のお弁当を広げている。

当たり前だが、同じおかずが入っていることが妙に恥ずかしい。

（でも先生。どうして急にお弁当なんて作ってくれたんだろう）

嬉しいけど、不思議で仕方ない。

おそらくレアンドロが朝に言った「大事な用事」とはこのお弁当のことなのだろう。それはなんとなく分かったが、レアンドロにここまでしてもらえる理由が見当たらなかった。

（確かに最近は、かなり親しくなったと言えるけど……。あ、まさか先生も私のこと……ううん。そんなはず……でも）

レアンドロに優しくしてもらう度、頭をもたげてしまう願望。

ルクレツィアなどには「あり得ない」と言ってはいるが、やはり期待してしまうのだ。

もしかして自分のことを好きになってくれているのではないかと。

きっちり釘を刺されたくせに未練がましいとは思うのだが、それでもこんな風に優しくされて諦められるわけがない。

「何をよそ見しているのです。人が話しかけているのに、ぼんやりしているなんて、あなたは相変わらずですね」

「す、すみません」

考え込んでいるうちに、レアンドロから話しかけられていたらしい。失礼なことをしたと謝ると、レアンドロは呆れたように言った。

「人と話している時は、きちんと相手の顔を見なさい。常識ですよ」

「はい」

頷き、レアンドロの顔を見たが、その瞬間カッと頬が熱くなった。もしかして好きになってくれたのか、などと考えていたことを思い出してしまったのだ。

(うわっ。恥ずかしい。顔なんて直視できない)

反射的に顔を背けてしまうと、レアンドロの手が、エステルの顎を摑んだ。強引に自分の方に向けてしまう。

「……せ、先生？」

「こちらを向けと言ったのが聞こえませんでしたか？」

眼鏡の奥にある黒い瞳が熱を宿していた。それにエステルは魅入られ、惚けてしまう。

レアンドロの顔が近づいてくる。

「今度は私の顔を見たまま惚けて。今のあなたの顔、まるで誘っているみたいにいやらしい表情をしていますよ。……何か欲しいものでもあるのですか？」

「や……あの」

「――キス、して欲しい？」

「っ！」

低い、官能的な声で告げられた。

練習場でのことを反射的に思い出し、エステルははっと我に返った。いつの間にか驚くほど近くにレアンドロの顔がある。

顎がくいっと持ち上げられた。レアンドロの少し伏せた睫毛が至近距離で見える。顔が傾けられ、唇が触れそうになる。

「あ……」

小さく声が出た。その声に反応したのか、レアンドロの動きが一瞬止まる。

「そんな潤んだ目をして。……期待、してるんでしょう？　ふふ、応えてあげてもいいんですよ」

普段のレアンドロからは到底想像できないような甘い声に、エステルは背筋を震わせた。

「せんせい……」

強請るような自分の声。自分が出したとは思えない響きに、頭が沸騰しそうになる。

駄目だ。これでは本当に期待しているみたいではないか。前回もそうやってからかわれたというのに、どうしてこう自分は学習しないのだろう。

どうせまた突き放される。分かっているのに、エステルはレアンドロから目を離せなかった。

レアンドロが苦笑する。

「馬鹿ですね。せっかく止まる機会をあげたというのに、あなたという人は」

「あ……ごめんな……さ」

これで終わりだ。手を離されて、からかわれて終わり。そう思ったのに、前回とは流れが違った。

レアンドロの目が切なく細められる。ドキンと心臓が跳ねた。

次の瞬間には、エステルは柔らかな感触を唇に感じていた。見たこともないほど近い距離にレアンドロがいる。何が起こったのか一瞬分からず、少し遅れてキスされたのだとようやく理解した。

（えっ……）

レアンドロの黒髪がこんなに近くにある。唇に触れる熱に、エステルは硬直するしかなかった。

（先生……睫毛、長い）

驚きのあまり、目を閉じることすら忘れていた。ふと、目を開けたレアンドロと視線が合う。レアンドロは唇を離し、クスリと笑った。

「……あんな強請るような声を出したくせに。目くらい閉じればどうです？　これなら前回の方がマシでしたよ？」

「あ……すみません」

何故か慌てて目を瞑ってしまった。そして何を馬鹿なことをしているんだろうと思ったところで、もう一度唇に熱を感じた。

（あ……また）

一度目の、ただ押しつけられるものとは違う。何度も唇を啄《ついば》むようなキス。

気づけば顎から手は離され、代わりに緩く抱きしめられていた。

「ん……」

ちゅ、ちゅとリップ音が響くのが恥ずかしい。だけども甘くて優しいキスにエステルは溺れた。いつの間にか、レアンドロの服を縋るように掴んでいることにも気づかない。

「……蕩《とろ》けるような顔をして……あなたは男を煽るのが得意のようですね」

「え……」

言われた言葉が気になり、薄《うっす》らと目を開けようとすると同時に、口内に舌が潜り込んできた。すっかり蕩けていたエステルはあっさりとその侵入を許してしまう。

「んっ……んんっ」

肉厚の舌がエステルの舌先をくすぐる。粘膜が触れる感触にエステルは背筋を震わせた。

（あ……何？　気持ち良い）

互いの舌先を擦り合わせる行為が気持ち良くてたまらない。頭の奥が痺《しび》れるような感覚にエステルはうっとりとした。ピチャピチャと唾液の音が響く。

レアンドロの舌の動きに必死で合わせ、流し込まれる唾液を呑み込む。舌で舌を扱《しご》かれるのが心地よくて、エステルは己の舌を積極的に差し出した。

「あ……は……」

どれくらいキスしていたのだろうか。やがてレアンドロは唇を離した。唾液の糸が伝い、ぷつりと切れる。

レアンドロとのキスですっかり身体から力が抜けていたエステルは、くたりと寄りかかってしまった。そんなエステルを優しく抱きしめたレアンドロは、耳元で機嫌良さそうに囁く。

「あなたの期待に応えてみたのですが、そんなに気持ち良かったですか？　腰が砕けてしまうほどに？」

「あ……」

笑いの交じった声にエステルは居たたまれなくなって俯いた。レアンドロと顔を合わせられなかったのだ。

何故こうなったのかは分からないが、結果としてレアンドロとキスしてしまった。しかもただのキスではない。とても……淫らなキスだ。舌を絡め合った感覚を思い出してしまい、エステルは顔を赤くしたままぎゅっと目を瞑った。

(恥ずかしい……)

まだレアンドロの舌の感触が残っている。全身が熱く疼いていた。

自分がどんな態度を取ればいいのか分からない。困っているとふっとレアンドロが笑い、エステルの身体を放した。ゴソゴソと何やら音がする。何をしているのだろうと思いつつも顔を上げられないでいると、また片手で顎を掴まれ、強引に上を向かせられた。

「せっ……せんせい？」

「ほら、口を開けなさい」

「んっ……んむっ」

再び口の中に何かが押し込められた。今度はなんだろうと思い咀嚼すると……卵焼きだった。優しい味わいに心が解れていく。

「あ……」

「キスしたくらいで動揺しすぎですよ。そんな上気した顔で教室へ戻るつもりですか。食事でもして少し落ち着きなさい」

わざわざ指摘してくるくらいだ。よほど酷い顔をしているに違いない。だけど大好きなレアンドロとキスして、エステルがそう簡単に落ち着けるわけがない。

だってファーストキスだったのだから。

――ファーストキス。

突然奪われてしまう形になったが、エステルは全く後悔していなかった。むしろレアンドロが相手で嬉しいとさえ思っていた。偶然だろうと好きな相手とキスできたのだから。

思いきり幸せに浸りたい気分ではあったが、今はさすがに無理だ。

レアンドロに言われるままに口の中の卵焼きに意識を集中させることにする。ほど良い塩味の卵焼きは柔らかくとても美味しかった。

(……ん？　ちょっと待って？　塩味？)

ゴクンと飲み込み、エステルは目を瞬かせた。確か前回、レアンドロに卵焼きを食べさせてもらった時は、上品な甘い味だったはずだ。それがどうして塩味になっているのだろう。

食べ終わったエステルに、レアンドロが実に自然に尋ねてくる。

「口に合いましたか?」

「え、えと、はい。すごく……美味しいです」

「そうですか。それなら良かったですね」

すっと視線を外したレアンドロをエステルは逆にまじまじと見つめてしまった。

何故か塩味に変化していた卵焼き。感想を求めてきた事実。

もしかして、もしかしてだがレアンドロは、エステルが以前塩味の卵焼きの方を食べ慣れていると言ったのを覚えていて、今回わざわざ味付けを変えてくれたのだろうか。

「先生。卵焼き……塩味になって……ありが――」

「別に。たまには違う味付けもいいかと思っただけです。他意はありません」

お礼を言おうとしたのだが、その前にレアンドロにピシリと制されてしまった。だけどレアンドロの目元が少しだけ赤いことに気づき、エステルは目を瞠る。

（う……わ）

おかげで少し収まりかけていた頬の熱がまた、温度を持ってしまった。

男色家だと言っていたはずのレアンドロからのキス。エステルを意識した卵焼き。

どちらも、相当の好意がなければできないことだ。

冗談という線もチラリと脳裏をかすめたが、即座に否定した。レアンドロの性格からして、冗談でキスしたり、手間をかけたり、なんてことは絶対にない。

じわじわと、もしかしてという気持ちが確信へと変わっていく。

（嘘、本当に？　男色じゃないの？　そう、言ったよね。でも……）

「ラヴィアータ嬢」

辿り着いた一つの結論に震えていると、レアンドロから声がかかった。

いつの間にか、エステルを見つめている。その瞳に熱が籠もっているように見えるのはエステルの気のせいだろうか。

ドキドキしながら見つめ返すと、レアンドロは逡巡《しゅんじゅん》する様子を見せた後、覚悟を決めたように口を開いた。

「話があります」

「はい」

真剣な口調に、エステルは姿勢を正した。心臓がうるさいくらいに脈打っている。

もはやエステルにはレアンドロしか見えていなかった。

「私は――」

「先輩？　ちょっといいですか――って、あ……」

レアンドロが言葉を紡ごうとしたちょうどその時、ガラリと大きな音がして職員室の扉が開いた。

入ってきたのは、少し慌てた様子のテオ。

彼はエステルとレアンドロを見つめ、現状を理解したのか気まずそうな顔をした。

「……あー。すみません。もしかして、お邪魔しちゃいましたか？」

「……テオ。あなたという人は」

笑って誤魔化すテオをレアンドロはぎろりと睨みつけた。テオは両手を合わせ、謝る仕草を取る。

「本当すみませんっ！　まさか職員室に二人で籠もっているだなんて思わないじゃないですか」

「籠もっているだなんて、人聞きが悪いですね。昼、こちらへ近づくのは遠慮して欲しいと私は朝に、お願いしたはずですが」

「ラヴィアータさんと一緒だなんて一言も言わなかったじゃないですか」

「誰が言いますか。少し考えれば分かることでしょう」

冷たく告げられ、テオはあははと乾いた笑みを浮かべた。レアンドロは嘆息し、気を取り直した顔で言った。

「で？　わざわざ私を捜しに来た理由はなんです？　ここまで盛大に邪魔をしてくれたんです。よほど大層な理由があるのでしょうね」

「それはもちろんですけど……ああ……タイミングが悪かったなあ……邪魔するつもりなんてなかったのに」

「……それはこちらの台詞《せりふ》ですよ」

「すみません。どうしてもお伝えしたいことがあったもので」

テオの申し訳なさそうな声を聞き、レアンドロは諦めたように言った。

「はあ……気が殺《そ》がれましたよ、全く……ラヴィアータ嬢」

「はい」

レアンドロに名を呼ばれ、返事をすると、彼は小声でエステルにだけ聞こえるように言った。

「放課後、自主練を始める前。最初に先ほどの話の続きをしてしまいましょう。構いませんか？」

「は、はいっ」

先ほどの話。テオに邪魔をされてはしまったが、どうやら続きを話してくれる気はありそうだ。

エステルが頷くとレアンドロは時計を確認しながら言った。

「では、放課後。……逃げないで下さいね。もし逃げたら、お仕置きをすることにします」

お仕置きという言葉が、何故か酷く甘く感じる。エステルは耐えきれず真っ赤になってしまった。

そんなエステルを愛おしそうに見つめたレアンドロはテオに声をかける。

「テオ、少しだけ待っていなさい。見ての通り私たちは昼食中でしてね。それとも食事をする間も待てませんか？」

「い、いいえ。それくらいなら全然。って、先輩。それなら僕にもお相伴を……」

「どうしてあなたに食べさせなければならないのですか。意味が分かりません」

「だったらラヴィアータさんは……って、はあ……無粋な質問でしたね。すみません。なら僕はそっちの椅子に座って待っていますから。ごゆっくりどうぞ」

少し離れた場所に座り、テオはエステルに言った。

「ごめんね。邪魔をして。でも本当に話があったんだ。許してくれる？」

「いえ、許すだなんてそんな」

「急がなくていいからね。でもいいなあ、レアンドロ先輩のお弁当。前から美味しそうだなって思っていたんだ」

羨ましそうな響きに、一瞬食べますかと言いそうになったが堪えた。それはエステルが言っていいことではない。念のためレアンドロを確認すると、彼はテオを無視してお弁当を食べ始めていた。

「ほら、あなたも」

「あ、い、いただきます」

もう一つ入っていた卵焼きを取る。

塩味の卵焼きを口にすると、先ほどのことがまざまざと甦《よみがえ》ってきて、自然と顔がにやけそうになった。

（カルデロン先生の話、かあ。期待してもいいのかな）

お弁当を口に運びながらエステルは、テオの存在も忘れてそんなことばかり考えていた。

(緊張する……)

放課後になり、エステルは自主練をするために、練習場へ向かっていた。練習場へ向かうには中庭を突っ切った方が早い。なんとなく気が急いていたエステルは、近道をしようと中庭を通ることを選んだ。別に時間を指定されたわけではないのだが、早く着きたくて仕方なかったのだ。

午後の授業も全然身が入らず、そわそわとして大変だった。

(やっぱり、あれってそういうことだよね)

昼間、キスの後にレアンドロが言いかけた言葉。昼休み、職員室を辞してからずっと考えていたが、やはりレアンドロは告白してくれるつもりなのではないかとエステルは感じていた。

甘いキスと熱い視線。まだ言葉にはされなかったが、それでも彼の瞳から感情は十分すぎるほど伝わってきた。

多分、レアンドロもエステルと同じなのだ。同じ気持ちを抱いてくれているのだと、エステルは確信することができていた。

(嬉しい……)

諦めていたけれど、恋が叶うかもしれない。そう思うと、気持ちがふわふわとしてくる。どうすればいいだろう。どう応えればいいだろう。

もし、恋人になれたら、またデートができたりするのだろうか。今度はどこへ連れて行ってくれるのだろう。レアンドロと一緒ならどこでもいい。

彼の部屋でのんびり過ごすというのも楽しそうだ。

まだ告白されると決まったわけでもないのにエステルは、レアンドロから告白された後のことまで無駄に考え始めていた。それほど浮かれていたのだ。

「エステル様」

「え、キール？」

中庭を横切っている最中に、聞き慣れた声が自分を呼んだ。

足を止めると、立木の後ろからキールがゆっくりと姿を現す。

「ど、どうしたの？　ルクレツィア様は？」

いつも一緒にいるはずのルクレツィアがいない。どうしたのか気になって尋ねると、キールは大丈夫ですよと言った。

「ご自分のお部屋にいらっしゃいます。それよりエステル様、あの男のところへ行くんですね？」

「あ、あの男って……」

ルクレツィアに何もなかったことにホッとしたが、キールの言い方にはカチンときた。

思わずムッとすると、キールは唇の端を歪めながら笑った。

普段は見せないキールの笑い方にどこか違和感を覚える。

「キール……？　どうしたの？　何か変よ」

「いいえ。俺は正常ですよ。正常に、自分のこれから為すことを理解しています」

「どういう意味？」

笑みを浮かべたままキールは、立木から離れ、エステルの近くに歩いてきた。

何故かそれを怖いと感じ、エステルは一歩足を退く。

「キール？」

「どうして逃げるんですか？　エステル様。長い間ずっと一緒にルクレツィア様を支えてきた仲だというのに」

くすり、と笑うキールがどこかおかしい。エステルはまた一歩キールから距離を取った。

「今日の午後、ずっとエステル様は、心ここにあらずといった感じでした。たまに正気に返ったかと思えば嬉しそうに笑って。すぐに何かあったんだなって分かりましたよ。……今からあの男のところへ行くんですよね。いつも通り。でも、今日は行かせたくありません。きっと取り返しのつかないことになるような気がするから」

「そ、そんな……取り返しがつかないなんて……」

エステルは否定したが、キールはいいえと更に否定を返した。

「分かりますよ。どれだけ俺があなたを見てきたと思っているんです？　……ずっと俺があなたを守ってきたのに。これからもあなたを守っていくつもりだったのに。どうしてあんな男が良いんですか？　俺じゃ、駄目なんですか？　誰よりもあなたを深く理解し、愛しているのはあの男ではなく俺です」

（え？）

愛しているという言葉を聞いて、エステルは目を瞠った。エステルの態度に、キールは傷ついたように笑う。

「意外ですか？　俺はあなたに拾われた時からずっとあなただけを見つめ続けてきたというのに。……気づいてもくれなかっただなんて、酷い方だ」

「で、でも、あなたはルクレツィア様の護衛騎士で……」

キールは一度だってそんな態度を見せなかった。あえて言うとしたら、あの舞台を観に行った日、あの日くらいだ。だけどあの時だって、結局キールは何も言わなかったのに。

キールは淡々と続ける。

「護衛騎士だからって、恋をしてはいけないということはありませんよ。誰よりも幸せになって欲しいあなたに恋をする。ごくごく自然な流れだと思いますけどね」

「……あなた、誰？」

また一歩下がりつつも、エステルは我慢できずそう告げた。

ここで会ってからのキールは何かがおかしい。普段はしない表情に言葉。どこか投げやりな他人《ひと》事《ごと》のような話し方に、吐き気さえ感じる。これはキールではない。キールであるはずがない。

そう思って出た言葉だったのだが、キールは目を丸くすると、次にけたたましく笑い始めた。

「あははは！　こいつはすごい！　この男の記憶を使って喋ってるのに別人だって分かるんだ！　そりゃ、この男も惚れるな！」

がらりと変わった口調にエステルは唖然とする。キールでは絶対にあり得ない話し方に、別人であることを強く意識した。

「……キールは？」

目の前にいるのは間違いなくキール。だけど中身が違う。

前世の世界では、それこそ狐《きつね》つきなどと呼ばれるような現象だが、この魔法世界では決して珍しくはなかった。何かがキールの中に入り込んでいる。それを理解し、エステルは慎重にその何かに語りかけた。怒らせてはいけない。キールの身体も、眠っているはずの心も悪用されるわけにはいかないし、傷つけさせるわけにもいかないのだ。

「こいつは眠ってるよ。俺たちに身体を差し出してな。こいつ、魔力なしの忌み子だろ？　碌に抵抗がなかったから、簡単に侵入することができた」

「……」

心に侵入してくるのに対抗するのは自らの魔力だ。キールにはそれがない。だからそれに代わるものとしてキールは魔剣を常時帯剣していたはずなのだが……よく見ると、彼の腰には剣は佩《は》かれていなかった。

(剣を持っていない時に侵入されたのかな……だとしたらまずいな)

こんな状況、エステル一人ではどうすることもできない。回復魔法が得意だというエステバン王国のアリシア王太子妃や、この国フロレンティーノ神聖王国の王太子であるレンブラントならなんとかできるのだろうが、ギリギリ落ちこぼれでない程度のエステルでは対処のしようもなかった。

「こいつは、カルデロンってやつが憎いんだよ。だから俺たちがこいつの代わりに殺しに行ってやるのさ。身体を使わせてもらった礼みたいなものだな」

なんでもないように告げられた言葉に、エステルは驚愕した。

「カルデロン先生を殺す？」

「ああ。その前に、ついでだから、こいつが守りたいって言ってる女を見に来たってわけ。何かを憎む気持ちは分かるけど、守りたいっていう気持ちは分からないからな」

「……カルデロン先生を殺すなんて、そんなの駄目」

少しずつ、キールから距離を取っていたエステルが、その足を止めた。キールを睨みつける。

「あなたが何者なのかなんて分からない。だけど、カルデロン先生を殺させはしない。キールの身体から出て行ってよ。彼に罪を犯させないで」

「それは無理だな。俺たちはこいつの恨みや憎しみに呼ばれたんだから」

いつも背を伸ばしているキールとは違い、背を丸めた格好で、彼はにんまりと笑った。

「邪魔をするって言うなら、お前も殺す。この男は嫌がるだろうが……まあ、仕方ないよな」

言葉と共に、キールの全身から白い煙のようなものが立ち上った。

煙は一つのある動物の形を取っている。

三つの首を持つ巨大な白い犬の姿。一つ一つの首は太く、その顔は凶悪極まりない。長めの尻尾。鋭い犬歯と長い舌。一匹は片目が潰れていた。

前世の世界では神話などに時折その姿を見せる、この世界にいないはずの生き物。

それを見て、エステルは反射的に叫んでいた。どうして彼が、先ほどから自分のことを『俺たち』と言っていたのかが理解できた。

「ケルベロス‼」

キールの頭上でエステルからケルベロスと呼ばれた生き物は、息を吸うと、思いきり咆哮《ほうこう》した。

同時にキールが片手を前に翳《かざ》す。その手からは炎の礫《つぶて》が飛び出した。

「きゃっ！」

まさかキールが魔法を使うとは思わず、一瞬反応が遅れた。それでもなんとか防御壁を張る。危なかった。レアンドロとの特訓がなければ、今の一撃でエステルはやられていたはずだ。

「い、いきなり炎の攻撃だなんて……」

攻撃魔法の発動が早すぎる。魔力変換から魔法の発動まで、ほとんどノータイムだった。キールには魔力がないので、あのケルベロスが放ったのだろう。

「お、避《よ》けたか。まあ、一撃で死んだんじゃ面白くないからな。嬲《なぶ》って嬲って殺すのが楽しいんだから……そう、あいつらも言ってた」

暗い瞳で何かを思い出すように笑うキール。頭上のケルベロスがまた吠《ほ》えた。

「いつまで攻撃を避けられるかな。その防御壁も大したことないからそのうち剝がれるだろ。そうなってからが楽しみだな」

「きゃっ……」

翳されたキールの手から、今度は少し大きめの炎の塊が飛んできた。込められた魔力の量が多い。エステルの防御壁ではギリギリ相殺できるかできないかといったところだ。

「ふうん。今のがギリギリね。じゃあ、もう少し力を込めてやるよ。これで防御壁も剝がれ落ちるだろ」

冷静に呟き、キールは更に大きな炎の塊をエステルに向けてきた。

本人が言う通り、まさに嬲るかのような攻撃の仕方だ。ギリギリのところを見極め、いたぶるなんて性質が悪すぎる。

迫ってくる炎を前に、エステルは動けなかった。

どう考えても、今の自分の魔力では弾《はじ》けない。少し場所を移動したくらいでは、直撃を避けられそうもないほど大きな炎に完全に萎縮していた。

「あ……ああ……」

「ああ、もう終わり？　諦めるの？　なんだよ、もっと抵抗しろよ。面白くないな」

両手を頭の後ろで組んだキールが、つまらなそうに口を尖らせる。

それを泣きそうな気持ちで見つめる。動かなければと思うのに、足は炎を前に一歩も動かず、逆にへなへなと地面に座り込んでしまった。

もう駄目だと目を瞑る。ざっと土を踏みしめる音が聞こえた。目の前に人の気配。

「勝てない相手だからと、諦めてしまうつもりですか？　それではあなたはいつまで経っても上達しませんよ」

「っ！」

あまりにも知った声に、エステルは慌てて目を開けた。

目に映るのは後ろ姿。男が一人、まるでエステルをかばうかのように目の前に立っている。

彼の周囲には無数の氷の破片。キラキラと光るそれは、どうやら放たれた炎の魔法を相殺した残《ざん》滓《し》のようだった。

「この程度の攻撃、どうということはありません」

魔法学園の教師であることを示す黒のマントが翻る。眼鏡を押さえ、こちらをチラリと顧みたレアンドロと目が合った。

「あ……」

「下がっていなさい。エステル。すぐに片づけますから」

そう言い捨てると、レアンドロはキールと相対した。

「なるほど。テオから聞いた、石碑から消えた魔力反応の正体はあなたですか。死んだのを祀られたのではなく、封印だったのですね。わざわざこんなところまでやってくるとは、あなたもよほど暇のようだ」

キールではなく、浮かんでいるケルベロスへと声をかけるレアンドロ。

その様子から、キールに何が起こっているのか正しく把握しているようだとエステルはホッとする。

「あ、あの……。キールは乗っ取られて……」

「分かっていますよ。全く……来るのが遅いので様子を見に来てみればこれなのですから」

「す、すみません」

「謝る必要はありません。……間に合って良かった。あなたに何かあればどうしようかと思いましたよ」

優しく告げられた言葉に、エステルは弾かれたように顔を上げた。怖いほど真剣な顔をしているレアンドロと視線がぶつかる。黒い眼鏡が太陽の光を受け、キラリと光った。

「先生……」

「話は後です。とりあえず今は、こいつを片づけてしまいましょうか。……運が悪いですね、あなた。私の得意魔法は氷です。あなたの炎魔法とは非常に相性が良い。すぐに終わらせてあげますよ。私のエステルに牙を向けたこと、後悔なさい」

（先生、さっきからエステルって……）

ずっとラヴィアータ嬢と呼んでいたレアンドロのエステル呼びに、こんな時であるにもかかわらずエステルは胸をときめかせてしまった。

ケルベロスはレアンドロを自らの敵だと認識したようだ。完全に意識がエステルではなくレアンドロの方に向いている。

「お前がカルデロンってやつか。本命登場だな。こいつとの約束だ。お前は全力で殺してやるよ」

「どうぞご自由に。完膚なきまでに叩きのめしてあげましょう」

「やれるものならやってみろ！」

轟《ごう》と音を立てて、キールの両手からエステルに向けられていたものとは比べものにならないほど大きな炎がレアンドロに向かって放たれる。相変わらずの発動の早さに、エステルは青ざめたが、レアンドロは冷静だった。

カチャリと眼鏡を押さえるレアンドロ。その瞬間、レアンドロの魔力が大きく動いたのが分かった。

「あ……」

「氷系上級魔法──吹雪」

静かに紡がれる言霊。それとほぼ同時に術者であるレアンドロすら見えなくなるほどの真っ白な冷気が場を覆う。冷気は唸るような轟音と共にキールとその頭上に浮かぶケルベロスへ向かっていった。目を開けていられないほどの猛烈な氷と風。それらはケルベロスが放った巨大な炎を簡単に呑み込み、更にキールに食らいついた。

「がっ……」

魔法に耐性のないキールだ。魔剣も持っていない状態で魔法を受ければ、防御する策などない。キールは吹雪の直撃を受けて呆気なく倒れた。

「口ほどにもない」

「すご……い」

レアンドロの技量に、エステルはただ見惚れていた。流れるような魔力変換、そして発動の早さは、ケルベロスのそれに勝るとも劣らなかった。上級魔法は威力も高いが、その分魔力もかなり消費する。それなのに、レアンドロには疲れた様子も見えない。エステルたち学生とは、まさにレベルが違いすぎた。

意識を失ったキールの身体から黒いものが染み出していく。それは浮かんでいたケルベロスと同化し、実体化した。だけどどこかはっきりしない。ゆらりと陽炎《かげろう》のように揺れている。

ケルベロスは目をぱちぱちとさせまるで今、正気に返ったかのような顔をしている。自分が何をしていたのか分かっていない。そんな風にエステルには見えた。レアンドロが冷静な口調で言う。

「その男の身体から抜けたようですね。森林公園の石碑に封じられていた奇形種の魔獣。探す手間が省けて助かりましたよ」

びくりと全身を震わせ、慌ててキールの身体の中に戻ろうとしたケルベロスだったが、レアンドロが即座に放った氷柱に阻まれ失敗した。ケルベロスは悔しそうにグルグルとうなり声を上げ、レアンドロを睨みつけてはいたが、その姿はやはり頼りなく揺れている。

「なるほど。封印されている間に、身体が作り変わったのですね。今のあなたは魔獣ではあるけれども、契約者のいない召喚獣に近い存在だ。魔力の補給を受けなければ放っておいても一両日中には消滅するでしょう」

『……』

「魔力はすでに底をついているのでしょう？　この男を選ばなければ、もう少し延命もできたのでしょうがね。人から魔力供給を受けられず、自らに残された魔力を使うしかなかったあなたに、先はありません」

ケルベロスは前傾姿勢を取り、更に厳しくレアンドロを睨みつけた。だけど攻撃をしないのは、やはり魔力不足だからなのだろう。

『……俺たちを殺す気なのか』

うなり声と共に三つの首から同時に吐き出された声。どうやら獣型でも普通に話すことができるようだ。ケルベロスの言葉に、レアンドロは淡々と答えた。

「再度封印という案も出ていますが、あなたは野に放つとなかなか危険なようですからね。このまま始末してしまっても、何も言われないでしょう」

レアンドロは片手をケルベロスへと向けた。魔力が彼の掌に集まっていくのをエステルはただ、見ていることしかできない。

もはや、逃げる力も残されていないのか、ケルベロスは動こうともせず、レアンドロの掌に集まっていく魔力を眺めている。そうしてぽつりと呟いた。

『そうやってまた俺たちはやられるわけだ。昔、奇形種だと騒ぎ立てて、面白半分にいたぶり、大岩に封印した村人たちのように』

「そうですね。あなたが彼らに非常に恨みを抱いているのは分かりましたが、関係のない後生の人間たちにぶつけていい理由にはなりません。おとなしく消えなさい」

『……嫌だ。ようやく表に出てきたのに。生まれてからずっと追い回されて……捕まったと思ったら闇の中に封じられて……やっと外に出てきたんだ。死にたくない……』

「人を殺そうとしたのにですか？　随分と都合のいい話ですね」

レアンドロのもっともな指摘に、しかしケルベロスは吠えることで否定した。

『だって声が聞こえた！　憎め、人を殺せって。恨みを晴らせって。それと同時に変な笑い声が聞こえて——気づいたら俺たちは外にいたんだ。後は衝動のまま空を駆けて……こいつの心の声に誘われた。ずっと意識に靄《もや》がかかっているような状態だったんだ。戻ったのは……本当についさっきなんだ』

ケルベロスの言葉に、レアンドロは「ふむ」と考える仕草を見せた。

「それが今回の石碑を壊した犯人かもしれませんね。魔法で、この魔獣に暗示をかけた。……可能性はあります。もちろん……嘘を吐いていなければ、ですが」

『嘘なんて吐いていない！　俺たちはただ寂しかっただけなんだ。誰にも顧みられなかったのが辛かったんだ。誰かに愛されたかった。笑顔を向けて欲しかった。寂しくて悲しくて、ただそれだけなんだ。人間を殺そうなど、考えたこともない』

必死で言葉を紡ぐケルベロス。そこへ大きな声が被《かぶ》った。

「レアンドロ先輩！」

声の主はテオ。シェラ、そしてルクレツィアまでもが慌てた様子でこちらに走ってきた。珍しくルクレツィアは車いすに乗っていない。後で倒れなければいいけどと、エステルはまずそちらを心配してしまった。

「エステル！　無事なの⁉」

「はい、カルデロン先生に助けていただきましたから」

飛びついてきたルクレツィアを受け止め、エステルは頷いた。

続いてやってきたシェラとテオも、レアンドロと倒れているキール、そして力なくうずくまるケルベロスを見て状況を理解したのか、安堵の表情を見せる。

「良かった。間に合ったんですね」

テオの視線を受け、レアンドロは首肯した。

「間一髪といったところでしたが。どうやらこの魔獣。誰かに操られていたみたいですよ。今は正気を取り戻したみたいですが」

「操る？　それはただ事ではないわね」

レアンドロとテオの会話にシェラも加わった。

二人はキールの様子がおかしいとルクレツィアから相談を受け、彼を捜していたのだという。ちょうどそのタイミングでの中庭での魔力反応。何か起こったのではないかと血相を変えてやってきたと、そういうことだった。

エステルたち以外には積極的に関わろうとしないルクレツィアが自ら行動したのだと聞き、エステルは胸の奥が熱くなった気がした。ルクレツィアも以前のままではないのだ。彼女も変わろうとしている。

「あなたから聞いた、あの石碑に封じられていた魔獣。それがコレのようですよ」

レアンドロが顎でケルベロスを示すとテオは観察するようにその場にしゃがみ込んだ。

「……みたいですね。三つ首の奇形種。間違いありません。探す手間が省けましたけど、どうしてこんなところに現れたのです？」

テオの質問に、レアンドロは今まで起こったことを簡潔に話していった。

「どうやら私を殺したかったみたいですが、話を聞くに、別に私である必要はないようでしたね。無差別と言った方が正しいかもしれません。偶然が重なり、私を殺すことになったみたいですよ」

「偶然で先輩を？　それはこいつも運が悪いですね」

同情めいた声音に、一緒に話を聞いていたシェラも同意した。

「本当ね。返り討ちにされるの必至だわ。レアンドロの氷魔法ってえげつないもの」

「あなたには言われたくありませんがね。私は現役ではありませんから、今はあなたの方が威力は高いと思いますよ」

レアンドロの言葉を聞き、シェラは嫌そうに顔を歪めた。

「よく言うわ。発動の早さとか、どう考えてもあなたの方が上じゃない。あの早さ、ちょっと異常よ。ま、被害は出なかったようだから、私たちは助かったけど」

ぐるりと辺りを確認し頷くシェラに、レアンドロは口の端をつり上げながら言った。

「被害、ねえ？　別に私を狙うのは構いませんが、こいつはその前に私のエステルを狙いましたからね。それだけでも十分、万死に値します」

「エステルが狙われた？　ねえ！　大丈夫だったの？」

ルクレツィアが敏感に反応し、エステルの肩をガクガクと揺さぶった。

「だ、大丈夫です。さっきも言った通り、カルデロン先生に助けていただいたので」

「本当？　け、怪我とかは？」

「ありません」

平気だと告げると、ルクレツィアは泣きそうな顔でエステルに抱きついてきた。

「良かった……」

それから倒れているキールへと目を向ける。どうしてこうなっているのだろうと不思議がっている表情だった。

「えと、で、キールに何があったの？　さっぱり分からないんだけど」

「キールはそこにいる魔獣に乗っ取られていたみたいです。カルデロン先生のおかげで、もう大丈夫そうですけど。今は……多分気を失っているだけだと思います」

レアンドロが手加減してくれたのだろう。キールに大きな怪我はなかった。かすり傷が少しあるくらいだ。

「キールが？　乗っ取られていた？　あんなに強いのに、嘘でしょう？」

キールの腕前を嫌というほど知っているルクレツィアは俄《にわか》には信じられないようだ。

気持ちは分かると思いながらも、エステルはルクレツィアに説明した。

「丸腰でしょう？　どうも魔剣を持っていない状況で乗っ取られたみたいです」

「本当だ。……それじゃあ仕方ないわね」

剣を持っていれば無敵のキールも、魔法が絡めばどうしようもない。

そのために魔剣を持たせてはいるが、隙を突かれないとは言い切れない。実際今回、意識を乗っ取られてしまったわけだし、キールにはもう少し身を守るものを持たせた方が良いのかもしれない。

レアンドロたちはケルベロスを取り囲んでいる。処遇をどうするべきか話し合っているのだろう。だけどケルベロスの姿は先ほどよりもかなり薄くなっていた。ほとんど向こう側の景色が透けるくらいの勢いだ。百年以上前から封じられていたのだ。魔力だけで存在を維持しているようなものなのだろう。それが枯渇し、ついには姿が消えかけているのだとエステルは理解した。

『助けてくれ……消えたくない』

囲まれ、絶体絶命のピンチの中、ケルベロスが消え入りそうな声でレアンドロたちに訴えていた。

「この期に及んで命乞いですか？　あなたは自分が何をしたのか分かっているのでしょうね」

『わ、分かっている。だが、俺たちも本意ではなかった。頼む、命だけは……せっかく外に出てきたのに消えてしまうなんて、どうしても嫌なんだ』

「あ……」

悲痛な声を聞き、エステルはようやく気づいた。このケルベロスの声音。聞いたことがある。夢で何度も訴えかけてきた声。あれと今のケルベロスの声が完璧に重なる。助けを求める声。あれは、このケルベロスのものだったのだ。

「ねえ――」

気づくと同時に、エステルはケルベロスに向かい、声をかけていた。皆の視線が一斉に突き刺さったが、エステルは気にせず話を続けた。

「ねえ、あなた。良かったら私と契約して、私の契約獣になる？　契約獣は召喚士の魔力を糧にするからあなたも生きられると思うし、私にはまだ契約獣がいないから――」

「ちょ、エステル……何を言って……」

ルクレツィアがぎょっとした顔でエステルを凝視した。レアンドロも諌めるように言う。

その眉が不快そうに寄っていた。

「この獣を契約獣に？　正気ですか？　確かにあなたには召喚士としての才があるとは聞いていますが、この獣はあなたを傷つけようとしていたのですよ」

レアンドロの言うことはもっともだったが、エステルは退かなかった。

「操られていただけなんでしょう？　彼の本意ではなかった。先生もその可能性を明言していたではないですか」

「そうですが、しかし……」

認めがたいと渋い顔をするレアンドロ。シェラやテオも似たようなものだ。

エステルはなんとか皆を説得しようと頑張った。

「先生。以前、先生に相談したこと、覚えていますか？　奇妙な夢を見るって。あれから夢を見なくなって、もういいって言いましたけど、さっき思い出したんです。その時の声の主が他ならぬ彼だったんだって」

「……本当に？」

レアンドロも相談されたことは覚えていたのだろう。すぐに思い当たったような顔をしたが、それでも疑念に満ちた様子で尋ねてくる。

「間違いないのですか？　確か聞こえる言葉はかなり不明瞭で、何を言っているのかも分からないと言っていましたよね。姿が見えないとも。確証があるのですか？」

「はい。声と言葉を聞いて分かったんです。彼は夢の中でずっと『寂しい』って言っていました。きっと、本来の彼はこっちなんだと思います。どうして私の夢に出てきたのかは分かりませんが、せっかくの縁です。見捨てたくない。助けられるなら助けたいんです」

「……」

難しい顔をしてレアンドロは黙りこくってしまった。テオもシェラも同様だ。そんな中、ルクレツィアが口を開いた。

「……私はあまり薦めたくはないけど、だけどエステルがどうしてもって言うのなら、構わないと思うわ。召喚士の契約は自由意思だと定められているし、術士と契約獣の合意があれば可能だもの。それに、安全性という面でも心配しなくていい。契約獣は、主の魔力で生きることになるから、決して主に逆らえない。危険はないわ」

「へえ……そうなんだ」

ルクレツィアの話を聞き、テオが感心したように頷いた。

「エステバン王国と違って、うちの国には召喚士はほとんどいないから知らなかったよ。そっか……ラヴィアータさんに逆らえないっていうのなら、それもまあいいのかな。でも、ラヴィアータさん。こんな三つ首の奇形種を契約獣にして本当に後悔しない？　召喚士は生涯一匹しか契約できないんでしょう？」

「私もそれだけが少し気になります……」

テオに同意するようにルクレツィアは頷いた。

だけどエステルとしては、二人の意見には賛同できない。だって、この獣はケルベロスなのだ。よく見なくとも、ものすごく……格好良いではないか。

白い毛並みも綺麗だし、威圧感漂う外見は、まさにエステルの想像する召喚獣そのもの。

鋭い牙に赤い瞳。その姿は今までどんな魔獣や魔物を見ても食指が動かなかったエステルの心を強烈に揺さぶったのだ。

「だって、ケルベロスですよ？　私は格好良いと思います。後悔なんてしません」

「ケルベロス……」

エステルの言葉にシェラが気づかれない程度に目を瞠った。

それまで黙っていたレアンドロが疲れたように息を吐く。

「……これを格好良いなどと言える感性には驚かされますけどね。私たちが何を言っても無駄でしょう。好きにすれば良い」

「すみません。ありがとうございます」

なんとか全員を納得させ、エステルはケルベロスの前にしゃがみ込んだ。つり上がった赤い瞳をじっと見つめながら問いかける。

「……ねえ？　あなたからはまだ返事を聞いていないわ。覚えている？　あなた、私の夢の中で寂しい、助けて欲しいって言ってたわよね。寂しいのなら、これから私が一緒にいてあげる。だから、私の契約獣になる？」

ケルベロスはいぶかしげな目を向けてきた。

『……俺たちのこと、気持ち悪いって思わないのか』

「さっき格好良いって言ったと思うけど。大体ね、気にしていたらまず、誘いをかけたりしないわ。それくらい察してよ」

『……格好良いって？　俺たちが？　本気か？』

「ええ。私はそう思うわ。駄目？」

『……』

赤い瞳の奥の奥まで覗き込もうとすると、視線が逸らされた。ボソリと告げられる。

『……駄目、じゃない』

「え？」

『駄目じゃない。お前の夢に出た覚えはないが、暗い中ずっと彷徨っていた記憶はあるんだ。あれは本当に辛かったから申し出は本当に有り難い。だけど俺たちは……お前に牙を向けたから』

そう言って、ケルベロスは俯いた。

『お前に助けてもらえる権利など俺たちにはない』

「畜生のくせに分かっているではないですか」

レアンドロが感心した口調で言った。エステルはレアンドロを見上げ、珍しくも睨みつけた。

「先生。口説いている最中なんですから、黙っていて下さい」

「……それが嫌なだけなんだよね、先輩は」

笑いながら言ったのはテオだ。レアンドロは苛つきながらも言い返す。

「うるさいですよ、テオ」

「だって、図星でしょう？」

二人の言い合いは興味深かったが今はそれどころではなかった。エステルはケルベロスに再度向き合い、きっぱりと告げる。

「私はあなたがいいの。だから権利とかそんなのはどうでもいい。あなたさえ良ければ契約しましょう？　――あなたが消えてしまう前に」

エステルの言葉を聞き、ケルベロスは頭を下げた。

『……すまない。感謝する』

「いいの。私が、あなたを欲しいだけだから。うん、じゃあすぐにでも始めましょう」

ケルベロスからの了承を受けて、エステルは立ち上がった。魔力を通常とは違う形で全身に漲らせる。

召喚士の契約はとても簡単だ。契約獣は力を貸す。その代わりに、召喚士は契約獣からの条件を一つ呑むのだ。

「あなたの望みは何？」

エステルが尋ねるとケルベロスは答えた。

『俺たちは――もう、寂しいのは嫌だ』

こちらを見上げ、望みを告げるケルベロスにエステルは頷いた。

「分かった。大丈夫よ。召喚契約をすれば、私とあなたは魔力で繋がる。いつでも一緒にいるようなものだから寂しいなんて思うはずがないわ」

『そうか』

「えーと、他にはないの？　このままだと私、何もしないで良いってことになるんだけど」

ケルベロスの願いは召喚契約をすれば、それだけで叶ってしまうものだ。だから他の願いの方が良いのではないかとエステルは思ったのだが、ケルベロスは晴れ晴れとした顔をして言った。

『俺たちの望みは他にはない。だから、それが叶うというのなら、構わないから契約をして欲しい』

強い言葉に、これこそがケルベロスの願いなのだとエステルも理解した。

「分かった。じゃあ、契約は成立ね。なら次。あなたの名前は？」

名前がなくては、契約はできない。だが、ケルベロスは否定するように三つの首を振った。

『俺たちには名前なんてない。お前がこれから俺たちの主になるというのなら、お前がつけてくれ』

「……それなら、ケルベロスっていうのはどう？」

エステルが脳内でずっと呼んでいた名称を告げると、ケルベロスは三つの首を一斉に傾げた。

『ケルベロス？　まあいいが、聞いたことないな。どういう意味だ？』

「意味？　うーん。……地獄の番犬っていうか、あなたと同じように三つの首があるの。とっても格好良いのよ」

エステルの言葉にケルベロスの三つの首は揃って笑みを浮かべた。

『格好良い、か。三つ首の化け物が俺たち以外にもいるっていうのは不思議だが、お前がそう言うのなら、それでいい』

「うん。じゃあよろしく。ケルベロス」

笑顔を見せたエステルは契約のために親指の先、皮のあたりを強く嚙んだ。嚙んだ場所からは薄らと血が滲んでいる。その血にエステルは特殊な方法で魔力を込めた。召喚士が契約に使う時の魔法。召喚士としての能力があると認められた時に、召喚士が最初に教えられる魔法だ。戸惑いなく、血が滲む指をケルベロスに向かって差し出す。

「――告げる。天の理《ことわり》に従い、召喚士、エステル・ラヴィアータはケルベロスと召喚契約を結ぶ。この契約は二つを一つに結ぶもの。互いを裏切らないもの。信じるもの。未来を紡ぐもの。この新たな約束と契約に天の祝福があらんことを――」

エステルが歌うように言霊を紡ぐ中、ケルベロスはごく自然に差し出された血を舐め取った。

何も言われなくても、自分が為すべきことを分かっているかのような動きだった。

途端、金色の細い輪のようなものが互いの触れ合った場所からぶわりと二重に広がる。眩しい光に全員が一瞬目を瞑った。

一人と一匹を包んだ強烈な閃光《せんこう》は、すぐに何事もなかったかのように収束し、消えていった。

「……終わったの？」

誰もが何も言えない雰囲気の中、声を出したのはシェラだった。エステルは頷き、小さく頭を振った。契約獣に魔力をごっそり持っていかれている独特の感覚に唇を噛み締め、耐える。半分くらいは覚悟していたが、実際は魔力の八割以上がケルベロスに流れていた。くらりと今にも倒れそうになるのを気力と根性で堪え、必死で呼吸を整えていると、少しずつその感覚に身体が馴染んでくる。

契約獣に魔力のほとんどを持っていかれるのは、召喚士の欠点とも言うべき問題だったが、契約獣がそれ以上の力をもって補ってくれるので召喚士たちは誰も気にしていない。間違いなく契約は成功していた。

「――はい。もう大丈夫です。契約自体はとても単純なんですよ。だからこそ、強力だとも言えるんですけど」

「あなたの契約獣……消えているんだけど」

シェラの指摘通り、ケルベロスの姿はどこにもなかった。エステルはそれに笑顔で答える。

「大丈夫です。契約獣は召喚されるまで、基本的に異界で眠っているんです。ケルベロスも今はそこにいます。随分と消耗していたから回復も兼ねて」

へえと驚くシェラに代わって、今度はルクレツィアが話しかけてきた。

「エステル。契約おめでとう。ついにあなたに先を越されてしまったわね」

「ルクレツィア様……」

身体が弱いせいで魔力をごっそり持っていかれる召喚契約が難しいルクレツィア。少し羨ましそうにも見える顔に、エステルは申し訳なく思った。

「すみません……でも」

「いいのよ。エステルは、あの魔獣を助けたかったんでしょう？　見捨てたりなんてしたら、それこそあなたではないと思うから、私もこれで良かったと思うの。だから気にしないで」

「ルクレツィア様。ありがとうございます」

微笑んでくれるルクレツィアにエステルが感動していると、ぐっと誰かに二の腕を掴まれた。

「え？」

「……無事契約は終わったのでしょう。もうここに用事はないはずです」

エステルの腕を掴んだまま、不機嫌そうに告げたのはレアンドロだった。驚くエステルを無視し、レアンドロはシェラに言う。

「後のことはお任せしても構いませんか?」

駄目だとは言わせない強い口調に、シェラはたじたじになりながらも頷いた。

「え? ええ……。あ、でもそうだ。エステルには聞きたいことが――」

「それは緊急性が?」

言葉の途中で質問が入った。シェラは呆気にとられた顔をし、それから諦めたように口を開いた。

「分かった。……またでいいわ」

「そうですか。ありがとうございます。それではラヴィアータ嬢。行きましょうか」

「え……あ……わっ」

強引に腕を引っ張られ、蹈鞴《たたら》を踏む。

皆が驚いたように見送る中、エステルは時計塔の方へと連れて行かれてしまった。

◇◇◇

「行っちゃったわね」

エステルたちを見送ったルクレツィアは、倒れていたキールの側に寄ると、口を開いた。

起きているに違いないと確信すら抱いている口調に諦めたのか、キールが目を開け、身体を起こす。

「……そうですね」

起き上がったキールはルクレツィアに向かって頭を下げた。

「申し訳ありません。俺が油断していたせいで、肉体を乗っ取られてしまいました」

「魔剣を持っていなかったのなら仕方ないわ。でも、魔剣があるからと私も安心していた節はある。二度とこんなことが起こらないように、他にもマジックアイテムを持ってもらうことにするわ」

ルクレツィアの言葉にキールは頷いた。

「はい。あの——俺はどんな罰を受ければ良いのでしょうか。いくら操られていたからといっても、許されないことをしたという自覚はあります」

「そうね——」

さすがに無罪放免というわけにはいかないだろう。眉根を寄せ、考え込みだしたルクレツィアに助け船が入った。

「その話はまた後日。レンブラント殿下と相談するよ」

声の主はテオだった。隣のシェラも頷いている。

「今回の件はかなりイレギュラーだから、おそらくこちらの騎士団の魔獣退治に数回協力を要請されるとか、そのあたりで手を打つことになるんじゃないかしら」

「それで済むなら有り難い話ですが……」

そんなもので本当にいいのかと困惑するキールにシェラは笑いながら言った。

「あら。うちの国の郊外に出る魔獣は強いわよ。油断していると大怪我するんだから」

「……肝に銘じておきます。寛大な処置をありがとうございます、シェラハザード妃殿下」

「お礼なら、全部が決まってからレンに言って」

「はい。必ず」

頷くキールの目を見て、シェラは笑った。

「うん。もう大丈夫そうね。あ……っと、悪いんだけど、私とテオはこれから報告に一度城に戻らなければいけなくて……あなたたちを残していっても平気？」

「お気遣いありがとうございます。問題ありません」

隣のルクレツィアも同意するように首を縦に振る。それを確認し、「じゃあ、また後日」とシェラはテオを連れて急ぎ足で去って行った。

あっという間に二人になる。ルクレツィアがからかうようにキールに言った。

「ねえ？　キール。本当はあなた、エステルのこと、好きだったんじゃないの？　だから心の隙を突かれた。だからカルデロン先生を攻撃するなんてことになったんじゃないの？」

「……そうですね」

意外なほどあっさりとキールは認めた。

「自覚はなかったのですけど、どうやらそうだったみたいです。俺は気づかないうちにカルデロン先生に嫉妬していたんですね。情けない話です」

「エステルを好き？」

無邪気に聞いてくるルクレツィアに、キールは苦笑した。

「もちろん好きです。だけど恋愛という意味で言うのなら、俺の中で育ちきる前に消えてしまったというのが正しいのでしょう。あの魔獣が俺の中から出て行った時、そんな風に感じました」

「気づかないうちに終わってしまうなんて……馬鹿ね」

ルクレツィアの言葉に、「そうですね」とキールは困ったように笑う。

「ですけど、これで良かったんですよ。今なら俺はエステル様の幸せを純粋に祈って差し上げられますから。好きなままならきっと側にいることはできなかった。だから――これでいいんです」

一瞬だけ痛むような表情を見せたキールだったが、次の瞬間には綺麗に消していた。そうして冗談めいた口調で言う。

「さて、ルクレツィア様。ラヴィアータ侯爵様に手紙でもしたためられますか？」

上手く話を変えてきたキールにルクレツィアは目を瞠り、それからそうねと頷いた。

「協力するってエステルには約束したものね。侯爵様には、いかにカルデロン先生が素晴らしい侯爵なのか、エステルが嫁ぐにふさわしいか、しっかり説明してあげなくっちゃ。後、お兄様にも協力してもらいたいからそちらにも手紙を出すわ」

「忙しくなりそうですね」

ゆっくりと立ち上がり、キールは改めてルクレツィアの前に膝を折った。

「ルクレツィア様。こんな俺ですが、あなたさえよろしければ、今後ともあなたを守らせて下さい。エステル様もそうですが、同じくらいあなたにも感謝しているのです」

キールの言葉を聞き、ルクレツィアはにっこりと笑った。

「ええ。もちろん。私の護衛騎士はあなただけだわ、キール」

「ありがとうございます」

深々と頭を垂れ、キールは顔を上げた。ルクレツィアが早速とばかりに言う。

「そういえば、私、すごく急いでいたから車いすをどこかに置いてきちゃったの。一緒に探してくれない？」

「はい、ルクレツィア様。お供致します。俺はどこまでもあなたと共に」

そう告げ、キールは実に自然な動作で主君を抱き上げた。ルクレツィアの足がそろそろ限界であることに、長い付き合いである彼はとっくに気づいていたのだ。ルクレツィアがぼやくように言う。

「とりあえず、これ絶対に誤解される図だと思うから、誰かに発見される前に車いすを見つけたいものだわ」

「俺は別に誤解されても構いませんよ。光栄です」

ルクレツィアはぱちぱちと目を瞬かせた。

「あら、まあ。まさかキールからそんな台詞が聞けるなんて思わなかったわ。でも、それだけ言えるなら、もう大丈夫よね？」

「はい、もちろんです」

頷くキールに、ルクレツィアはよろしいと笑った。

そうして二人の主従は、車いすを探しに、教室棟の方へと戻っていった。

第七章　意地悪な恋人

「せ、先生？　ど、どこへ向かっているんですか？」

「良いから少し黙っていなさい」

レアンドロに腕を引っ張られ、エステルが強引に連れてこられたのは時計塔だった。一階にある職員室を通り過ぎ、浮遊する板（どうやらフロテという名前がついているらしい）の上に乗って上の階へと移動する。最上階が理事長室なのは入学前に挨拶に来たから知ってはいたが、それ以外は訪ねたことがないのでどうなっているのか分からない。教職員の各個室があるらしいのだが、エステルは一度も入ったことがなかった。

「先生？　ここは？」

塔の真ん中くらいで板《フロテ》が止まる。レアンドロに促されて降りると、目の前に木の扉があった。

「私に与えられた個室ですよ。最近はずっとこちらで寝泊まりしています」

「そ、そうですか……」

レアンドロはもどかしげに鍵を開けると、エステルを部屋の中へと押し込んだ。

「わっ……」

エステルたちの寮の個室のような感じをイメージしていたのだが全然違った。

広い玄関に、その奥にはソファやテーブルが置かれた主室。更にいくつかの扉があり、おそらくは寝室や書斎、キッチンなどに続いているようだった。主室の奥には大きな窓があり、カーテンを通して明るい光が差し込んでいる。

「広い……」

さすが教職員に与えられたものだけあって、暮らすのに全く支障のない部屋だった。エステルを主室の真ん中にあるロングソファに座らせながらレアンドロが言う。

「教職員、一人一人にこれと同じものが与えられています。一人暮らしをしている教職員なんかは、自分の部屋を引き払い、完全にこちらで生活している者もいるそうですよ」

「……」

それはそうだろう。全部を見たわけではないが、それでも分かる。貴族でも十分満足できる設備の整った部屋だ。教職員には平民もいるから、下手をすればこちらの方が豪華なくらいだ。宿を移すのも頷ける。

「私も最初は侯爵家を往復していたのですがね、徐々に面倒になり、最近ではずっとこちらで寝起きしています。食事は自分で用意すればいいわけですし、特に問題はありません」

「そう……ですか」

想像以上の部屋の豪華さに圧倒されていると、レアンドロが隣に座った。ギシリとソファが沈み、ドキリと心臓が跳ねる。レアンドロの気配をすぐ近くに感じ、エステルは頬を染めた。

「ラヴィアータ嬢――」

「は……はい」

レアンドロの呼びかけに、エステルは蚊の鳴くような声で返事をした。さっきはエステルと呼んでくれていたのに、ラヴィアータ嬢に戻ってしまったなと若干残念に思いながらもレアンドロの視線を受け止める。レアンドロの眼鏡越しの瞳は……怒りを孕《はら》んでいるように見えた。

あれ？　と思いつつも慎重にエステルは尋ねる。

「あの……先生。もしかして怒っています？」

部屋に連れてこられて。もしかしてここで告白でもされてしまうのだろうかと、ほんの少しだけ考えていたエステルの期待はあっさりと裏切られた。レアンドロは「ええ」と頷く。

「怒っていますよ。当たり前ではないですか。それともあなたは、どうして私が怒っているのか分からないとでも？」

（ごめんなさい、分かりません）

エステルの心からの本音だったが、とてもではないが言えそうにない雰囲気だ。

「あ、あの……」

「私が間に合ったから良かったようなものの、もう少しであなたは死ぬところだったんですよ。分かっているのですか!?」

眉をつり上げるレアンドロは本気で怒っているようだった。

「それなのにあなたは、元凶である魔獣と契約までして。炎に呑まれそうになったあなたを見た時、私がどれだけ――」

そこで言葉を句切り、レアンドロはエステルを見据えた。

黒い瞳が熱を孕んでいる。怒りだけではない。何かもっと別の色も含まれている。

言葉の続きが聞きたくて、エステルは縋るような気持ちでレアンドロを見上げた。

レアンドロはエステルを助けてくれた。心配して怒ってくれた。それは教師としてだろうか。いいや、それだけで——彼がここまでしてくれるはずがない。もっと他にあるはずだ。

「先生」

焦がれるような声が自分から零れる。レアンドロはエステルを見つめ、ふっと笑うと、落ち着きを取り戻すかのように息を吐いた。そして、困ったと言わんばかりの声音で囁く。

「……何を、期待しているのですか?」

「っ!」

甘い、甘い、中毒になりそうな、初めて聞くレアンドロの温度にエステルの心が激しくざわつく。これで都合三度目となる『期待』の響き。だけど今回は今までとは違う。身体の奥に響く。まるで誘惑されているようだ。

「あ……」

「馬鹿、ですよね。のこのこと男の部屋までついてくるんですから。流されやすいという自覚はあるのですか?」

いつの間にかレアンドロが距離を詰めていた。もともとほとんどなかった距離がゼロになる。それをエステルはぼんやりと見つめていた。

「んっ……」

レアンドロの黒髪が揺れる。あっと思った時には唇が重なっていた。職員室でのキスから二度目。柔らかく重ねられた唇は温かく、エステルの思考をじわじわと侵食していく。

啄むようなキスが何度も繰り返される。エステルは目を瞑り、甘く優しい感触に酔った。

やがて唇を離したレアンドロが、近すぎる距離のままエステルに告げる。

「あなたは、私のことが好きなのでしょう?」

「せ……先生」

あまりに直球すぎる言葉。だけど否定することなんてできない。エステルはただ、レアンドロを凝視した。

「あなたは顔に出るのですぐに分かる。誰を見ているかなんて、一目瞭然です」

「……」

答えないエステルに、レアンドロは更に言葉を紡いでいく。

「あなたは私が好き。となると、あなたは私のものだ。違いますか?」

「……違いません」

何故そうなったのか分からない屁《へ》理屈。だけどもたっぷりと時間を置いた後、エステルはこくりと頷いた。エステルはレアンドロのもの。そう所有権を主張されたのが嬉しくて仕方なかったからだ。エステルの答えを聞き、レアンドロは窘めるような口調で告げた。

「それなら、おとなしくしていなさい。私の目の届かないところへ行ってはいけません。さっきも練習場になかなか来ないから、どうしたのかと思いましたよ」

言外に心配したと伝えてくるレアンドロに愛しさが込み上げてくる。

心配して、だから捜しに来てくれたのだ、助けてくれたのだと分かり、喜びで心が震える。

「すみません。心配をかけて。でも、ありがとうございました。おかげで、助かりました」

キールに乗り移ったケルベロスが放った炎。実力不足のエステルではどうしようもなかった。レアンドロが間に合わなかったらと思うとぞっとする。

心からの礼を告げると、レアンドロは呆れたような顔をして、エステルを抱きしめてきた。男性の強い力。キールに抱きしめられた時は放して欲しいと思ったのに、今はもっと強く抱きしめられたいと思うのだから不思議なものだ。

「あなたは……私のものです。勝手に怪我をするなど許しません」

「――はい。先生」

レアンドロの理不尽な命令に素直に首肯したエステルは、更に口を開いた。

「好きです」

その言葉はするりとエステルの口から零れた。予定のなかった告白に、口にしたエステル自身が驚いてしまう。

(あ、今、私……)

ぱちぱちと瞬きをする。一瞬しまったと思ったが、レアンドロはまるで応えるかのようにエステルを抱きしめる腕の力を強めてきた。それが何よりの答えのように思え、全身から力が抜ける。

「知っていると言ったでしょう。全く……」

「あっ……」

エステルを抱きしめていた手が、今度は抱え上げるものへと代わった。横抱きにエステルを抱え、立ち上がったレアンドロは、悠然と歩き出す。女性一人を抱えているというのに、いつもと全く変わらない余裕ある動きだ。エステルは慌ててレアンドロの首に両手を回して抱きついた。

「せ、先生？」

（えっ……何。何が起こっているの？）

どうしてお姫様抱っこなどされているのだろう。そしてレアンドロはどこへ行くつもりなのだろう。分からないまま、レアンドロの腕の中で固まっていると、彼は奥の部屋へと移動した。

薄暗い。

厚めのカーテンの掛かった部屋に入ると、そこがなんのための部屋なのかすぐに分かった。

部屋の中央にはベッドが一台。一人で眠るには少し大きすぎるのではないかと思うほどのものがどんと置かれていた。部屋は落ち着きのある色合いで纏められていて、ここでレアンドロが寝起きしているのかと、一瞬エステルは自らの状況も忘れて見入ってしまった。

「何をよそ見しているんですか？　よくそのような余裕がありますね」

「ひゃっ」

ボスンとリネンの上に、やや乱暴な仕草で落とされる。起き上がろうとしたが、その前にレアンドロがのし掛かってきた。

「な……な……」

「おとなしくしていなさいと言ったでしょう。あなたは私の言うことを聞いていればいいのです」

「で……でも」

こんな状況でおとなしくなどできるはずがない。レアンドロの寝室で、二人きりで。

エステルはベッドの上で大好きな人にのし掛かられているのだ。

さすがにここまで来て、何が起こるか分からないとは言わないが、突然の展開についていけない。

レアンドロがエステルを押し倒した体勢のまま、ぼやくように言った。

「……全く……レンブラント殿下のおっしゃった話もあながち嘘ではなかったということでしょうか。出会う時には出会う……ね。よく言ったものです」

「先生？」

「無粋ですね。こういう時は名前で呼ぶものですよ。エステル」

レアンドロの口から自分の名前が紡がれた瞬間、エステルはぎゅっと心臓をわしづかみにされたように感じた。

エステル――。先ほど、助けてくれた時にも呼んでくれた名前。

それを思い出し、ますます胸が苦しくなる。

「……レアンドロ……先生」

「先生はいりません。呼び捨てで構いませんよ。エステル、責任は取ってもらいますからね」

「責任？　責任ってなんの話、ですか？　……んぅっ」

エステルの疑問にレアンドロは答えなかった。無言で唇を重ねてくる。最初から舌がぬるりと入ってきた。

「んっ……」

レアンドロの大きな手がエステルの身体の線を確かめるように触れていく。触れられた場所が酷く熱く感じ、エステルは頭が沸騰してしまうかと思った。

口腔をねっとりと刺激されると身体が快感でびくびくと震える。服を脱がそうとしてくるレアンドロの手を押さえながらエステルは聞いた。

「レ、レアンドロ。お、お願いします。聞かせて下さい。あなたも、私のことを想ってくれているのですか？」

醸し出される雰囲気と言葉。そして彼の表情。それらを見れば、レアンドロがエステルに恋愛の意味で好意を抱いてくれているのは明らかだ。

だけどエステルは、このままなし崩しに抱かれたくはなかった。だって言葉で聞きたい。エステルが好きだから抱きたいという、レアンドロの言葉が聞きたいのだ。

エステルはレアンドロをじっと見つめた。レアンドロの瞳は熱く濡れ、エステルを欲しているのが分かる。その熱に溺れてみたいと思う衝動を堪えながらエステルはレアンドロの答えを待った。

「……レアンドロ」

「……」

やがてレアンドロは少しだけ身体を起こすと、眼鏡を外した。サイドテーブルに置き、息を吐く。そしてマントを脱ぎ捨て、首元のタイを緩めながら再度エステルの上にのし掛かった。

「レ、レアンドロ――」

「……好き、ですよ」

ボソリと告げられた言葉に、エステルは目を丸くした。レアンドロは優しい目でエステルを見ている。

「いつの間に、惹かれていたのでしょうね。確かに最初は興味などなかったのに。気づいた時にはもう、あなたは私の心の中にいた。正直、六つも年下の女性に惚れたなどと認めたくはなかったのですが、仕方ありません」

「あ……」

するりとレアンドロの手がエステルの頬を撫でていく。

「あなたを、誰にも奪われたくないと思ってしまったのですから。愛していますよ、エステル。あなたは、私だけのものです」

レアンドロからの熱い告白を聞き、エステルは知らず知らずのうちに涙を流した。歓喜で全身が震える。まさかここまでの言葉をもらえるとは思わなかったのだ。

「レアンドロ、私も、私もあなたを愛しています。ずっとあなたを見てきました」

感激しながらも、エステルも言葉を返す。レアンドロは「もちろん」と頷いた。

「そうでなければ許しません。あなたは私を本気にさせたのですから、その報いは受けてもらわなければ」

「報いだなんて」

「今後、あなたを手放す気はありません。これからはずっと私の側に――。言っている意味は分かりますね？」

驚きで涙が止まる。レアンドロの言葉を理解したエステルは彼を凝視した。

「ずっと側にって……まさか……」

信じられないとゆるゆると頭を横に振るエステルの動きを、レアンドロは封じる。

「求婚して、まさか、などと言われるとは思いませんでしたよ。断るなど許しません。あなたは私の妻になるのです。良いですね」

求婚というはっきりとした言葉に、随喜の涙があふれそうになる。だけど――とエステルは俯いた。

「……勝手に結婚の約束をしたらお父様がなんと言うか」

奔放に見えても、エステルは貴族令嬢だ。自由恋愛など許されないのは分かっている。だが、レアンドロはそんなことかとばかりに言った。

「大丈夫ですよ。そのあたりはなんとでもなりますから。一体私たちの後ろにどれだけお節介なお偉方がいると思っているんです？　それはもう、うんざりするほどいますよ。何も言わなくても彼らが勝手に動きます。あなたは何も心配しなくていい」

「え……」

お節介なお偉方。エステルが思いつくのはルクレツィアくらいだが、どうやらレアンドロには他にも思い当たる人物がいるようだった。

「ですからそこを気にする必要はありません。エステル、返事を聞かせて下さい。私の――妻になりますね？」

返事を、というわりに、決定事項のように告げてくるレアンドロ。それを嬉しく思いながらエステルは頷いた。レアンドロと結婚だなんて、考えもしなかったけど、叶うのならこれ以上嬉しいことはないと思ったから。だからエステルは迷わなかった。

「はい。――あっ」

返事をするや否や、エステルの唇はレアンドロのもので封じられた。想いの通じた相手の甘い唇の感触にエステルは、全てを忘れて酔いしれる。ちゅうと音を立てて唇が離れていく。

熱を帯びた黒い黒曜石のような瞳が、エステルを見つめていた。

「これで私たちは、結婚の約束を交わした恋人同士となったわけです。咎める者はありません。エステル、私は今すぐにでもあなたが欲しい。構いませんね？」

レアンドロの強い視線に射貫《いぬ》かれたエステルは、小さく微笑み、それから全身の力をそっと抜き、できたばかりの婚約者の願いに応えた。

「はい」

レアンドロはエステルが好きで、エステルもレアンドロが好き。だから、相手が欲しい。

自分の中にも確かにある、好きな相手と抱き合いたいという当たり前の感情にエステルは身を委ねた。

◇◇◇

「――先生。私を先生のものにして下さい」

エステルの言葉を聞いたレアンドロが、困ったやつだと言わんばかりに笑う。

「だから先生ではないと言っているのに。私はあなたの婚約者ですよ。それとも――そんなにお仕置き、して欲しいんですか？」

「お仕置きって……あの？」

「お仕置きは、お仕置きですよ。私の可愛いエステル。今日はあなたを帰しません」

レアンドロの言葉にエステルは顔をリンゴのように真っ赤にして、だけど強請るように瞳を閉じた。

「ひゃっ……待って……待って下さい」

「駄目です。待てません」

レアンドロと共にベッドに沈んだエステルは、早々に着ていた制服をはぎ取られた。了承したものの、やはり性行為は恥ずかしい。弱々しくではあるが抵抗していたエステルだったが、

「あなたは制服を着たまま交わりたいのですか？　そんな趣味があるとは知りませんでしたよ」

などと、笑い交じりに言われてしまい、慌てて否定する羽目になったのだ。

「ち、違います。そんな趣味、ありません」

「それなら、脱ぎましょうか。おとなしくして下さい、エステル。私は、あなたのありのままの姿が見たい」

「う……うう。はい……」

欲の籠もった言葉をぶつけられ、エステルは陥落した。下着まではぎ取られ、全裸となったエステルは羞恥で全身を赤く染めた。何も身につけていないのは酷く心許《こころもと》ない。足を閉じ、ぎゅっと身体を強ばらせていると、そんなエステルをレアンドロは満足そうに見つめた。

「レアンドロ……私……」

まるで身体を隠すかのように己を抱きしめるエステルにレアンドロは柔らかな声で促した。

「隠してはいけません。私はあなたの婚約者ですよ。私には、あなたの全てを見る権利がある。そうでしょう？　ほら、手を退けて。ああ、滑らかな肌ですね。とても柔らかい。いつまでも触れていたくなります」

動きはゆっくりとしていたが、強い力で手を退けさせられた。何も覆われていない二つの丸い乳房がレアンドロの前にさらされる。不安と緊張でピンク色の胸の先がピンと尖っていた。

「ああ、こんなにも尖らせて。私に触れられるのを待っていたのですね」

「あっ……ちが……これは、緊張して……んっ」

ツン、と指の腹で尖った先をくすぐられ、エステルは声を上げた。クニクニと押しつぶされるように刺激されると、甘い声が漏れる。

「ひゃんっ……レアンドロっ……そんな、いきなり」

嫌ではないが、敏感な場所に触れられると身体をよじってしまう。レアンドロはといえば、実に楽しそうだ。

「ふふ。どんどん硬くなってきましたよ。ほら、逃げてはいけません」

「あんっ」

きゅっと胸の先を摘ままれ、エステルは身体を跳ねさせた。レアンドロはもう片方の胸に、顔を近づけていく。

「こちらも可愛がってあげましょう。ああ、エステル、早くあなたを私だけのものにしたい」

「レアンドロ……あっ」

カプリと胸に吸いつかれ、エステルは蕩けるような声を上げた。強く吸い上げられたかと思えば、舌先で乳首を舐め転がしてくる。ぬるりとした感触が胸の中心をなぞる度、エステルは身体の奥にずんとした鈍い疼《うず》きを感じていた。

「ひぅ……んんっ」

初めての感覚にただ翻弄されるしかないエステルは、助けを求めるようにレアンドロの背を抱きしめた。胸から顔を離し、今度は唇に口づけてきたレアンドロはエステルの口腔を好き放題貪り、ペロリと下唇を舐めた。

「ふふ、あなたの肌はどこも甘いですね。しかもかなり感度が良いようだ。……ほら」

「ああっ……」

いつの間にか片手が太股を撫で上げていた。触れるか触れられないかの絶妙なタッチに、ゾクゾクと痺れるような快感が湧き上がる。くすぐったいような気持ち良いような、不思議な感覚がエステルを満たしていた。

「ひあんっ……足、くすぐらないでっ……」

「くすぐってなんていませんよ。私に触れられて、あなたが感じているだけです」

「んっ、感じてなんて……」

「そうですか？　でも……」

「あっ……」

足の付け根。誰にも触れられたことのない場所にレアンドロの指が触れた。そこはぴたりと閉じられていたが、自分でも分かってしまうほど潤んでいた。レアンドロの指が秘裂をなぞると、ぬるりと滑る。

「あ……そこは……」

「私を受け入れる場所です。ほら、分かるでしょう？　熱く濡れています」

「やあ……言わないで下さい……」

みっともなく雄を欲しがっているのだと告げられ、涙が滲む。エステルの涙をレアンドロは舌で舐め取り、淫靡《いんび》に笑った。

「どうして泣く必要があるのです。それだけ私のことを欲しがっているということでしょう？　言い換えれば、あなたがそれほどに私のことを愛しているのだということ。悪い気はしませんね」

「せ、先生……」

エステルがレアンドロのことを愛しているのは本当だが、本人に言われると複雑な気持ちだ。自信たっぷりに告げるレアンドロをエステルは涙を止めて見上げた。

「泣き止みましたか？　ああ、そういえば、また先生と言いましたね。私は生徒を抱いているのではありません。己の婚約者を抱いているのですよ。そのあたり、誤解してもらっては困ります」

窘められ、エステルはコクンと頷いた。

「わ、分かっています。でも、つい癖で」

ずっとカルデロン先生と呼んでいたのだ。急に呼び捨てを許可されても、とっさに出るのは馴染みのある名前の方になってしまう。

恥ずかしそうに顔を逸らしたエステルをじっと見つめたレアンドロは、やがてそうだと頷いた。

「そうですね。これからあなたが私のことを『先生』と呼ぶ度に、所有印を一つ、刻んであげましょう。行為が終わるまでにいくつ増えるのか、楽しみですね」

そう言い、レアンドロはおもむろにエステルの首筋に唇を寄せた。チクリと痛みが走る。強く吸いつかれ、エステルは少し顔を歪めた。

「っ！　……痛いっ」

何度か同じ場所を吸い上げられ、やがてレアンドロは満足そうに顔を離した。

「さっき、先生と呼んだ分ですよ。それからもう一つ、今、呼んだ分です」

「あ……」

もう一度、今度は胸元あたりに、同じように吸いつかれる。

レアンドロが唇をつけた場所は、赤く鬱血していた。

「ほら、あなたが私のものだという証です。初めてつけてみましたが、なかなか気分が良いものですね。これなら——いくら先生と呼んでもらってもいいかもしれません。同じだけ、所有印を刻めるのですから」

「せ、先生っ！　……あっ……」

思わず出てしまった言葉に気づき、エステルは己の口を押さえた。だけどもう遅い。

レアンドロは意地悪い笑みを浮べ、「お仕置きです」と今度はうなじのあたりに唇を落とした。

「んっ……や、そんなにつけないで下さい」

「嫌なら、あなたが呼ばなければいいだけでしょう」

それはそうなのだが、せめてもう少し、目立たない場所にして欲しい。レアンドロが所有印を刻んだ場所はどこも目につきやすそうな場所ばかりだ。

「お仕置きなんですから、恥ずかしいのは当然でしょう。ただつけるだけでは仕置きになりません」

「先生！」

「ほら、まただ。いいかげん、あなたは学習した方が良いですよ。私が、前言を撤回するような男だと思いましたか？」

（それは思わないけど……）

チクリとまた胸元に赤い花が咲く。レアンドロの唇はそのまま下におり、興奮と羞恥で震えている乳首を口に含んだ。

「あ……ひゃんっ」

乳房をぐにゅりと形が変わるほど揉《も》みしだきながら、レアンドロはその先を緩急つけて吸った。もう片方の手で、下肢に触れる。胸を吸われ、その刺激に夢中になっていたエステルは、そっと足を開かされたことにも気づかなかった。

レアンドロは足の間に自らの身体を割り込ませ、エステルが足を閉じられないようにすると、刺激で緩く開いた蜜口にそっと触れた。くちゅりといやらしい音が鳴る。

「っ！」

とろとろに溶けた蜜口の形を確かめるように、レアンドロの指が動く。エステルは腰を揺らし、逃げようとしたが、足の間にレアンドロがいる上、のし掛かられているので動きようがなかった。

花弁をなぞるレアンドロの指の動きは優しく、じれったくて肩が揺れる。

「あ……あ……」

「気持ち良いですか？　エステル」

胸をしゃぶっていたレアンドロが顔を上げ、エステルに尋ねてくる。だけど聞かれても答えられない。エステルはただ、ぎゅっと目を閉じ、与えられる強烈な刺激に耐えていた。

「そんなに身体を硬くしないで下さい。まるで虐めているような気分になってしまいます」

あやすような言葉に、エステルは目を開けた。

「で、でも、私、怖くて……」

レアンドロと結ばれるのは望むところだが、全てが初めてのことで初心者のエステルにはなかなかついていけないのだ。エステルの言葉を聞いたレアンドロは妖しく笑うと、彼女の両足をぐっと持ち上げ、左右に開いた。蜜口がレアンドロの目の前にさらされ、エステルはギョッと目を見開く。

「せ、先生。な、何を……んっ」

エステルが先生と言ったと同時に、足の付け根に近い場所に痛みが走った。一瞬身体を強ばらせたが、レアンドロが吸いついただけだと気づき、エステルは力を抜いた。レアンドロが唇を離すと、首元と同じような鬱血痕が内太股に浮き上がった。

「あ……なんで、そんなとこ……」

「お仕置きだと言ったでしょう。本当に、終わるまでにいくつつけることになるんでしょうね？エステル」

呆れたように言われたが、エステルは頬を紅潮させるだけだった。足を大きく開かされたままの恥ずかしい格好では、何も言えなかったのだ。

レアンドロは薄く笑うと、蜜口の少し上の方にある小さな突起に舌先を這わせた。チロリとくすぐるように舐めると、エステルの腰が簡単に跳ねる。

「あっ！」

その瞬間、どっとエステルの中からいやらしい蜜が零れ出した。透明な蜜はとろとろと滴り落ち、リネンの上にいくつも丸い染みを作る。レアンドロは笑みを深めた。

「陰核を舐めただけなのに、こんなに蜜を零して。……いやらしい」

「あ……ごめんなさい。私……」

エステルだって自分が信じられなかった。恥ずかしい場所を舐められ、愛液を垂れ流すなど、自分がしたことだと思えない。それどころか、身体の奥はまだまだ熱く疼いているし、もっと欲しいとばかりに陰唇はひくついているのだ。処女なのに淫らすぎる自分の反応に、エステルは泣きたくなった。

そんなエステルにはお構いなしに、レアンドロの肉厚の舌は容赦なく花弁をなぞっていく。指で触れられる以上の感覚に、エステルは必死で堪えた。レアンドロの舌が蜜口に潜り込んできた時には、エステルは大きく背をのけ反らせることしかできなかった。

「あ……あ……駄目……です。中に入っちゃう」

自らの身体の中にレアンドロの舌が侵入してくる感覚に、エステルはリネンを掴むことで耐えた。蕩けた媚肉《びにく》はレアンドロの舌を歓迎するかのように戦慄《わなな》く。

「駄目、ではないでしょう。あなたは、身体の方が正直ですね。興奮して中まで赤く色づいていますよ」

「ふう……んっ」

舌の代わりに今度はレアンドロの長い中指が差し込まれた。エステルの膣内《ちつない》を確かめるようにぐるりと動かしながら、レアンドロは指を確実にエステルの中へと沈めていく。開ききった蜜口はレアンドロの指を歓迎し、難なく呑み込んだ。指が押し込められた感覚に、エステルは苦しげに息を吐いた。

「ああ、やはり狭いですね。痛みはありますか？」

「い……いいえ。だいじょう……ぶ」

痛みはなく、ただ違和感があるだけだ。ぬめった膣壁がレアンドロの指に纏わりついているのが分かる。レアンドロが中を掻き回すかのように指を動かすと、お腹の奥がどんどん熱くなっていく。

「は……ああ……んっ」

指を動かす度、水音が聞こえる。いやらしすぎる音に、エステルは自分の耳を塞ぎたくなった。

やがてもう一本、二本と指の数が増やされ、合計で三本の指がエステルの中に埋められる。

三本の指が体内を好き勝手に動く感覚に、エステルは翻弄された。

「あ……あ、レアンドロっ……っくるし……」

「もう少し、頑張って下さい。こちらも弄《いじ》ってあげますから」

レアンドロはエステルの反応を見ながら、陰核に指を伸ばした。膨らんだ陰核にレアンドロの指が触れる。途端、逃げ出したくなるような強烈な快感がエステルを襲った。

「ひっ！」

「ああ、やはり気持ち良いんですね」

「あ、や……両方……無理っ……」

刺激が強すぎると訴えたが、聞いてはもらえなかった。

「エステルは陰核の方が感じるみたいですから。私もあなたにできるだけ痛みを与えたくないと思っているのですよ？　だからこうして時間をかけてあなたの中を解している。分かりますね？」

言い含められ、エステルは涙目になりながらも頷いた。

「分か……分かりますけど……やんっ」

レアンドロが陰核を潰すように押す。強すぎる刺激を受け、蜜口からはまた透明の液体がとめどなくあふれ出した。

「ほら、あなたがあまりにも喜んで食い締めるから、指がふやけてしまいましたよ」

「んぁっ……」

蜜口からレアンドロが指を引き抜く。

まるで見せつけるかのように、エステルの目の前にドロドロに濡れた指を差し出した。自らの愛液でてらてらと光る指を直視させられたエステルは、これ以上ないほど顔を赤らめた。

「や……そんなの、見せないで下さい」

「あなたが感じている証拠ですのに」

クスクス笑うレアンドロ。意地悪な彼は、エステルが嫌がっているのを分かってやっているのだ。情事の時くらい優しくしてくれてもとエステルは思ったが、レアンドロに言っても無駄だ。また、そんな彼のことすら愛おしいと思うのだから、エステルにレアンドロを拒否できるはずがなかった。

レアンドロがエステルに問いかけてくる。

「エステル。もういいですか？　私は、あなたの中に入りたい」

「……はい」

いよいよだとエステルは思い、頷いた。指を抜かれたことで、陰唇は物足りないとばかりに収縮を繰り返している。恥ずかしいのは本当だが、エステルも早くレアンドロと一つになりたくてたまらなかった。だから精一杯の勇気を出し、両手を伸ばした。

「先生を下さい……」

エステルの言葉を聞いたレアンドロは、目を細めて仕方ないやつだとばかりに笑った。

「本当に学習しない生徒ですね、あなたは」

「あ……」

また先生と呼んでしまったのだと気づいたのは、すでに新たな所有印を刻まれた後だった。

ガチャリとベルトが外れる金属音が聞こえる。

レアンドロがトラウザーズを寛げようとする姿を見たエステルは懇願するように言った。

「あ……お願い、レアンドロ。あなたも、全部脱いで下さい」

自分だけが裸だから嫌なのではない。そうではなく、せっかく抱かれるのなら、肌と肌を合わせたかったのだ。エステルの願いにレアンドロは応え、「ええ」と頷く。

「そうですね。初めてあなたと交わるのに服を着たままなど、無粋でした。あなたの望み通りにしましょう」

そう言い、レアンドロは緩めたままだったタイを抜き取り、シャツを脱いだ。すぐに均整の取れた身体が現れる。特に鍛えているというわけではないが、それでも引き締まった上半身に、こんな時だというのにエステルは見惚れてしまった。

トラウザーズも脱ぎ、裸になると、レアンドロのたくましい肉棒が姿を現した。その形から目を逸らせない。反り返った肉棒は太く筋張っていた。

「これが、今からあなたの中に入るのです」

こんな大きなものが本当に自分の中に収まるのだろうか。

ちょっとだけ、もし彼が自分に欲情していなかったらどうしようと心配していたのだが杞憂《きゆう》だった。肉棒は大きく膨らみ、準備万端整っている。思わず見入ってしまったエステルに、レアンドロは苦笑すると、その両足を持ち上げた。蜜口に肉棒の先端が押し当てられる。

「あ……」

丸い亀頭が緩く開いた蜜口に触れると、互いの粘膜がぬちりと触れ合う音がした。レアンドロが少し腰を上下に動かすだけで、その音は更にいやらしいものへと変わっていく。

花弁の奥に亀頭がぬぷりと押し込められた。

「んんっ……」

「エステル。挿《い》れますよ」

宣言され、エステルはぎゅっとレアンドロに抱きついた。それを合図に、レアンドロの雄が膣道を押し広げ、侵入してくる。

「んっ……ああっ……苦し……」

異物が押し入ってくる独特の圧迫感に、エステルは顔を顰《しか》めながらも耐えた。解されたといっても指よりもかなり太いレアンドロの肉棒が通るには、エステルの中は狭すぎる。膣肉が無理やり開かれていく。切れるような鋭い痛みを感じ、エステルは歯を食いしばった。

「んくっ……痛いっ……んんっ！」

経験したことのない痛みに、少し待って欲しいとレアンドロに訴えようとしたが、願う前に、彼の腰が最後まで押しつけられた。一瞬息ができなくなる。

圧倒的な質量がエステルの中に埋められていた。膣肉が蠕動《ぜんどう》し、熱棒を締めつけているのが分かる。互いの腰が密着し、レアンドロの全てを受け入れたのだとエステルは理解した。

「う……く……はあっ……」

レアンドロに開かれた場所がじくじくと痛みを訴えたが、エステルは紛れもなく幸福を感じていた。レアンドロと繋がっている。大好きな人と一つになっているのだと実感し、エステルは瞳を潤ませ呟いた。

「嬉しい……」

「目が潤んでいますね。痛みますか？」

エステルを気にかけてくれる言葉に、なんとか微笑みを返した。

「大丈夫です。レアンドロと繋がれて幸せなだけですから、気にしないで下さい」

「私も嬉しいですよ、エステル。動いても？」

レアンドロの問いかけに、エステルは頷いた。まだ鈍痛は残っていたが、エステルはレアンドロと一緒に、もっと先へ進みたかったのだ。

レアンドロが腰をゆっくりと振り始める。肉棒が動く度に、いやらしい水音と肌を打ちつける音が鳴った。

最初は痛みを堪え、レアンドロにしがみついていたエステルだったが、そのうち痛みは消え去り、やがて気にならなくなっていった。肉棒が膣道を行き来する感覚が癖になってくる。膣壁をレアンドロの肉棒でしつこく刺激されると、甘い疼きが身体の奥に溜まり、息が荒くなっていく。エステルは我慢できず声を上げた。

「あんっ……ああっ……」

「ああ、ようやく声が出てきましたね。気持ち良いのですか？」

「はい……はい……先生のが中で擦れて……あんっ」

エステルが先生と呼んだ瞬間、レアンドロの熱棒がその体積を増した。隘路《あいろ》が押さえ込むように肉棒に纏わりつく。

「くっ……エステル、締めつけすぎです」

「あ……そんなこと言われても……ああんっ」

より一層、レアンドロを締めつけてしまう。レアンドロが苦しげな表情のまま、肉棒を浅い場所まで引き抜き、強く打ちつけてくる。甘い責め苦に、エステルはただただ翻弄されるしかなかった。

「あん……あっ……」

「エステル……」

啜《すす》り泣くような、だけど悦んでいるのが分かるエステルの声を聞き、レアンドロは何度も腰を振りたくった。レアンドロに揺さぶられ、二つの胸の膨らみも揺れる。レアンドロが片手を伸ばし、ピンとした胸の突起を摘まむと、エステルはビクビクと快感に震えた。

「はあ……あ……あ……」

「気持ち良いなら、素直にそう言いなさい」

レアンドロの命令に、エステルは従った。

「は、はい……気持ち良いです」

「どこが?」

意地悪な問いかけにエステルは一瞬黙り込んだが、それでも口を開いた。

「む、胸と……後、強く突いてもらうのが……」

「おや、もう男の性器で突き上げられる喜びを覚えましたか。どうやらあなたは魔法より、こちらの方が優秀らしい」

「ひ、酷いです……」

エステルが目を潤ませると、レアンドロは「勘違いしないで下さい」と言った。

「別にあなたを貶《おとし》めているわけではありません。男にとって愛しい女が淫らであることは喜びなのですから。エステル、もっと気持ち良くさせてあげましょう」

「やあ……ああっ。せんせい……」

「だから違うと言っているのに……！」

「んんっ！」

ぐんっと一際強く突き上げられ、エステルはレアンドロの雄を強く食い締めた。

同時にレアンドロの抽挿のスピードが上がっていく。レアンドロの肉棒を逃がすまいと、媚肉が複雑に蠢《うごめ》き始めた。レアンドロが呻《うめ》くような声を上げ、形の良い眉を寄せる。

「あなたの中は……良すぎて、我慢するのが大変です。私のものに絡みついて、貪欲にしゃぶってくる。それが例えようもないほど気持ち良い」

「あ……レアンドロ……好き、好きですっ」

激しく揺さぶられながら、エステルは譫言《うわごと》のように好きだと何度も繰り返した。言葉の合間に唇を押し当てられる。口を開くと、舌が潜り込んできた。

「あ……ふ……んっ」

ちゅるちゅると唾液を啜り合いながら、互いに腰を揺らす。エステルの身体が、ぶるりと一際大

きく震えた。逃げるような動きをしたエステルを、レアンドロが許さないとばかりに押さえつける。感じ入ったエステルの震えは一層大きくなった。

「あ……あ……やあ……」

限界に近づいたエステルの中が、激しく収斂《しゅうれん》する。ぎゅっぎゅっと雄を締めつけるような動きが恥ずかしい。レアンドロは耐えきれないといった様子でエステルに告げた。

「エステル……そろそろ、イきますよ。いいですね?」

「は……あ……」

言葉にならない。それでもエステルはなんとか首を縦に振った。

レアンドロの腰の動きが単純なピストン運動に変わる。

「あ、あ、あ、あ、あ――」

「くぅ……っ」

ただ射精するためだけの単純な動きのはずなのに、エステルはあられもない声を上げ続けた。レアンドロが突いてくれる場所が気持ち良い。もっとそこを激しく突き上げてもらいたいと、願ってしまう。

やがて、ぐんっとレアンドロの腰が最奥に押しつけられた。肉棒がエステルの中で膨れ上がり、熱い飛沫《しぶき》が奥底を濡らしていく。

「……っ」

二~三度腰を揺らし、残滓までをもエステルの中へ注ぎ込んだレアンドロは、名残惜しげに肉棒を引き抜いた。こぽりと音を立て、エステルの秘部から白濁が零れ出す。濁ったピンク色なのは、エステルの破瓜《はか》の血と混じり合ったからだろう。

「はあ……ああ……」

ぐったりと力なくベッドに沈み込むエステルをレアンドロが抱きしめる。

温かい体温を感じ、エステルは小さく微笑んだ。

「エステル、無理をさせましたか?」

「いえ……嬉しかったです」

愛する人に抱かれたのだ。これ以上の喜びはない。レアンドロはエステルを抱く腕の力を強め、まるで宣言するかのように告げた。

「テオにも言われたのですが、私はどうも執着心が強いようでしてね。一度手に入れたものを手放すなんてことは絶対にしません。あなたもせいぜい覚悟することですね」

「覚悟って……。お嫁さんにしてくれるんですよね」

「ええ。やっぱり嫌だと言っても聞きませんから」

その言葉を聞き、エステルは心底幸せそうに笑った。

——一生あなたを離さない。

レアンドロから、そう言われたような気がしたからだ。だからエステルは素直に「はい」と頷いた。

「愛しています。だから、どうか私を離さないで下さい」

その言葉にレアンドロもまた答えた。

「……あなたを愛していますよ。誰にも奪われたくないほどに、ね」

どちらからともなく唇を合わせる。あまりの幸福感にエステルは眩暈がしそうになった。

エステルを抱きしめ、レアンドロが言う。

「……あの時、あなたのことを対象外だなどと言ってしまってすみませんでした。あなたを傷つけたと心から反省しています。ですが今の私は、ただあなただけを愛していますから、それはどうか疑わないで下さい」

少し前の話を持ち出され、エステルは苦笑した。

どうやらレアンドロは、例の同性愛者発言を申し訳ないと感じているらしい。

「気にしていません。それに……対象外だったのは本当ですから」

レアンドロが同性愛者なのは嘘ではない。それでも自分を好きになってくれるという奇跡が起こったのだから、もはやどうでもいいとエステルは思ったのだが、レアンドロは笑って否定した。

「いいえ？　私は異性愛者ですよ」

「へ？　え、でも同性愛者だって……」

素っ頓狂な声が出た。混乱するエステルに、レアンドロは楽しげに告げる。

「ええ、そうは言いましたが、実際、男性を好きになったことは一度もありませんからね。私が好きになったことがあるのは女性だけですし、今だってほら、あなただけを愛している」

「……」

驚いた、とエステルは目を瞬かせた。原作の設定は絶対ではない。すでにいろいろ話は変わっていたので、分かっていたつもりではあったが、まさかこんなところまで違っていたなんて。予想外すぎてエステルは何も言えなかった。

「何もそんなに驚かなくても。あなたにとっては喜ばしい話でしょう？」

「そ、そうなんですけど、なんだか驚きすぎて実感が湧かなくて……」

頭を振っていると、レアンドロはゆっくりとエステルを抱きしめてきた。

「それなら、実感させてあげますよ。今日は帰さないと言ったでしょう？」

「せ、先生？」

不穏な響きに、エステルはビクリと震える。レアンドロの声は笑いを含んでいた。

「先ほどの残りの分と、今の分、併せてお仕置きをすることにします。終わる頃にはきっと全てに納得できていますよ。きっと――ね」

「え？　え？　お仕置き？　ええ!?」

「愛していますよ、エステル」

そうして、不用意に『先生』と呼んでしまった残りのお仕置きを、エステルは一晩かけてじっくりと味わうことになってしまったのだった。

エピローグ

エステルがレアンドロと両想いになってから一ヶ月ほどが過ぎた。

レアンドロに求婚され、了承したエステルだったが、エステルの心配をよそに驚くほどの早さで話は進んだ。

家を無視した、当人同士による勝手な約束だ。普通ならそう簡単には行かない。

だが、エステバン王国とフロレンティーノ神聖王国は友好国だし、家格も問題なく、二人には婚約者もいないという好条件に加え、互いの国の王家が出張ってくるという通常ではあり得ない事態が全てを後押ししていた。

エステバン王国からはルクレツィアと、彼女の話を聞いた兄のルシウスが、フロレンティーノ神聖王国からはシェラと、同じく事情を聞いた夫のレンが腰を上げたのだ。

レアンドロが言っていた、お節介なお偉方である。

王家から結婚許可が出れば、さすがに渋るわけにもいかない。エステルの父親も、勝手に結婚相手を決めた娘に最初は良い顔をしなかったものの、一通りレアンドロの調査をしたことと、ルシウスからの直接交渉を受け、最後には折れた。娘を嫁がせるに足る人物だと判断し、結婚を了承したのだ。

こうして無事、二人は婚約者という関係になり、エステルが魔法学園を卒業すると同時に結婚という運びになった。

問題を起こしたキールだが、シェラが告げた通り、郊外の魔獣退治に何度か同行するという形で話はついた。彼は今もルクレツィアの専属護衛騎士として、真面目に職務に当たっている。

最悪護衛を外されるかもとエステルはヒヤヒヤしていたのだが、そうならなくてホッとした。キールはルクレツィアにとって、なくてはならない存在だ。もう何も問題が起こらなければ良いと心から思う。

ことの元凶となった魔獣とその魔獣を契約獣にしてしまったエステルには、本来なら罰則が与えられるところだったのだが、今回だけは婚約祝いという形で特例として許された。

これは事情を知る、ルクレツィアやシェラたちの配慮だ。

ちなみにケルベロスは、まだ体調が万全ではないのか異界でぐっすり眠っている。そろそろ目覚めるだろうが、そうしたら一度召喚してみようとエステルは考えていた。

何せ契約の際、魔力のほとんどを持っていかれてしまったのだ。もともと魔力が特に多いわけではなかったエステルは、碌に魔法を使えなくなってしまった。生活魔法がせいぜい。攻撃魔法などとんでもない。召喚士は皆通る道なのだが、思った以上に不便極まりなかった。さっさとケルベロスには起きてもらって、契約獣としての役目を果たしてもらわなければ困る。エステルの攻撃手段は、もう彼を使う以外ないのだから。

「うーん……やっと落ち着いたなあ」

放課後。中庭を一人散歩しながらエステルは両手を伸ばした。レアンドロは仕事があるらしく、テオと共に先ほど王宮へ行ってしまった。

ケルベロスの石碑を壊した犯人はまだ捕まっていない。石碑を壊すだけに留まらず、魔獣に魔法をかけ、無差別に殺人を起こさせようと考えるような人物だ。

放置しておくわけにはいかない。それについての話し合いだと言っていた。

時間もかかりそうだし、それなら一人で自主練をしようかと思ったのだが、鋭く察知したレアンドロに睨まれてしまった。

「自主練？　今や碌に魔法も使えなくなったあなたが何を言っているのです。あなたは召喚士となったのですから、自主練するにしても鍛え方が変わるでしょう。契約獣が目覚め、本来の力を使えるようになるまでは、おとなしく寮に帰っていなさい。——ああ、そんなに暇なのでしたら、私の部屋で待っていてもいいですよ。婚約者の期待に応えるのは、やぶさかではありません」

最後の台詞をこれでもかというほど甘く告げられ、レアンドロとの情事を思い出してしまったエステルは、「だ、大丈夫ですっ。ちゃんと帰りますっ」と真っ赤になりながら逃げてきたのだ。

正式な婚約者となり、あれからすでに何度も彼には抱かれている。それなのに今更と思うかもしれないが、恥ずかしいものは恥ずかしいのだ。

でも、とエステルは思う。

「やっぱり、レアンドロの部屋で待っていようかな」

そうすれば、また彼に会うことができる。レアンドロに惚れきっているエステルは、ほんの少しでも彼に会える機会を失いたくはないのだ。

抱かれるのも——はしたないと思われるかもしれないが、嬉しい。愛している人と肌を合わせる行為は酷く心が満たされる。レアンドロはベッドの中でも意地悪で、それがちょっぴり玉に瑕《きず》だが、それすらも彼の魅力の一つだと思っているエステルにはなんの問題もなかった。

「うん、やっぱりそうしよう。ルクレツィア様に連絡して……」

結局レアンドロを待つ選択をしたエステルは、これからの予定を立て、とりあえず寮へ戻ろうと方向を変えた。

きっと泊まりになる。ルクレツィアに連絡するのもそうだが、いろいろ準備をしようと思ったのだ。

「いつか、私が作ったご飯も食べてもらいたいな」

正しく貴族令嬢であるエステルは、料理などできない。それでも、いつもレアンドロの手料理ばかり食べさせてもらうのは申し訳なく……というか女性としてのプライドを刺激されるので、いつか彼に自分の作ったものを食べてもらいたいと思っていた。

「誰か、教えてくれないかな。さすがにレアンドロには頼みたくないし、料理が得意な子って誰かいたっけ……」

クラスメイトに何人か女生徒はいるが、貴族令嬢ばかりだ。家事レベルはエステルと大差ない。他にはと考え、一人、特待生の女生徒がいたことを思い出した。今年唯一の特待生、セナ・マティーニという少女のことを。

彼女は入学式直後の自己紹介の時に、たくさん弟妹がいると言っていた。そんな環境なら、きっと家事は得意だろう。

セナは貴族が好きではないらしく、基本的に一人で過ごすことが多い。誘っても断られてしまうのだ。それでも今度、機会があれば料理について尋ねてみようとエステルは思った。

「エステル！」

ぼんやり考えごとをしながら歩いていると、時計塔の方角から声が聞こえた。そちらを向くと、シェラが手を振っている。

「シェラ先生」

エステルが声を上げると、シェラは笑顔で駆け寄ってきた。

「ちょうど良かった。あなたと話したいと思って、捜していたのよ」

「私を？　というか、いいんですか？　ケルベロスの件、シェラ先生も話し合いに参加しなくてはいけないのでは？」

今は会議の真っ最中ではないのかと思ったが、シェラは大丈夫よとウインクをした。

「レンもいるし、私まで出張る必要はないわ。そんなことより、あなたと話をする方が大事よ」

「……なんのお話でしょう」

「あのね」

まるで秘密の話でもするかのように、シェラは周囲を気にした。放課後の中庭に人はいない。誰もいないことを十分すぎるほど確認し、シェラは話を切り出した。

「分からなかったらそれでいいわ。妙な話だと聞き流してくれていい。だけど、聞かせて欲しいの」

「はい」

言っている意味がよく分からないと思いながらもエステルは頷いた。シェラの唇が言葉を紡ぐ。

「エステル。あなた、もしかして前世の記憶があったりしない？　キミセカとかワタセカって言って分かる？」

「……はい？」

予想もしなかった言葉にエステルは固まった。その態度だけで全てを察したのだろう。

シェラが「やっぱり」とどこか納得したように笑う。

「だと思った。秘密だけど……実は私も転生者なのよ」

「は？」

告げられた「私も」という言葉に、エステルはこれでもかというほど大きく目を見開いた。

「あ、あの……シェラ先生？　キミセカとワタセカって……ええ!?　ええええー!?」

「ええ。そうなの。おそろいね」

「……」

おそろいね、じゃない、と思わず口をついて出そうになってしまった。

まさかのワタセカヒロイン、転生者とか。

驚きのあまり声も出せないでいると、シェラはとても楽しそうに言った。

「ふふ。驚いた？　でも私だって驚いたのよ？　あなたが『ケルベロス』という言葉を使った時はね。まさか主要キャラ以外にも転生者がいるなんて考えもしなかったもの。あなたの存在は盲点だったわ」

「あ……」

この世界にはない『ケルベロス』という言葉から気づいたと聞き、エステルは納得した。

あの時、シェラは驚いたような顔をしていた。あれは、こんなところに転生者がという驚きだったのだ。キミセカについても尋ねてきたのは……あれだけレアンドロに纏わりついている姿を見ていれば、知っていると考える方が自然だ。

なんとか事態を理解しようとするエステルの背をシェラは優しく叩き、促す。

「そういうわけだから。ちょっと付き合ってくれる？　いろいろ話したいことがあるの」

「は……はい」

ショックから抜けきれないながらもエステルは頷いた。

突然のことで驚きはしたが、エステルだって気になるところだ。話はしたい。それに先生と言っても、シェラはこの国の王太子妃。彼女に逆らう術《すべ》はこの国に留学生として世話になっているエステルにはない。誘いを受けたのなら、頷くのが当然なのだ。

仕方ない。今日はレアンドロのところへ行くのは諦めよう。

エステルは小さく息を吐き、空を見上げた。

青い空はどこまでも広がっている。ここが小説の世界だなんて誰が思うだろう。

ああ――とエステルは思う。小説の世界に転生して、そこで大好きな人の婚約者になれて。

人生、どうなるか分からないと幾度となく思ったものだが、まさか新たなる転生者が出てくる展開になろうとは。

（でもま、いいか）

チラリとシェラを見る。彼女は嬉しそうにニコニコと笑っていた。

いろいろ語れる相手ができるのは、エステルにとっても喜ばしいことだ。しかも相手は友好的なシェラ。悪くないどころか最上の相手だと言えよう。

『――』

ふと、風に交じって誰かが笑ったような音が聞こえた。

「え？」

辺りを見回すも当然、シェラの他に誰もいない。聞き違いだろうか。首を傾げているとシェラが言った。

「エステル？　どうしたの？　何かあった？」

「今、笑い声が――いいえ、なんでもありません」

「そう、じゃあ行きましょうか」

再度促され、エステルは頷いた。

「はい、先生」

これから自分はどうなっていくのだろう。それは誰にも分からない。

だけどだからこそ期待したり、努力したり、そして笑えるのかもしれないと、今のエステルは感じていた。

あとがき

初めましての方も何度目かの方も、こんにちは。月神《つきがみ》サキです。

この度は『転生侯爵令嬢はS系教師に恋をする。1』をお手にとって下さり、ありがとうございます。

魔法学園シリーズとしては三作目。エステルとレアンドロを主軸としたお話としてはこれが第一巻となります。

前作、前々作を知らなくても分かるように書きましたが、知っていると色々楽しい要素を詰め込んでいます。興味を持っていただけましたら、是非そちらもよろしくお願いいたします。

今回ですが、シリーズ一作目『転生男装王女は結婚相手を探さない』に当て馬役として出て参りましたレアンドロ、彼が見事ヒーロー昇格となりました。

S系眼鏡の敬語ヒーローです。しかも黒髪。私の好き要素が見事に詰め込まれた男です。

レアンドロの嫌みを書くのが私はすごく楽しかった……。でもそれ以上に、エステルのめげなさが我ながら笑えました。

この子、めげないな！　と書いていて何度思ったことか。

ヒーローのレアンドロですが、一作目の『転生男装王女～』でイラストレーターの林《はやし》先生に描いていただいたキャララフを見た時、思ったものです。

どうしてこの男が当て馬なんだ。このイケメン。どう見ても、ヒーロー顔じゃないか！と。

その甲斐あってか、それから一年半。彼は見事ヒーローとなって帰って参りました。物語では五年が過ぎていますが、男前度がぐーんとアップしております。

さすがは林先生です。黒髪眼鏡好きには萌え要素が強すぎて、倒れるかと思いました。

そういえば今回、実は張り切りすぎて、いつもよりも二万以上も文字数が多くなっているのです。本も分厚いです。

調子に乗って初稿を書き、気づけば規定頁数間近。全然話が終わらない中、担当様に「どうしましょう。越えそうです」とメールを送ったのも今は良い思い出です。

担当様には快く頁の増加をお認めいただき、その節は本当にありがとうございました。次は、次は大丈夫ですので！


せっかくあとがき用に四頁もいただきましたので、一巻と、あと二巻についても少しお話ししたいと思います。

後書き先読み派でネタバレが嫌な方は、本編を読んでからお読み下さいね。

えーと、今回紆余曲折あり、一応レアンドロとエステルはくっついたわけですが、読んだ方は分かると思いますが本当にくっついただけです。

そう、レアンドロのデレも、恋人同士のイチャイチャもこれから始まっていくのです。

私の他作品を読んでいらっしゃる方なら言わなくてもご存じかと思いますが、私はくっつく過程も好きですが、くっついた後のイチャラブ話がとにかく好きです。

ゲームだって、くっついてすぐにエンディングになると、「なんでやねん！　もっとイチャイチャみせろや！」と騒ぐ人です。小説も、くっついて終わってしまうと「これからなのに！」と思う人です。正直言って、物足りない。

ということで、二巻はレアンドロがデレ始め、そうして恋人らしい甘さが出てき始め、嫉妬もするし、デートなんかもしちゃうぞ！　独占欲だって丸出しだぜ！　といろいろ詰め込んでいます。

思いが通じ合ったばかりのカップルのイチャイチャ！　大好物です！

二巻はそんなイチャイチャを入れつつ、今回の石碑を壊した犯人を捜そうという話になっていきます。

登場人物には、『転生男装王女〜』で出てきたトビアス。そして密かに人気の女王様が新たに追加。今回、エステルの契約獣となったケルベロスも出てきます。

そして何より、互いに転生者であることを知った、エステルと『転生伯爵令嬢』のヒロイン、シェラ。

この二人にも注目していただければと思います。

すでに原稿はできあがっておりますが、なかなか楽しく書けたと我ながら思っておりますので、是非、こちらもよろしくお願い致します。

それから改めて、イラストレーターの林マキ先生にお礼を。

いつも素晴らしいイラストをありがとうございます。制服やドレスなど、細部まで色々とこだわって描いて下さったのがとても嬉しかったです。

林先生のおかげで、魔法学園の世界がより広がったように思います。二巻などは、いただいたキャララフを壁に貼り付けながら作業いたしました。イメージが浮かびやすく、大変書きやすかったです。

次回は是非、トビアスなど見てみたいなあと思っておりますので、どうぞよろしくお願いします（分かりやすいアピール）。


それでは最後になりましたが、この本に関わって下さった全ての方に感謝を込めて。

いつもありがとうございます。皆様のおかげで、私はこうして作品を書き続けることができています。

少しでも楽しかったと思っていただければ幸いです。

今後とも精進して参りますので、どうぞ引き続きお付き合いいただけますよう、よろしくお願いいたします。


では、次は『転生侯爵令嬢はS系教師に恋をする。2』でお会いいたしましょう。

月神サキ

フェアリーキス
NOW ON SALE
リセアネ姫と亡国の侍女
Princess Riseane and lady's maid of the ruined country
Natsu ナツ
Illustration 山下ナナオ
変わらぬ恋を君だけに捧ぐ――
国を滅ぼされた皇女パトリシアと、彼女を助けた隣国の王太子クロード。結ばれない運命のもと愛し合う二人に、クロードの妹リセアネはヤキモキしていた。大国の皇帝グレアムに嫁ぐことになったリセアネは、二人の恋が実るよう奮闘する。グレアムはそんな彼女を愛おしく思って……。甘い恋と思惑渦巻く王宮ラブファンタジー！
フェアリーキス ピュア
fairy kiss
Jパブリッシング
http://www.j-publishing.co.jp/fairykiss/
定価：本体 1200 円＋税

転生侯爵令嬢はS系教師に恋をする。
月神サキ
Saki Tsukigami
Illustration 林マキ
晴れて恋人同士になったふたりだけど……。
王太子レンから、学園内でいちゃつき禁止令が!?
そんな中、エステルが何者かに命を狙われて……！
第2巻、
今冬発売予定!
フェアリーキス
ピンク
fairy kiss

転生侯爵令嬢はS系教師に恋をする。1

著者　月神サキ

2017年9月5日　初版発行

発行人　芳賀紀子

発行所　株式会社Ｊパブリッシング
〒101-0051　東京都千代田区神田神保町2丁目7
芳賀書店ビル6Ｆ
TEL 03-4332-5141　FAX03-4332-5318

製版　サンシン企画

印刷所　中央精版印刷株式会社

ISBN：978-4-86669-023-0
Printed in JAPAN